HERMES

在古希腊神话中，赫耳墨斯是宙斯和迈亚的儿子，奥林波斯神们的信使，道路与边界之神，睡眠与梦想之神，死者的向导，演说者、商人、小偷、旅者和牧人的保护神……

西方传统 经典与解释 **HERMES**
Classici et Commentarii

古今丛编

刘小枫 ● 主编

果戈理与鬼

Гоголь и чёрт

[俄] 梅列日科夫斯基 Дм. С.Мережковский ｜著

耿海英 ｜译

华夏出版社

"古今丛编"出版说明

自严复译泰西政法诸书至20世纪40年代,因应与西方政制相遇这一史无前例的重大事件,我国学界诸多有识之士孜孜以求西学堂奥,凭着个人禀赋和志趣奋力迻译西学典籍,翻译大家辈出。其时学界对西方思想统绪的认识刚刚起步,选择西学典籍难免带有相当的随意性和偶然性。50年代后期,新中国政府规范西学典籍译业,整编40年代遗稿,统一制订选题计划,几十年来寸累铢积,至80年代中期形成振裘挈领的"汉译世界学术名著"体系。尽管这套汉译名著的选题设计受到当时学界的教条主义限制,开牖后学之功万不容没。80年代中期,新一代学人迫切感到必须重新通盘考虑"西学名著"翻译清单,首创"现代西方学术文库"系列。虽然从重新认识西学现代典籍入手,这一学术战略实际基于悉心梳理西学传统流变、逐步重建西方思想汉译典籍系统的长远考虑,若非因历史偶然而中断,势必向古典西学方向推进。正如科学不等于技术,思想也不等于科学。无论学界迻译了多少新兴学科,仍与清末以来汉语思想致力认识西方思想大传统这一未竟前业不大相干。

"五四"新文化运动以来,学界侈谈所谓西方文化,实际谈的仅是西方现代文化——自文艺复兴以来形成的现代学术传统,尤其近代西方民族国家兴起后出现的若干强势国家所代表的"技术文明",并未涉及西方古学。对西方学术传统中所隐含的古今分裂或古今之争,我国学界迄今未予重视。中国学术传统不绝若线,"国学"与包含古今分裂的"西学"实不可对举,但"国学"与"西学"对举,已经成为我们的习惯——即"五四"新文化运动培育起来的现代学术习性:凭据西方现代学术讨伐中国学术传统,无异于挥舞西

目 录

中译本前言（耿海英） …………………………………………… 1

第一部　创作
第一章　…………………………………………………………… 3
第二章　…………………………………………………………… 6
第三章　…………………………………………………………… 19
第四章　…………………………………………………………… 25
第五章　…………………………………………………………… 30
第六章　…………………………………………………………… 32
第七章　…………………………………………………………… 38
第八章　…………………………………………………………… 47
第九章　…………………………………………………………… 51

第二部　生活与宗教
第一章　…………………………………………………………… 59
第二章　…………………………………………………………… 67
第三章　…………………………………………………………… 76
第四章　…………………………………………………………… 85
第五章　…………………………………………………………… 94
第六章　…………………………………………………………… 102
第七章　…………………………………………………………… 109
第八章　…………………………………………………………… 112

第九章	121
第十章	129
第十一章	131
第十二章	138
第十三章	142
第十四章	146

附录1 罗赞诺夫论果戈理	151
附录2 勃留索夫论果戈理	156
附录3 别尔嘉耶夫论果戈理	187

中译本前言

梅列日科夫斯基的《果戈理与鬼》最初连载于梅氏夫妇1902年11月创办的《新路》杂志的头几期上，题为《果戈理与马特维神父》，后于1906年以《果戈理与鬼》为书名出版单行本，又于1909年以《果戈理——创作，生活和宗教》为书名再版。该书分为两部，第一部为"创作"，含9章；第二部为"生活与宗教"，含14章。可以看出，这是梅列日科夫斯基又一部文学批评的鸿篇巨制，与他此前的《托尔斯泰与陀思妥耶夫斯基》(1901－1902)有着结构上的相似（其第一部为"生活与创作"，第二部为"宗教"）。这是第一部大型的从宗教哲学角度揭示果戈理的"真正最严肃"（罗赞诺夫语）的著作。

怎样理解《果戈理与鬼》？最初的题目《果戈理与马特维神父》，完全是由那次梅列日科夫斯基夫妇竭力促成的"世俗界"和"宗教界"相遇的"宗教－哲学会议"上的问题构成的。而会议的主要问题正是梅列日科夫斯基当时思考的主要问题：即基督教的体现；有关尘世肉体世界的基督化，亦即基督教的"肉体化"问题。也就是说，在写该书时，梅列日科夫斯基是从思考基督教的肉体性和社会性的角度，来思考果戈理与马特维神父之间的关系问题的，也就是，在"果戈理的艺术"问题中，是否包含着"基督教的肉体化"问题；果戈理是否应该像马特维神父要求的那样，为了"基督教"而放弃"艺术"。按照吉皮乌斯的说法，《果戈理与马特维神父》的一部分作为专题报告，曾在一次会议上宣读了；而其最重要的部分，梅列日科夫斯基决定在都主教的大修道院直接读给他听，并相信，如果一部分人不理解，那么一定会有另一部分人理解。他觉得都主教可以"全部理解"。这也就是说,梅列日科夫斯基是将这一问题直接提给教会的。"果戈理与马特维神父"的关系问题,正像那次会议上瓦连京·特尔纳采夫的主题发言《知识分子与教会》,是"知识分子"与"教会"的关系问题。

后来《果戈理与马特维神父》以《果戈理与鬼》出版,这已是对果戈理研究的深化,即揭示出果戈理的一生(无论是创作,还是生活)的一个核心主题:与鬼的斗争。罗赞诺夫指出,梅列日科夫斯基揭示了"果戈理一生都在捉鬼,与鬼斗争"的神秘主义主题。这是从宗教哲学的角度全面探讨果戈理的意义,也就不难理解为什么1909年版名为《果戈理——创作,生活和宗教》了。

《果戈理与鬼》揭示果戈理作品的神秘本质,揭示其作品中的魔鬼形象,亦即揭示最神秘的俄罗斯作家果戈理。为什么这么说?我们发现,在梅列日科夫斯基那里,"作者"(现实的人)和"主人公"之间完全没有界限,他在两者之间没有做严格的区分。被揭示的各种实体的"鬼"(赫列斯塔科夫,反基督-乞乞科夫,《狄康卡近乡夜话》里的鬼),与其说是作品里的人物,不如说就是作者果戈理本人。梅列日科夫斯基把这些都当做事实来接受:果戈理从自己身上写出了赫列斯塔科夫,一风儿吹透的果戈理的外衣启发了他的小说《外套》的构思等等。因此在梅列日科夫斯基那里"作者"和"主人公"常常是游移互串的。

梅列日科夫斯基在书中指出,魔鬼作为神秘之本质和现实之本质,集中了永恒的恶。果戈理的鬼——"是存在本体的中间地带,是所有深度与高度的否定,是永恒的平面,永恒的鄙俗"。"在人类世界的'无所事事'、空虚、鄙俗中,不是人,而是魔鬼本身——'谎言之父',以赫列斯塔科夫或乞乞科夫的形象出现的魔鬼本身——编造着自己永恒的、全世界的'谣言'。"梅列日科夫斯基认为,实质上,魔鬼主题——即"无条件的、永恒的和全世界的恶的现象,永恒状态的鄙俗"——是其整个创作历程的唯一主题。从《狄康卡近乡夜话》开始,作家就时常面对渗透我们整个世界的恶的问题,而且是人格化了的恶。果戈理本人这样表述自己的课题:"很久以来,我只忙于一件事,即让人们读了我的作品之后,开始尽情地嘲笑小鬼。"因此,他所有创作的主要目的即是"把小鬼描写成小丑",嘲笑他。现代人经由梅列日科夫斯基几近迷狂式的描述,发现了果戈理的这一创作风格,以及他对人类之鄙俗这一永恒的恶最犀利的揭露,最重要的是,发现了从果戈理开始的俄罗斯文学的宗教意识探索,"诗的终结——宗教的开始"。

这本书是一个伟大的作家和哲人写另一个伟大的作家和哲学家,没有人比梅列日科夫斯基做得更好了。其独特的内涵与视角,精辟而深刻的分析,深深吸引了我们;因为他,我们真正地为自己打开了果戈理。在梅列日科夫斯基和罗赞诺夫的批评著作①之后,不可能再把果戈理看作彻底的现实主义者,把他的作品只看作忠实地准确地反映了他那个时代俄国的现实②。这也正是别尔嘉耶夫所指出的"果戈理的非现实主义性",即他的象征性、神秘性和宗教性③。

该书第一版书名为《果戈理与鬼》(1906年),第二版书名为《果戈理:创作,生活与宗教》(1909年)。这个中译本仍沿用第一版书名,因为这个书名已广为人知。译本中楷体为原文斜体,黑体为原文大写体;若非特别注明,注释皆属译者注。

耿海英

2012年12月于津

---

① 见附录1。
② 见附录2。
③ 见附录3。

学断剑切割自家血脉。透过中西之争看到古今之争,进而把古今之争视为现代文教问题的关键,於庚续清末以来我国学界理解西方传统的未竟之业,无疑具有重大的现实意义和历史意义。

"经典与解释"编译规划自2003年起步以来,迄今已出版二百余种,以历代大家或流派为纲目的子系初见规模。经重新调整,"经典与解释"编译规划将以子系为基本格局进一步拓展,本丛编以标举西学古今之别为纲,为学界拓展西学研究视域尽绵薄之力。

古典文明研究工作坊
西方经典编译部甲组
2010年7月

第一部 创作

第一章

正如果戈理自己承认的那样,"怎样把小鬼描写成小丑"——这是其整个一生创作的主旨。"很久以来,我只忙于一件事,即让人们读了我的作品之后,开始尽情地嘲笑小鬼"(1847年4月27日从那不勒斯给舍维廖夫[Шевырев]的信)。

在果戈理的宗教认识中,魔鬼就是神秘之本质和现实之本质,在其身上集中了上帝的否定、永恒的恶。果戈理,作为艺术家,借助"笑"之光研究这一神秘本质的属性;作为一个人,借助"笑"之武器与这一现实本质做斗争。果戈理的笑,就是人与魔鬼的斗争。

上帝是无限的,是存在的始与终;魔鬼是上帝的否定,因而,也是无限的否定,一切始与终的否定。魔鬼是有始的和未完成的,冒充无始和无终;魔鬼是存在本体的中间地带,是所有深度与高度的否定,是永恒的平面,永恒的鄙俗。果戈理创作的唯一主题正是这一意义上的魔鬼,也就是作为现象的、在所有时间与地点和环境中——历史的、民族的、国家的、社会的——都可以观察到的"人的永恒的鄙俗",无条件的、永恒的和全世界的恶的现象,永恒状态(sub specie aeterni)的鄙俗。

关于我,人们已经谈论了许多,评论我的某些侧面,但我最主要的实质并没有搞清楚。只有普希金一人感觉到了它,他总是对我说,还没有一个作家有这样的天赋,能够将生活的鄙俗如此清晰地展示出来,能够如此有力地刻画出庸俗人的鄙俗,以至所有滑落在人们视线之外的微小的细节,都特写般地呈现在所有人眼前。这就是我主要的特征,只属于我一人的、其他作家根本没有的东西。(《与友人书简选》[《Выбранные места из переписки с друзьями》],第十八章,第 3 节)

在对道德规范的严重破坏中,在罕见的令人发指的恶行中,在震撼人心的悲剧结局中,人们看到了恶。而果戈理却第一个看到了人们看不见的但却最可怕的永恒的恶不在悲剧中,而在整个无悲剧中;不在力量中,而在无力中;不在极端的无理性中,而在过于理智的中庸中;不在尖锐与深度中,而在迟钝与平面中。整个人类感情与思想的鄙俗,不在最大中,而在最小中。果戈理为道德评价做了莱布尼茨为数学做的事情——就像莱布尼茨发现了有级差的微积分学一样,他发现了无限小的善与恶的无限大的意义。他第一个明白,魔鬼正是那个渺小——却因我们自己的渺小而显得伟大的东西;正是那个软弱——却因我们自己的软弱而显得强大的东西。他说:

> 我称呼事物直呼其名,也就是直接称魔鬼为魔鬼,不给它穿任何华丽的服装——像拜伦那样;并且,我知道,它是穿着燕尾服的……魔鬼已经不带任何面具地登场了:它以自己的本来面目出现了。

魔鬼的主要力量在于,它能够显得非其所是。是中间,却显得是两极之一——世界的无限两极,时而是反抗圣父和圣灵的圣子-肉体,时而是反抗圣子-肉体的圣父和圣灵;是造物,却显得是造物主;是黑暗,却显得是朝霞;是因循守旧的,却显得是自由开放的;是可笑的,却显得是嘲笑者。梅菲斯特的笑、该隐的骄傲、普罗米修斯的力量、撒旦的智慧、超人的自由——这就是出现在各个世纪各个民族的各式各样的"华丽的服装",这个永恒的替身、食客、上帝的猴子的各种面具。果戈理第一个看到了不带面具的魔鬼,看到了它的真面孔——可怕的,但不是因它的非凡而是因它的平庸鄙俗而可怕的面孔;他第一个明白,魔鬼的面孔不是遥远的、陌生的、怪异的、虚幻的,而正是身边的、熟悉的、现实的"人的,太人的"的面孔,众人的面孔,"就像每人拥有的"面孔,几乎就是我们自己在不敢成为自己且情愿成为"像众人"一样时的面孔。

果戈理的两个主要人物——赫列斯塔科夫(Хлестаков)和乞乞科夫(Чичиков)——是现代俄罗斯的两种面孔的本质,是永恒的、全世界的恶——"人的永恒的鄙俗"的两种位格。按普希金的话说,就是两个魔鬼的形象。

充满灵感的幻想家赫列斯塔科夫和积极实干的商人乞乞科夫——在这两副相对立的面孔后面隐藏着连接他们的第三副面孔——"不带面具的"、"穿着燕尾服的"、以"自己的本来面目出现"的魔鬼面孔,我们永恒的同貌人的面孔——像照在镜子里一样,他在自己身上呈现着我们本身的影像,他说道:你们笑什么?你们在笑自己呢!

第二章

> 您给这畜生(小鬼)一记耳光好了,也不必因此有什么惭愧。他就是个蹩脚的文人,整个儿就是气儿吹的。他就是个小官吏,跑到小城来像要办什么案子,大肆吹嘘蒙骗所有人,见人就严加申斥、大喊大叫。只要谁稍微胆怯些、退让些,他立刻就要起威风;可你一还击,他马上就夹起尾巴。是我们把他打造成大人物的,而实际上鬼知道他是什么东西。正如谚语所说的:小鬼向世人吹嘘说能掌管世界,可上帝连猪都不让他管。恐吓、吹嘘、让人垂头丧气——这就是他的事儿。(果戈理致阿克萨科夫[Аксаков]的信,1844年5月16日)

很容易猜出,谁是这个"跑到小城来像要办什么案子的小官吏",就是那个充当钦差大臣训斥所有人的家伙。

在《死魂灵》的草稿笔记上果戈理写道:

> 谣言满天飞的整个城市——就是整个人类大多数人的无所事事的生活(即鄙俗)的缩影……怎样使全世界各类鄙俗的图景与这城市的鄙俗联系起来?怎样把这城市的鄙俗归结为整个世界的鄙俗?

因此,同样像果戈理自己承认的那样,在他的两部最伟大的作品——《钦差大臣》(《Ревизор》)和《死魂灵》(《Мертвые души》)中——[十九世纪]20年代的俄罗斯外省的图景,除了显在的意义,还具有某种隐秘的意义,永恒的、全世界的、"缩影的",或如我们现在说的"象征"意义,因为,象征意即"缩影":在人类世界的"无所事事"、空虚、鄙俗中,不是人,而是魔鬼本身——"谎言之父",以赫列斯塔科夫或乞乞科夫的形象出现的魔鬼本身——编造着自己永恒的、全世界的"谣言"。果戈理在一封私人信件中写道:

> 我完全确信,谣言是魔鬼而不是人制造的。人由于无所事事而一时糊涂,不慎说出了他本不想说的没有意义的话。(博波芩斯基[Бобчинский]和多波芩斯基[Добчинский]①不正是这样不慎说出了"钦差大臣"?)于是这句话就传开了。从传开的话里,另一个人在无聊中又说出了另外的话。就这样,慢慢地,神不知鬼不觉,故事本身就被编造了出来。要想寻找故事的真正作者真是疯了,因为根本就找不到……不要追究任何人……记住,世上的一切都是错觉、骗局,一切呈现给我们的都不是它实际的样子……我们的处境不妙,处境艰难呀,因为忘记了每时每刻我们的行为都将受到**那个人**审视——凭你什么东西也收买不了**那个人**。(致 N. F. 的信,莫斯科,1849 年 12 月 6 日)

难道这里不是给出了钦差大臣全部的,不仅尽人皆知的现实意义,还有至今似乎无人理解的神秘意义?

在赫列斯塔科夫身上,除了真实的人类的面孔,还有一个"幽灵":果戈理说:"作为一个谎言的欺骗的化身,这个诡异的幽灵驾着三驾马车鬼知道疾驶到哪里去了。"《外套》(《Шинель》)的主人公阿卡基耶维奇(Акакиевич),也像赫列斯塔科夫一样,只是不是在生前,而是在死后,变成了一个幽灵——一个死人,在卡列金桥上吓唬过行人,从他们身上剥下各种外套。还有《狂人日记》(《Записки сумасшедшего》)的主人公,也变成了一个诡异的幽

---

① 《钦差大臣》里的两个人物。

灵——"西班牙国王费迪南德（Фердинанд）八世"。这三个人物具有同一个原点——这就是彼得堡的小官吏，巨大的国家肉体上的无个性的小细胞，无限大的整数的无限小的小数。从这一原点——几乎被僵死的无个性的整体完全吞噬的活生生的人的个性——他们奔向虚空。他们叙述了三个不同但同样巨大的寓言——一个比喻谎言，一个比喻疯狂，一个比喻充满迷信的传说。在所有这三种情况下，个性拒绝现实，为自己的现实的被否定而复仇；用虚构的幻想的自我肯定去复仇。人努力地要成为与所有人不同的个性的样子，从个性的深处并向人们、向上帝高喊：我——是唯一，我在任何时候任何地方从来也不是另一样子，也将永远不会，我本身对我自己来说就是一切——"我，我，我！"——正像赫列斯塔科夫在狂怒中叫喊的那样。

在国家这一现实的庞然大物中，赫列斯塔科夫——只是个微粒："只是所有司里所谓的最微不足道的人中的一个"。他的仆人，一个傻瓜和骗子奥西普（Осип），这样鄙视主子："如果实际上真是什么领署大贵族也好，可他只不过是个芝麻官"。但是，他确是贵族、俄罗斯后院旧式地主的儿子。但他与自己的祖先、民族、土地没有维系任何联系。他是彼得堡没有土地的彻头彻尾的"无产者"，无亲族的、人造的人——雏人，从"彼得堡官阶谱系"中跳出来的，就像从炼金术的瓶中出来的一样。那些像他的父辈一样的过去时代的人们，对他来说，就是蛮夷之人，几乎就不是人：

> 他们，蠢货，简直就不知道"您要接见吗？"是什么意思。要是个什么蠢地主到他们家，就会像头熊一样，直接闯到他们的客厅去。

不过，否定是彼此的："老爷给他寄来了钱"，但如果他知道了他可爱的儿子在彼得堡是怎么过的："不务正业——不上班，而去大街上闲逛，去打牌"，那么，按照奥西普的说法，"他才不管你是当官不当官的,扒了衣服就是一顿狠揍,够你事后四、五天抓痒的"。作为一个有头脑、有道德的人,赫列斯塔科夫绝不是完全无个性的。果戈理写道:"赫列斯塔科夫——一个机巧、举止得体(comme il faut)的人,聪明,甚至德行高尚。"诺,当然了,即使不是十分聪敏和德行高尚的,也至少不是十分愚蠢与凶恶的人。他有着最寻常的头脑,最寻常的、人轻易就皆而有之的"世俗社会的良心"。他身上有着流行的、结果沦为庸俗的一切。"打扮时髦",还有,说话、思考、感觉也都很入时。果戈理指出,"他属于那样一个圈子,这个圈子看来与其他年轻人没有丝毫不同"。他像所有人一样:无论是头脑,还是心灵,还是话语,就连面孔也和所有人一样。在他身上,同样按照果戈理本人对他十分深刻的界定,没有任何激烈的,也就是确定的、彻底的、到达极限的、绝对的东西。赫列斯塔科夫的本质正在于这种不确定性和不彻底性。"他不能够长时间地将注意力停留在某种思想上"——没有能力将自己的任何一种思想、任何一种情感集中起来,并进行到底。他,正像伊凡·卡拉马佐夫(Иван Карамазов)的小鬼所说的那样,"失却了自己所有的始与终",他——是所有始与终的否定的化身,道德和智力的中间值,平庸的化身。

但是,推动与操纵他的主要力量,不是社会的人,也不是智力或道德的人,而是他无个性的、无意识的、自发的人——是本能。这里首先是动物自发的自我保护本能——难以置信的狼一般的饥饿:"太想吃点东西了,还从来没有这样想过……呸,简直饿得吐黄水儿……"这不是一般的吃点面包就可以填饱肚子的农夫的饿,这是贵族的、老爷的饿。赫列斯塔科夫意识到自己的贵族身份,有理由满足这种饿:

> 你去认认真真解释给他(酒店老板)听,我需要吃饭……他怎么地,以为他,一个粗人,一天不吃饭没关系,别人也一样?简直是奇闻!

想吃饭,需要吃饭——这已经是赫列斯塔科夫这个生物身上某种绝对的、无限的东西;在任何情况下这是他的自然的始与终,他的最初与最后的权利。

赋予了他这一需求的本性,以一种特殊的力量——谎言的力量、伪装的力量、善于表现得非其所是的力量——来满足这一需求。并且这一力量在他那里却不在智力中、意志中,而是在最深的无意识本能中。

一些昆虫的身体的形状与色彩可以如此精确、彻底地蒙骗人类的眼睛,它们再生出类似于死结块儿、腐树叶儿、石头和其他东西的形状和色彩,利用这些特性作为生存斗争的武器,逃避敌人,捕捉猎物。

在赫列斯塔科夫身上就埋藏着类似的原始的天然的谎言或虚伪的表情之本能。在他的嘴里,谎言是永恒的"本能游戏"。他的舌头撒起谎来是如此地不由自主和不可抑制,就像心脏跳动、肺部呼吸一样。果戈理说:

> 赫列斯塔科夫撒谎,完全不是冰冷地或做作地吹牛的样子,他的两眼充满了由此带来的极大的喜悦。这可以说是他生活中最好的、最诗意的时刻——几乎就是一种灵感喷发。

赫列斯塔科夫的谎言与艺术家创造性的幻想有某种共同之处。他以幻想让自己陶醉得忘乎所以,最少考虑现实的目的和好处。这是一种无私的谎言,为谎言而谎言,为艺术而艺术。这时他不需要来自听众的任何东西:只要相信就行。他如此天真而没有心机地撒谎,并且自己第一个相信,自己欺骗自己——其迷惑力的秘密就在于此。他撒谎并认为:这是好的,这是真理。不存在的东西对于他,就像对于所有艺术家一样,是最美好的东西,也因此是比真理还真理的东西。他仿佛因某种崇高的喜悦而浑身燃烧和颤抖。这是某种满足,撒谎的极大满足。假使人们去揭露他的谎言,开始时他简直会不明就里,随后就会充满崇高而美好的真理与正义感鄙视如此卑鄙的观点;会一副无助、纯洁的样子伤心起来,就像一个受了委屈的孩子,一个受了贱民侮辱的诗人。无怪乎果戈理断言,赫列斯塔科夫的一个主要的特征是"心地纯洁而天真"。谎言在这位天才这里,就像在所有真正的天才那里那样——几乎就是孩童的单纯和清澈。但那位从被他蒙骗的官员们手里极其无耻放肆地接受贿赂的赫列斯塔科夫已经完全是另一个人了:诗人消失了,灵感沉寂了:

> 灵魂咀嚼着寒冷的梦,
> 在世界众多渺小的孩子中
> 也许他是最渺小的一个。

在他身上与谎言联系着的是另一种同样原始天然的本性。他坦然承认道:"我才思敏捷得不得了。"不仅仅是思维,还有情感、行为、语言,甚至是"纤细清瘦的身体",他这个人整个就是"敏捷得不得了":他整个就像"有风托着",刚一沾地——马上就一跃而起,飞逝而去。对于他以及在他本人身上,没有什么难的、沉重的、深刻的东西——在真理与谎言、善与恶、法律与犯罪之间,没有任何停顿和界限。他甚至不是"跨过",而是凭借自己长了翅膀般的敏捷飞越"所有的界限和障碍"。沉重不堪地压抑了人类千百年的那些最伟大的思想,到了赫列斯塔科夫的脑袋里,突然变得比羽毛还轻,比如,就拿十七和十八世纪的蒙田(Монтень)、霍布斯(Гоббс)、卢梭(Руссо)的主要思想之一——关于"自然状态",关于人回归自然的思想来说,当赫列斯塔科夫向市长夫人倾诉爱慕之意时,夫人胆怯而困惑地回答说:

"不过您知道,我,按说……我已经是有夫之妇了。"
"这没关系,"赫列斯塔科夫反驳说,"对于爱情来说这不是问题。卡拉姆辛(Карамзин)说:'法律将审判'。那让我们投入自然的怀抱……"

这也就是说：人类的法律审判我们的爱情，但我们要离开人们到自然中去，主宰那里的是另一些法律，永恒的法律。从古希腊的"在自然的庇护下"很幸福的达佛尼斯（Дафнис）和赫洛娅（Хлоя）的田园牧歌，到十八世纪的感伤小说，到华托（Ватто）①、布歇（Буше）②趣味的牧人场景，再经由卡拉姆辛到赫列斯塔科夫——人类的思维走过了多么不可思议的道路，而最终变成了什么！

可是，关于自然与人、自然与文明的对立的思想在他那里还有另一面：

> 不过，乡下也有自己的小山呀小溪呀…… 当然了，不能跟彼得堡比！彼得堡！真的，那是什么样的生活呀！

奥西普也是如此理解文明的诱惑的：

> 日子又精细又讲究，戏院呀，小狗会给你跳舞呀，总之呀，想要什么有什么。人们说话呢轻声细语的，真见鬼，举止简直都像贵族一样！

伊壁鸠鲁的自由思想，多神教的重生智慧，"活着的人，享受生活吧！"的原则——在赫列斯塔科夫这里浓缩成了一句新的充满实用智慧的格言："要知道，活在世上，就是要摘享乐之花的"。多么

---

① 让·安东尼·华多（1684 – 1721），法国十八世纪洛可可时期最重要的也最有影响力的一位画家。特别擅长描绘洛可可时期的那种轻松愉快又不免忧郁色彩的"游乐画"，这是别人在无法归类他的作品时临时起的名字。

② 弗朗索瓦·布歇（1703 – 1770），法国画家、版画家和设计师，是一位将洛可可风格发挥到极致的画家。

简单！多么通俗！这样一种对所有道德规范的摆脱，以后会不会变成尼采（Ницше）式的、卡拉玛佐夫式的"没有善与恶，一切都是允许的"？无论是这里，还是那里——是同一个起点：鹰的翅膀和蚊子的翅膀都在与同样的万有引力定律斗争。

这是他多神教的一面。可是他还有基督教的一面——对超自然国度的思念，赫列斯塔科夫的"理想主义"——他给自己的朋友特利亚比奇金的信中写道：

> 再见了，亲爱的特利亚比奇金……老兄，这样生活太无聊了，人毕竟需要精神食粮啊。我明白了，确实应当做点高尚的事了。

这就是他看待一切事物的视角：所有具有三维的事物，都让他归为两维或一维——归为完全的平面、平庸。这也正是时下流行的，因此一切都庸俗化了。他把各种思想都压缩到简单的极致，简化到轻浮的极致，抛弃它的首与尾，只留下一个无限小的、最最中间的一个点——结果，原是延绵的山峰，现在变成了一粒尘埃，被一风吹到了大路上。经过这种赫列斯塔科夫式的天才的压缩、简化，泯灭它们，风化它们之后，没有什么高尚的情感、深刻的思想不变成平庸的尘埃的。

他的精神是时代精神的孪生兄弟。"我是靠文学生存的"，赫列斯塔科夫这样说。这不是谎言，而是深刻的坦白。他不仅是特列亚比奇金（Тряпичкин）①、布尔加林（Булгарин）、谢科夫斯基（Сенковский）、马尔林斯基（Марлинский）的朋友，还是普希金

---

① 特列亚比奇金：见上文中，赫列斯塔科夫彼得堡的朋友。他是果戈理的《钦差大臣》里没有出场的人物，他不是别人，正是十九世纪30年代的"杂志三人同盟"会的成员之一，被作为粗制滥造、卖身投靠的典型。该会是由布尔加林、格列奇、谢科夫斯基组建的。

(Пушкин)的朋友——亚历山大·谢尔盖耶维奇(Александра Сергеевича)①,一位士官生出身的低级宫廷侍从,外表时髦的上流社会的花花公子,举止得体(comme il faut),他数不清的点头之交的朋友之一,"一个可爱的小孩儿"。他在宫廷舞会上跟他握手,高傲而放肆:

> "喂,怎样呀,老兄?"普希金常这样回答:"没什么,老弟,一切都老样子呀……"是位大怪人呀!

当然,普希金因之而丧生的这种诽谤,没有了伊万·亚历山德罗维奇·赫列斯塔科夫的参与就不会大行其道。普希金死了,而赫列斯塔科夫却阳光灿烂、大红大紫。

他的精神不仅体现在十九世纪初那种浪漫却"带血的勿忘我花"之中,也体现在我们当代颓废主义的机巧中,在我们尼采信徒的放肆之中,为此,健全的理智,就像那位老爷子一样,如果知道了是怎么回事儿,才不管你是颓废派还是尼采的信徒,而是"扒了衣服就是一顿狠揍,够你事后四、五天抓痒的"。"我给他们大家修改诗"——关于我们那些初出茅庐的新诗人,也许赫列斯塔科夫也会这么说。"我有很多作品——瞧,我甚至连它们的名称都记不得了"。只要听听特利亚比奇金的这位朋友的话就足够了:

> 再见了,亲爱的特利亚比奇金……老兄,这样生活太无聊了,人毕竟需要精神食粮啊。我明白了,确实应当做点高尚的事了。

这就是他看待一切事物的视角:所有具有三维的事物,都让他归为两维。只要听听现在那些滑稽可笑的音乐——这一上世纪的

---

① 即普希金。

主旋律,如此挥之不去的、淹没了贝多芬和瓦格纳的旋律——就能感受到赫列斯塔科夫没有死去:"我也写各种轻松喜剧",十九世纪的悲观主义一点也没有妨碍他"摘享乐之花"。只要随便到哪个剧院走走,就能证实,今天剧院经理们依然会对自己的老朋友伊凡·亚历山德罗维奇说:"老兄,给写点什么吧。"那位也会回答说:"好呀,老弟!""结果,一晚上就全写好了。"只要随便浏览一份报纸,就会从有关自行车运动的益处和良心自由的见解中,从有关卡瓦列里(Кавальери)和"米洛斯的维纳斯"(Венера Милосская)的美妙的看法中,从天气预报和俄罗斯的远大前程的预言中,朝我们袭来"敏捷得不得了的思维"。正是在这里,在当今的报刊中,公开地,一天天地,成长着越来越多的赫列斯塔科夫。现在他比任何时候都更能够说:"我是靠文学生存的。"这一点也不是夸口,而且,文学是靠"我"生存的。果戈理惊恐的说道:

> 报纸正不知不觉地变成它所不尊重的人的无情的立法者。所有这些非法的法律,是来自下界的"**不洁的力量**"当着世人的面制定的,而整个世界都看到了这一点,但却像着了魔似的,不敢动弹一下。这意味着什么? 这是怎样可怕的对人类的耻笑呀!

赫列斯塔科夫的力量当然也是这一来自下界的"不洁的力量",他不仅存在于文学中,也存在于全世界的历史中,从巴黎到北京,从伦敦到德兰士瓦,都写着自己的"轻松喜剧",编织着自己的谎言。

一切就这样衍生,衍生,像迷雾幻影,像海市蜃楼。高些,高些,再高些(excelsior)——这是赫列斯塔科夫的战斗号召,现代进步的战斗号召。

"有一次我曾领导一个司。"这是谎言?未必。也许从那时起他就不止一次地领导某个司。也许就在我们今天人们还请求他:

> "伊凡·亚历山德罗维奇,您来管理本司吧。"
>
> "好吧,先生们,我接受这个职位,我接受。就这样。不过在我管辖下,可不许胡来!我的耳朵可是灵的很!我可要……国会都怕我。"

也许就在我们今天,永远年轻的赫列斯塔科夫从最涣散的一个司走过——"简直像地震了,一切都像树叶似地在摇晃,颤抖",即便不是三万五千个信使,也是一车皮的加急电报、电报、电话接连不断地听他差遣。我们中谁没有听过自己的上司的警告:"哼,我可不喜欢开玩笑,我可事先警告你们!"

但是,高些,高些,再高些(excelsior)!这一幽灵在长大,肥皂泡在膨胀,闪耀着迷人的彩虹。

> 实际上怎样呢?我是那样的人物!我谁也不放眼里……我对大家说:我自己知道自己的身价,自己知道!我到处都去,到处。

这是宗教性话语,这已经是几乎不戴面具的魔鬼:它超越空间与时间,它永恒且无处不在。

> 我每天都要进宫。明天就要晋升我为元帅……(脚底打滑,差点摔倒在地,幸好被官员们恭敬地扶住。)

如果不滑那一下,他会吹嘘到什么地步呢?会不会像所有骗子一样称自己就是皇帝呢?呵,也许今天连君王的称号也不会满足了,而且大概不会满足于任何人类的称号,已经直呼自己是"超人"、"人神"了?他会说陀思妥耶夫斯基的小鬼对伊凡·卡拉马佐夫所说的话:

哪里有上帝,哪里就是上帝之国;哪里有我,哪里马上就成为至高无上之地——于是一切就都是允许的!

要知道,赫列斯塔科夫几乎要这样说了,最起码是想说;如果不会说,那只是因为还没有那样的词汇,因为他已经说:"我自己知道自己的身价,自己知道……我,我,我!"这种狂热的自我肯定离波普里辛(Поприщин)①的自我神化,离尼采和基里洛夫(Кирилов)的自我神化只有一步:在波普里辛发狂的脑袋里,自我神化得出了疯狂的但仍然相对谦虚的结论:"我是西班牙国王费迪南德八世";而在尼采和《群魔》(《бесы》)的主人公虚无主义者基里洛夫的形而上学的脑袋里,已经是彻底的、更豪迈的结论:"如果没有上帝,那我——就是上帝!"

难怪小县城的那些小官吏像是被赫列斯塔科夫的"超人的伟大"压迫着。"将军"——这对于他们几乎就意味着"超人"。

"您怎么想,彼得·伊万诺维奇(Петр Иванович),他是多大的官?"

"我看,差不多是将军。"

"可我看,将军根本配不上他!如果是武将,那至少是个大元帅!……"

"瞧,彼得·伊万诺维奇,这才叫人物呢!这才叫做人的意义。"——博勃钦斯基下结论。

而不知所措的阿尔杰米·菲里波维奇·泽姆梁尼卡(Артемий Филиппович Земляника)只剩咕咕哝哝了,浑身哆嗦、脸色苍白地说:"简直太可怕了!为什么可怕,你自己也不知道。"确实如此,整个舞台上回响着怕得要死的喘息声。

---

① 果戈理《狂人日记》里的人物。

观众大笑,但不懂得可笑中的可怕,没有感觉到他们自己也许被蒙骗得比那些愚蠢的小官员更甚。谁也没有发现,在赫列斯塔科夫背后,一个巨大的幽灵在不断滋长,它,我们所有的激情都永恒地服务于它,扶植着它,正像官员们扶住要滑倒的钦差大臣,正像小鬼儿们扶持撒旦一样。似乎,直到现在也没有人看到它,没有人辨认出它,尽管它已经"以自己本来的面目"、没有戴面具或戴着最透明的面纱出现——毫无廉耻地当着人们的面大笑,并喊道:"这是我,我本人!我——到处去,到处去!"

第三章

如果不是观众,那也是剧中人物感觉到了某种令人震惊的噩梦般的阴霾,奇异的鬼的幻影。

"在我身上发生了件怪事"——赫列斯塔科夫在给特里亚比奇金的信中以一种戏谑而无邪的口气这样写道。"真是见鬼了!"——市长困惑莫解,"揉揉眼睛",仿佛刚睡醒,就在大祸临头时方才清醒:

> 直到现在我还不能回过神儿来。一点不假,如果上帝想要惩罚,先会使你失去理智。

阿尔捷米·菲里波维奇惊讶不已,无可奈何地"摊开两手"说:

> 这一切是怎么发生的,就是打死我,我也解释不清。像是被迷雾迷惑,被小鬼诱惑。

邮政局长这样讲述自己拆假钦差大臣的信时的精神状态:

> 似乎有股非自然的力量叫我这么做的。仿佛有个魔鬼低声说:拆吧,拆吧,拆吧!就像有一团火漆压到了身上,浑身一团火,可等拆开一看,顿时全身冰凉,上帝保佑,全身冰凉。两手哆嗦,两眼发黑。

市长关于赫列斯塔科夫问邮政局长道:

"你说,他到底是什么人物?"

"非驴非马,鬼知道他是什么玩意儿!"

邮政局长无意间说出了永恒中庸精神的最隐秘的神秘本质。

如果赫列斯塔科夫不是驾着自己的三套马车逃之夭夭,幽灵般地消失在他所释放的"迷雾"中,那么市长兴许会问他,就像果戈理的另一部喜剧里一个骗子问另一个骗子一样:"你是谁?是鬼么?说,你是谁?"赫列斯塔科夫回答市长的话,也会是果戈理在喜剧中写到的,同样是陀思妥耶夫斯基的那个真正的鬼回答伊凡·卡拉马佐夫的话:"我是谁?我本是个高尚的人,却不由得成了骗子。"①

果戈理在自己的一条"琐事笔记"中这样写道:

> 生活变成了如此可怕的迷雾,并且其中深藏着一个秘密。生活没有坚实的支柱——这难道不是一种可怕的现象?这难道不是一种极其巨大的征兆?是这样,但人们却都是瞎子。

在这可怕的阴霾中,被迷惑的人们游移穿行,彼此都觉得对方像是幽灵。

> "我什么也看不见",——被迷雾搞得不知所措的市长呻吟着。"我看见的不是人脸,全是猪脸,全是猪脸。"

果戈理在文章《俄罗斯的恐惧与可怕》中谈另一个话题时这样解释这种鬼影:

---

① 果戈理的戏剧《赌徒们》第 25 场,伊哈列夫和格洛夫的对白:
——你是谁?是鬼么?说,你是谁?
——我是谁?我本是个高尚的人,却不由得成了骗子。

想象一下那种降临埃及的黑暗:正当白天,伸手不见五指的黑夜却突然包围了他们;各种令人毛骨悚然的影子从四面八方朝他们围拢过来;许多老朽、面目狰狞、奇丑奇大的丑八怪无法抵挡地压向他们眼前;无需什么铁链子,恐惧就牢牢地铐住了所有人,剥夺了他们的一切——他们的所有感觉、所有愿望、所有力量都死亡了,只剩下恐惧。

这正是"最后一幕",不仅是在通常的舞台意义上,而且是在最深刻的象征意义上——"最后一幕",梦魇,一切皆以此告终。"前场人物及宪兵":"从彼得堡奉旨前来的官员要你们立刻前去晋见。"这些话雷鸣般震惊了所有人。接下来是"哑场"——众人恐惧得瞠目结舌、呆若木鸡。

我们应当相信,按照果戈理的构思,这个像"扭转乾坤的上帝"、像中世纪神秘剧中的天使出现的彼得堡官员,是真正的钦差大臣——劫数的体现,人类的良心,上帝的审判。但是我们没有看见他,比起赫列斯塔科夫,他对我们来说是更加虚幻和模糊的面孔。但是假如他出现了,谁敢保证:在两个"都来自彼得堡的官员"——大的,小的——之间不会有可怕的相似,在这位仿佛真正的钦差大臣的令人惊恐的面孔中不会闪现出并不陌生的上流社会人的面孔——比伊凡·亚历山德罗维奇(即赫列斯塔科夫——译者)飞得还要高,但同样敏捷,同样"举止得体(comme il faut),聪明,甚至还很高尚",但同时,完全"与其他人,与所有人没什么两样"? 当他开始给自己的小兄弟们、小县城的官员们唱高调时,在他的长官腔的呵斥声中难道不会发出熟悉的、不久前才听到过的呵斥?——

不过在我管辖下,可不许胡来! 我的耳朵可是灵得很! 哼,我可不喜欢开玩笑,我可事先警告你们!

如果第一个钦差大臣,刚刚才逃之夭夭的伊凡·亚历山德罗维奇,完成了自己的一圈巡视后,以第二个钦差大臣的形象又回来了,作为飞得更高的赫列斯塔科夫,以新的、彻底的、最终的样子出现了,那又会怎样?

"奉旨从彼得堡前来"——这一声惊雷令所有人震耳欲聋,不仅是所有人物和观众,甚至似乎还有果戈理本人。彼得堡来的旨意? 不过,如果不是从彼得堡这个"地球上所有城市中最诡异最虚幻到处充满迷雾的地方"来的,那种"令人昏头的迷雾"、可怕的生活的阴霾、"降临埃及的黑暗"、魔鬼的幻影——置身其中什么也看不见,只能看到"猪脸,还是猪脸,别无其他"——这一切又能从何而来,并在俄罗斯大地上弥散、蔓延? 两个钦差大臣,第一个和第二个,普通的"小官吏"和真正的"大元帅",难道不都是同一个"官阶体系"中的合法婚生子? 不都是同一个俄罗斯历史的"彼得堡时期"的产物?

同样,这个怪物般的小县城难道不是全俄罗斯这座大城池的一部分? 不是彼得堡本身一个缩小的但像两滴水般极其精准的反映? 彼得堡从无中召唤出了这座小城。它能按照什么法则,从什么高度来审判和惩罚这座小城? 实际上,在果戈理时代,作为一个特例,小城发生了这样的事件,可是彼得堡这座小所多玛城,是否会遭到不是赫列斯塔科夫式的,而是真正的上帝之雷的惩罚呢? 什么样的面孔——不是作为依然有点像杰尔日莫尔达(Держиморда)的警察,而是作为上帝法庭中真正的人——会出现在这些"猪脸"之中?

不,《钦差大臣》没有结束,这一点果戈理本人没有完全意识到,观众也没有理解;绳结只是有条件地在舞台上解开了,但没有从宗教上解开。一出喜剧结束了,但更可笑更可怕的另一出戏却正在开始或应当开始了。我们终究不会在舞台上看到它,但直到现在它一直在舞台后、在生活中上演。这一点果戈理部分地意识到了。他说:"没有结局的钦差大臣。"我们会补充说:钦差大臣是永恒的。这不是某种局部的、暂时的、历史的笑,而正是俄罗斯良心对俄罗斯城池永恒的嘲笑。

果戈理本人借《钦差大臣》结局中一个人物之口又说:

> 最终,最终会出现某种……我甚至给你们说不清,某种诡异的阴暗的东西,某种因我们的混乱而产生的恐惧。宪兵出现在门口,他宣布那位必定会从地球上消灭这伙人的真钦差大臣的到来,这伙人全因他的话而呆若木鸡——所有这一切是多么令人恐惧!

为什么可怕?是否这种"呆若木鸡",正像《钦差大臣》中的一切一样,自身包含了某种深刻的"象征意义"?

"喂,马儿们,跑起来唉!"——在第四幕的最后听到后台马车夫的声音。"马铃丁当作响",三套马车飞驰而去,而赫列斯塔科夫,"一个魔幻般的人,一个真实的谎言,也与三套车一起,鬼知道消失到哪里去了。"赫列斯塔科夫的三套马车让人想起波普里辛的三套马车:

> 给我一辆旋风般的三套车!上车吧,我的车夫,响起来吧,我的铃铛!跑起来吧,马儿们。把我从这个世界上带走吧!越远越好,远得什么也看不到。

赫列斯塔科夫就是这样坐着自己的三套车驶向旷野、驶向虚空,驶向无——他的来处,他本身就是无与空的化身,又归于无。而一切现实和存在,过去的和现在的,在神秘的杰尔日莫尔达不可避免地"最终出现"时,顷刻间变得石头般僵硬凝滞,处于茫然的恐惧中,此时,只有幽灵般的、有着"异常敏捷的思维"的赫列斯塔科夫在永恒运动中奔向无限的未来。

"好像有股神秘的力量托起你的翅膀,于是你飞起来,一切都飞起来。"向前,向前!再向前(Excelsior)!一方面是果戈理所说的"这令人恐惧的运动",另一方面是这令人恐惧的僵硬——这意味着什么?莫非石头般僵硬的俄罗斯城池——不是被铁链而是被"降临埃及的黑暗"束缚住的俄罗斯——这是整个过去的和现在的俄罗斯？而鬼知道飞奔到哪里去的赫列斯塔科夫——这是新俄罗斯？石头般的沉重，幽灵般的敏捷。当下——现实的庸俗，未来——空想的庸俗，这就是俄罗斯两个同样悲哀的终点，两条同样可怕的道路——走向"魔鬼"，走向虚空，走向"虚无主义"，走向无。正是在此意义上，果戈理将俄罗斯比喻为飞驰的三套马车的说法充满了某种可怕的、其本人意想不到的嘲讽：

> 罗斯，你究竟要奔向何方？请给出答案。没有回答。马车铃发出美妙的声响（"响起来吧，我的铃铛"——波普里辛呓语着；在《钦差大臣》的第四幕里同样有"马车铃叮当响起"）。大地上的一切从身边飞驰而过，其他民族与国家都侧身、闪开，给它让出了一条大道。

疯癫的波普里辛，机巧的赫列斯塔科夫，精明的乞乞科夫——这就是在无边无际的旷野上，在无边无际的虚空中，惊心动魄地飞驰着的具有象征意义的俄罗斯三套车所折磨着的人。

> 望不见尽头的地平线……罗斯！罗斯！看见你了……你这无边的辽阔预示着什么？不正是应该在这里，在你的土地上产生无穷的思想，既然你本身如此辽阔？不正是应该在这里产生勇士，既然这是一片可以任他驰骋与飞翔之地？

可是啊，果戈理的笑却无情地回答了这一问题！俄罗斯的辽阔只诞生了两位"当代英雄"，两位"勇士"——赫列斯塔科夫和乞乞科夫，两个巨大的幽灵，两个"老朽、面目狰狞、奇大奇丑的丑八怪"，只有他们出现在了她的面前。

第四章

赫列斯塔科夫是运动与"进步"之端点,乞乞科夫是静态与稳定之端点,赫列斯塔科夫的力量在于诗意的激情,狂妄的陶醉;乞乞科夫的力量在于理智的平静,明智的清醒。在赫列斯塔科夫那里是"异常的敏捷",在乞乞科夫那里是异常的稳重,思维的有理有据。赫列斯塔科夫——袖手旁观者,乞乞科夫——积极的活动家。对于赫列斯塔科夫来说,一切愿望皆现实;对于乞乞科夫来说,一切现实皆愿望。赫列斯塔科夫——理想主义者,乞乞科夫——现实主义者。赫列斯塔科夫——自由主义者,乞乞科夫——保守主义者。赫列斯塔科夫是当代俄罗斯现实的"诗意",乞乞科夫是当代俄罗斯现实的"真相"。

但是,尽管有这样明显的对立性,他们的隐秘实质却是同一个。他们是同一种力量的两极,是孪生兄弟,他们是俄罗斯中间阶层的子嗣,是十九世纪的俄罗斯的子嗣,是各个时代中间的、资产阶级的子嗣。两者的实质均是永恒的中庸,"非此非彼"——彻底的庸俗。赫列斯塔科夫相信不存在的东西,乞乞科夫相信存在的东西,两者均属同样的庸俗。赫列斯塔科夫作打算,乞乞科夫去行动。富于幻想的赫列斯塔科是最现实的俄罗斯事件的肇事者,一如现实的乞乞科夫是俄罗斯最富幻想的"死魂灵"传说的肇事者。我再说一遍,这是当代俄罗斯的两副面孔,是全世界永恒的恶——魔鬼——的两个实体。

果戈理指出:"称乞乞科夫为老板、买卖人更公正。买卖——是万罪之源。"

> "太好了!这样子呀,巴维尔·伊万诺维奇!这样您就买下了。"处长在办完了死农奴的契约手续后说。
> "买下了。"乞乞科夫说。
> "好事!真是件好事!"
> "我自己也知道,我所能做的再没有比这更好的事了。无论如何,如果一个人最终不能站在坚实的基础上,而是站在年轻人那种自由主义的不切实际的幻想上,那他的目的就还没有确立。"

这难道不是经乞乞科夫之口说出了整个欧洲十九世纪的文化最内在的实质?生活的最高意义,人在世上的最终目的"还没有确立"。世界的始与终还是不可知的。只有中间地带——现象世界——是认知、感性经验可以通达的,因而也是现实的。评价一切的唯一和最终的尺度是这一感性经验,即通常的"健康的"——中年人的感性的牢靠性、根据性、"事实性"。往昔时代一切哲学的、宗教的期待,它们对无始和无终,对超感觉实质的激情,按照孔德的界定,都只是"形而上学的"和"神学的"妄想,是"年轻人自由主义的不切实际的幻想"。"但是我们的英雄(当代的英雄,以及我们时代本身)已经是中年人,并具有了谨慎冷静的性格。"他思考问题"更积极",也就是"更正面"。结果他反对一切在他看来是"不切实际的幻想"的东西,一切虚假的无终点、无根据的幻象,而要"站在坚实的基础上",要有根据、有终点,要相对的、仿佛是唯一现实的东西。这正是乞乞科夫主要的正面的思想。

果戈理又补充道:

> 但应当指出的是,在他的话语中有某种不坚定性,仿佛他马上就会对自己说:"嘿,老兄,你在撒谎,撒的还是弥天大谎!"

是的,在乞乞科夫的"实证主义"深处同样有赫列斯塔科夫的理想主义深处的那个世界性"谎言"。乞乞科夫想要"站在坚实的基础上"的愿望——这正是时下流行的因而也是庸俗的东西,正如赫列斯塔科夫想要"确实应当做点高尚的事"的愿望。两个人都只是在说,在想,像所有人一样;而实际上,乞乞科夫既没有任何事情具有"坚实"的基础,赫列斯塔科夫也没有任何事情达到了存在的高峰。在这一个保守主义的根据性后面掩盖着"空想"、空虚、无,正如在另一个自由主义的"敏捷的思维"后面掩盖着同样的东西。这不是两个对立的始与终,不是两个疯狂却不失真诚的极端,而是两个因过于明智而致卑劣的中庸,是我们时代两个同样的平庸。

如果在人类生活中没有任何确定的意义,高于生活本身的意义,那么对于人来说在世上就没有任何确定的目的,除了为生存而进行的现实斗争中的现实胜利。"如此想吃东西,还从来没有这么想过!"——赫列斯塔科夫这无意识的本能的号叫,"本性的声音",变成了乞乞科夫有意识的社会文化思想——关于买卖、关于财产、关于资本的思想。

> 要珍惜每一个戈比,因为这是世上最可靠的东西……戈比是不会出卖你的……你在世上干任何事,打通任何事都要靠戈比。

这就是父亲的遗嘱,乞乞科夫的精神之父的遗嘱,十九世纪的遗嘱。这就是所有世纪中最积极的世纪以及渗透了其整个文化的工业资本主义和资产阶级制度的最积极的思想。这似乎就是那个唯一的"坚实的基础"——如果不是在抽象的意识中也是在实际的生活中可以找到的,与往昔世纪的所有"不切实际的幻想"相对立的东西。当然,这里没有上帝的真理,但是有"人的、太人的"真理,也许,这甚至多少是可以得到辩护的。

金钱的力量对于乞乞科夫来说不是一种粗鲁的、外在的力量,而是内在的精神、思想、意志的力量,是乞乞科夫式的大公无私、英雄主义和自我牺牲的力量。同样"奉命从彼得堡来"的公爵,像第二位钦差大臣似的,在两位强壮的宪兵护卫下向乞乞科夫宣布道:"即刻送监,在那里你将同最坏的恶棍和强盗们一起等待对自己命运的判决。"而此时乞乞科夫反驳道:

> 我是人呀,公爵大人! 我要用血汗来解决迫切的生存问题……要知道,我可以说是以血的代价,靠劳动,劳动,挣每一个戈比,而不是抢劫别人,像有些人侵吞公产那样……上帝的公道何在? 对辛劳、对不懈努力的奖赏何在? 要知道,我需要战胜多少、忍受多少艰难困苦! 要知道,每一个戈比可以说都是倾尽精神的全部力量而挣得的! ……

在关于金钱的思想中对他来说包含了某种无条件的,甚至是无限的、几近宗教的东西。

> 匣子! ——他在监狱中撕心裂肺地叫喊,随后撕破了自己身上"纳瓦林硝烟色的"①燕尾服。——匣子! 那里是我的全部财产……全没收了! 全收缴了! 哦,上帝!

神秘的匣子对他来说就是新"诺亚方舟"。

漫游的金钱骑士乞乞科夫有时在某种程度上似乎像堂吉诃德,是自己时代真正的,不仅是喜剧的也是悲剧的英雄,"勇士"。"您的使命是成为一个大人物"——穆拉佐夫(Муразов)对他说。这部

---

① 纳瓦林硝烟色——深灰色调,时髦的呢子颜色,出现在1827年俄罗斯对土耳其的纳瓦林湾之战胜利后,在《死魂灵》中曾提到。读过《死魂灵》的读者也许会回忆起,外省NN市的商人怎样向巴维尔·伊万诺维奇·乞乞科夫推荐那种异常"浪漫"的呢子颜色:"绝佳的颜色! **纳瓦林硝烟色的呢子**。"十九世纪40年代,关于纳瓦林的战火和硝烟的记忆依然如此鲜活,因此果戈理认为没有必要给这一颜色的定义加注释,直接称呼为"纳瓦林硝烟色"。

分地是正确的:乞乞科夫像赫列斯塔科夫一样,一直就是我们眼看着不断成长的。随着我们不断坠落、失去自己所有的"始"与"终"、失去所有"自由的幻想",我们明智的中庸,我们资产阶级的"正数"——乞乞科夫——就变得越来越大,越来越无限。

第五章

> 我为什么要挣钱?是为了能富足地过完余生,为了留给妻子、儿女。而娶妻生子,我也是为了善,为了报效国家。这就是我挣钱的目的!

果戈理说:"在他身上,实际上没有为钱而钱的对金钱的迷恋,吝啬和贪婪并没有控制他。"没有,他没有受它们的驱使:他憧憬的是未来生活的舒适,应有尽有:几辆马车,舒适的房子,美味佳肴——在他脑子里不断闪现的就是这些东西。为了确保以后有朝一日最终能享受到所有这一切,就是为了这些才珍惜每一个戈比,在不该用时,无论是对自己还是对别人,都会吝啬地节约每一个戈比。每当坐着漂亮的轻便马车的富人从身边飞驰而过,连马的挽具也富贵堂皇,他就会像脚下生根似的一动不动地注视目送,随后如长梦苏醒,说道:"原来却也是个办事员,留着圈儿头①的!"所有富足和舒适的东西在他那里都能产生一种连他自己都不可思议的印象。所谓的舒适,就是现代工业资本主义和资产阶级制度的最高文化色彩,被科学征服的所有自然力量——声音、色彩、蒸气、电力、所有产品、所有艺术——皆服务于之的舒适,这就是乞乞科夫的地上天堂的最高境界。"您尤其爱平静舒适地生活,在您看来,这比什么都重要。"——仆人斯麦尔佳科夫(Смердяков)给贵族老爷伊凡·卡拉马佐夫最深处的精神实质下了定义。不是狂喜,不是奢华,不是陶醉,不是极度的幸福,而只是中间状态的事事如意,精神与身体

---

① 是下层人的一种发型。

的适度满足,"平静的舒适"——这就是通过斯麦尔佳科夫将悲剧英雄伊凡·卡拉马佐夫和喜剧英雄乞乞科夫连接起来的隐秘梦想。

斯麦尔佳科夫对伊凡·卡拉马佐夫说:"您最像费多尔·巴夫洛维奇(即卡拉马佐夫的父亲)。"也许他可以说出更具真理的话:"您最像巴维尔·伊万诺维奇(即乞乞科夫——译者)。""最像,所有孩子里面您最像他,和他是一个心思。"伊凡的造反,超人的骄傲,他带着这种骄傲高喊道:"一切都是允许的;如果没有上帝,那么我就是上帝!"如果这还是"年轻人的自由主义的不切实际的幻想",是赫列斯塔科夫式的"敏捷的思维",也就是说,毕竟多少有点是"空话"的话,那么,乞乞科夫厌倦了胡扯,风平了,浪静了,于是重又显现出时代的"中间"状态,本体的中间性,不可摧毁的大坝——"坚实的基础":"平静舒适地生活尤其重要"。甚至在大法官可怕的面孔中也闪现着我们熟悉的,不仅是父亲费多尔·巴夫洛维奇的,而且是巴维尔·伊万诺维奇祖父的面孔。大法官将之与基督王国对立的反基督王国——在这里正是"千百万幸福的孩童",适度的满足,全人类在舒适的"水晶宫"里的"平静舒适"。在这社会民主的巴比伦塔中,有的不是别的,正是乞乞科夫的王国,全世界永恒的王国,乞乞科夫的永恒(sub specie aeterni)王国,因为,他的王国正是"此世"王国:"在乞乞科夫身上有此世所必需的一切东西"——果戈理说道。

第六章

代替幸福的——是顺遂平安,代替高尚的——是举止文雅,亦即表面的、相对的美德,因为,对于乞乞科夫,就像对于真正的实用主义者一样,无论是在善中还是恶中,都没有任何绝对的东西。由于人在世上唯一确定的目标和最高幸福是"安逸",而达到它的唯一的途径是赚钱,因此,所有的道德都服从这一目标和这一幸福,因为"一旦选定了目标——就应当不顾一切地前行"。"向前,向前,再向前(Excelsior)!"这是现代进步的战斗的号召——不仅是赫列斯塔科夫的,也是乞乞科夫的号召。

有一次在极度绝望时乞乞科坦言道:

> 我昧良心,我承认,昧良心……可是有什么办法?要知道,我是在发现走正道行不通,走邪道更便捷时才昧起良心的。所有这一切归咎于谁?

也许《赌徒们》的主人公可以替他回答:

> 正是那个所谓的骗术。胡说,这完全不是骗术……唔,即便假定是骗术,也是必需的,没有它能干成什么?……我完全是用另一种观点看待生活。这样过一辈子,像傻瓜,像所有人那样过一辈子,这可不算聪明人;生活就要机巧,就要有手段欺骗所有人而不被人欺骗——这才是真正的任务和目的!

如果说这话的不是一个赌牌时耍花招的卑劣的乡下人,而是像马基雅维利(Макиавелли)那样的文艺复兴时期的政治家,或像"金发而漂亮的(biondo e bello)"切萨雷·博尔吉亚(Цезарь Борджиа)那样的征服者,会是怎样的结果?也许伊凡·卡拉马佐夫和尼采会在这种自由中认出自己独特的"善与恶"的自由,认出自己超人的"一切都是允许的"哲学。就连鬼——斯麦尔佳科夫也会重新高喊:"这一套说法很有趣。只是既然想骗人,又何必要真理批准呢?"当乞乞科夫说"我可以用另一种方式有尊严地道歉,但卑贱地讲和,我不会"时,他是真诚的。对他来说,相对于最高幸福——赚钱,善和恶是有条件的,因此,有时他自己无法将两者区分开来。他本人并不知道,自己天性中的"老板"、"买卖人"本能会止于何处,其卑贱行为又始于何处:中庸的卑贱和中庸的高尚混合为一种"文雅的举止"、"高贵的体面"。

果戈理说过,乍一看,乞乞科夫显得相当"举止得体"。"须知,乞乞科夫是世上所能有的最得体的人了。"乞乞科夫的美学,还有道德,是现代富有的市民阶层的文化的共同精神财富。

> 尽管最初他也必须混迹于肮脏的社会,但在心里永远保持着清洁,喜欢办公室的桌椅都是木制上漆的,一切都是高雅的……他每两天换次衬衫,而夏天天气炎热时,甚至是每天,有多少不爽的气味会侵害他呀。因此,每当彼得鲁什卡给他脱衣服鞋子时,他都会把香料放到鼻子底下闻闻。

大众化的享受、方便、舒适、清洁、卫生——美的中庸,正如善的中庸。

尽管乞乞科夫思想保守,但他部分地乃是个西欧派。像赫列斯塔科夫一样,他认为自己是穷乡僻壤的俄罗斯外省的欧洲文明的代表:乞乞科夫与俄罗斯历史的"彼得堡时期"、与彼得改革的深刻联系正在于此。他总是被西方吸引:他仿佛预感到,他的力量、他的未来王国正是在那里。

> 无论到哪里,他总是向往海关,因为那里既离国外近,人又都很文明。在那儿能买到多么精细的荷兰衬衫呀!还应该补充一点,这时他还想到法国香皂的独特品质,可让皮肤清洁异常,面颊留香。

欧洲的文明只是强化了俄罗斯老爷、"受过教育的贵族"与自己愚昧的民族永恒对立的意识。有一次乞乞科夫发现彼得鲁什卡喝醉了,便高声喊道:"好呀,太好了!可以说,你的美让全欧洲都要惊呆了!"说完,乞乞科夫抚摩着自己的下巴,沉思起来:"然而,受过教育的老爷与粗野的仆人面孔之间是多么不相称呀!"

俄罗斯文化——这还是从彼得才开始的——仅仅从世界文化中撷取了赫列斯塔科夫的"享乐之花",仅仅从中揭下了美味的奶皮或撇去了浮沫。西欧文明的最高成就渗透到俄罗斯时裹挟着别的东西:"服饰"(比如"荷兰衬衫")和可以使俄罗斯贵族"皮肤清洁、面颊留香、品质特别的法国肥皂"。乞乞科夫从世界文化中只选择他所需要的东西,而其余太高深的东西,他像赫列斯塔科夫一样,以其天才的机巧,将其变成两维,简化,压缩,碾到最平,截到最短。乞乞科夫关于"两颗心灵的幸福"的见解和给梭巴凯维奇(Собакевич)朗读维特(Вертер)给夏洛蒂(Шарлотта)的诗体信件,同样是赫列斯塔科夫的"自然庇护"的论调,只不过是乞乞科夫式的罢了。"他有一颗恻隐之心,因此忍不住要施舍穷人铜板"——这是乞乞科夫的基督教,是他对别人的爱。而他的多神教,对自己的爱则是:

> 站在镜前,他"甚至自己对自己频送秋波,挑挑眉毛努努嘴巴挑逗自己,甚至舌头做了个什么动作,最后抚摩着自己的下巴",极其温柔地说:"嘿,你呀,瞧你这副讨人喜欢的小样儿!"

那种慷慨解囊一个铜板的行善的基督教和那种止于爱自己模

样的多神教,很容易就可以统一到理智的、安全的中庸,统一到同时为上帝也为玛门①轻松效力之上。

从孔夫子到孔德的各种实用主义,作为生活意义的学说,其无意识本质都是否定"末世",确信人种的无限延续、无限进步:我们很好,我们的儿子会更好,孙子、曾孙、子子孙孙会越来越好——如此生生不息,永无尽头。不是人类在上帝之中,而是上帝在人类之中。人类自己就是上帝,没有其他的上帝。虽没有个人的不死,但有人类的永生。每一代都为后代"经营"、"赚钱";没完没了地赚钱、积蓄死的资本——"死灵魂"的财富,从不破费。这就是"进步"之无意识的、绝对的本质。中国人实用主义中"对先祖的崇拜",欧洲人实用主义中"对子孙的崇拜"——皆由此而来。结婚,生子,"作为宗教的家庭"——皆由此而来。"妻子、孩子"——这就是为资产阶级制度的所有荒谬之永恒辩护,就是对"人的敌人就是其家庭"的宗教主张之永恒反驳;这就是把所有"不切实际的幻想"的翅膀,把基督教的末世预言撞得粉碎的"坚实的基础"。

果戈理说:"乞乞科夫非常关心自己的后代。"乞乞科夫也承认:

> 为了留给妻子、儿女,娶妻生子我也是为了善、为了报效国家,这就是我挣钱的目的!上帝作证,我早就想娶妻,以便完成作为一个人,作为一个公民的义务,以便真正博得人们和上级的尊重。

乞乞科夫极度的恐惧主要不是为自己,而是为自己未来的家族,为自己的家庭,为自己的"种儿"。在出现危局时,他心想:"一切都完了,像水中之泡一样,不留任何痕迹,没有留下一男半女"。没有生儿育女就死,就等于完全没有活过,因为每个人的生命都是"水中之

---

① 玛门:在基督教《圣经》中为贪恋钱财的象征;在古代某些民族中指财神。

泡";如果水泡破了,人也就死了——也就除了一股烟儿什么也不会留下。一个人的生命,只有在家庭中、在家族中、在民族中、在国家中、在人类中才有意义,就像水螅虫、蜜蜂、蚂蚁只有在珊瑚丛、在蜂巢、在蚂蚁窝中才有意义一样。所有"黄皮肤的实用主义者"——孔夫子(Конфуций)的学生,和所有"白肤色的中国人"——奥·孔德(О. Конт)的学生,都会同意乞乞科夫的这一无意识的形而上学:最遥远的西方与最遥远的东方,大西洋与太平洋,在这里相逢。

破了产的乞乞科夫想:

> 我现在这算什么?我还有什么用?以什么颜面去见尊敬的列祖列宗?知道自己是地球上的累赘,我怎么能不感到良心的自责?将来孩子们会怎么说?他们会说,父亲——是畜生,没给我们留下任何财产!

果戈理指出:

> 如果不是那个莫名其妙地总自己冒出来的问题"孩子们会怎么说",也许他会是另外一个样子,也许他不会把手伸这么长。瞧,这位未来的一家之主,像只谨慎的公猫,用一只眼斜瞅着旁边,敏捷地抓住靠近他身边的一切。

当乞乞科夫想象自己是财富和庄园的所有者、拥有者时,他的脑海中马上就会浮现出

> 鲜嫩白净泼辣麻利的年轻太太,还有将会使乞乞科夫家族的姓氏永世相传的下一代人:要有一个淘气的男孩,一个漂亮的姑娘;甚或两个男孩,两个或三个姑娘,好让所有人都知道他真真正正地活过、存在过,而不是像个影子或幽灵似的只在世上一晃而过,面对祖先也不再羞愧。

"我的梦想——就是'变成实在',不过但愿是彻底地、永不破灭地'变成实在'"——小鬼儿对伊凡说。这也是乞乞科夫最重要的"正面的"梦想:他需要"太太和小乞乞科夫们",以便"彻底'变成实在'",以便"所有人都知道"他"真正地存在过"(否则,好像对于所有人,对于他自己,他的现实性是可疑的),而不仅仅是个"影子"、"幽灵"、"水中的泡泡"。乞乞科夫的没有"子嗣"的"实用主义"的存在,自己像肥皂泡一样地破灭消失,一如赫列斯塔科夫的失去不切实际的"幻想"的"理想主义"的存在。乞乞科夫对"太太和小乞乞科夫们"的渴望,也正是小鬼儿——所有幽灵中最虚无的幽灵——对"地上现实"的渴望。大法官所预言的"此世王国","千百万幸福的孩童"——不是别的,正是无数小实用主义者、全世界未来的中国人(这里精神上的"泛先天痴呆症"令弗·索洛维约夫[Вл. Соловьев]确实恐惧)的"中庸王国",正是千百万幸福的"小乞乞科夫",在他们身上,像太阳映射在"太平"洋上一样,重现着这一王国的唯一"奠基人",死魂灵的永生的"主人",本体乞乞科夫的影子。

第七章

"我想买死魂……"

"什么?对不起……我耳朵有点背,我听的是个怪怪的词儿……"

"我想买已死掉的农奴,不过还依然作为活的在册的农奴",乞乞科夫说。

玛尼洛夫先是吃惊后是恐惧地僵在那里。

"也许,您的话里……有别的意思……"

"没有,没有",乞乞科夫赶紧说,"我指的是这样一种情况,也就是,那些确实已经死了但还在册的魂灵①。"

"死魂灵"——这个词对于所有习惯了农奴制官方公文语言的人们来说以前还从未听说过。但我们现在完全不应成为敏感的玛尼洛夫(Манилов)们,而应按照事物的本来面目真正去体会和"领悟那些事物",也就是,应当领悟"灵魂"和"死亡"这两个词的不是约定的、官方的、"正面的"、乞乞科夫的意义,而是绝对的、宗教的、人类的、上帝的意义,以便揭示"死灵魂"这一用语"极其古怪"甚至"极其可怕"的意义。不仅死掉的,还有活着的人的灵魂,像没有灵魂的商品一样出现在市场上——难道这还不奇怪、不可怕吗?这里真实地反映了就在我们身边的最现实的真相的语言,难道不像最遥远最虚构的传说的语言?不可思议的是,按照那种公文的"花名册",按照那种"丁籍调查",死的灵魂依然还活着;也许甚至相反,

---

① 这里魂灵指农奴。俄语中魂灵、农奴为同一个词。

活着的已经死去。因此,最终没有任何坚实的正面的"依据"来区分活人和死人,存在和不存在。

这里是由于概念的可怕的混淆而带来的用词的可怕的混乱。语言表达概念:概念如此之庸俗,以致语言到了同样庸俗的地步。尽管内在是厚颜无耻,但乞乞科夫和整个他的修养保持着外表"惊人的得体"。当然,思维健全的人们,甚至是国家的精英人物们,都把流传的"死魂灵"一词作为了日常用语;而同时,在这里,在乞乞科夫的"基础"中揭开了怎样一个赫列斯塔科夫机巧的深渊!我要重申,不应当作为玛尼洛夫,而只应当不是作为乞乞科夫来体会,在这一词的组合中"含有某种别的东西",在明显的、平淡的东西后面含有深刻的、隐秘的意义,结果,由于这意义,一种可怕的情景出现了。

"我还从来没有卖过死农奴",科罗博奇卡(Коробочка)回答说。"鬼知道他从哪儿来,而且还在深更半夜",她心想。

"您听我说,老大娘,这是一把灰。您明白吗?这不过是一把灰。您拿任何一样无用的就要丢掉的东西,都比它值钱,比如说一块破抹布,破抹布也值钱,至少人们买去给造纸厂;而这些死农奴没有任何用处。您自己说说看,他们有什么用?"

"要积攒财宝在天上。人就是赚得全世界,而陪上自己的灵魂有什么益处呢?人拿什么换自己的灵魂?在上帝那里人都是活的",基督这样说。① 而魔鬼,那个叫什么乞乞科夫的,反驳说:死魂灵——不是此世的事儿。这是一把灰,只是一把灰。拿去给造纸厂的抹布的价钱也比人永恒的灵魂值钱。"要知道这只是梦幻。只是——呼、呼,空气一样的东西!"

---

① 这里是《新约》里几处合在一起的:见马太福音 16:26,马太福音 6:19-21,马可福音 8:36-37,路加福音 20:38。

我们,积极奋进的时代的儿女们,更相信谁呢——基督还是乞乞科夫?这似乎很容易抉择,之所以容易,不是因为我们说什么和想什么,而是因为我们怎么生和怎么死。在我们积极的乞乞科夫的"呼、呼,空气!"中(这一次不是在其"牢固的基础"中)不是再一次揭开了赫列斯塔科夫"敏捷的思维"的极端厚颜无耻的深渊吗?难怪我们对于所有死的肉体唯一坦诚的话就是(当然不是索巴凯维奇说的,而是俗语):"死人的身子,撑篱笆都没用。"古希腊人、犹太人、埃及人会被这一基督教俗语中所表达的无神论的实证主义吓住的。"说实话,在您那儿活人比焖萝卜还贱"——我们这位三句话不离本行的买卖死魂灵的商人对索巴凯维奇说。① 现在我们已经消灭了农奴制,无论活魂灵、死魂灵都不再买卖了,但是,难道今天不也时常是"活人比焖萝卜还贱"?

当乞乞科夫失去耐心让科罗博奇卡见鬼去,这位女地主被吓得非同小可。

> "哎哟,可别提他了,上帝保佑!"她惊叫起来,脸都变白了。"两天前我还做了整夜的鬼梦,该死的……梦见了个样子极其可怕的鬼,头上的角比牛角还长。"

不仅是这位纯朴的女地主,也许还有我们,同样纯朴的读者,都不会怀疑此时鬼离我们如此之近,不是那个古老的、神话中的、"头上的角比牛角还长"的鬼,而是新的、真实的,在某种程度上更可怕、更神秘的鬼,他"没有戴面具,以自己本来面目,穿着燕尾服"来到了这个世上。

> "没准在家务上碰巧用得上……"老太婆反驳说,话没说完,

---

① 俄语原著中这句话是索巴凯维奇对乞乞科夫说的。这里疑是梅氏引错。

张着嘴,几乎有些恐惧地看着他,想知道他会对这话作何反应。

"死人用在家务上!您瞎扯什么!难道是用来夜里在您菜园子里吓唬麻雀,还是怎么的?"

"上帝保佑!瞧你说得吓人的!"老太婆划着十字说。

"您还想拿他们派什么用场?再说,骨骸和坟墓都还留您这儿:过户只是在纸上。"

这里,这些话,这些此世又非此世的事儿,混淆在一起而变得可笑。但在这可笑中是可怕的东西,并且越是可笑就越是可怕。科罗博奇卡的恐惧对于我们是可笑的;但是也许正相反:我们的笑是可怕的,尽管我们没有感觉到这一点。

> 每当我给普希金读我的作品时他总是发笑(他是个爱笑的人)。而当我给他读《死魂灵》的头几章时,他却渐渐地变得忧郁起来,终于变得彻底沮丧。朗读结束,他悲伤地说:"上帝啊,我们的俄罗斯多么令人忧郁!"我马上明白,他眼前呈现的是一幅对人来说多么可怕的黑暗呀。
>
> 聚拢在一起的鄙俗令读者们恐惧。令他们恐惧的是,我的主人公一个接一个出场,一个比一个更鄙俗,没有一点令人安慰的东西,甚至没有一个地方可以让可怜的读者稍事休息或喘口气的,整个阅读过程简直就像要从令人窒息的地狱走到人间。

读《死魂灵》之后的印象与读《钦差大臣》之后是同样的:"某种巨大的阴森的东西","一切都令人感到无以言说的恐惧"。即使在普希金那孩童般澄明的心中,起初这一被笑声淹没的恐惧,也慢慢地一点一点燃烧起来,越烧越旺,如凶光返照。不是忧伤,不是眼泪,而正是透过笑声的恐惧。

关于索巴凯维奇,果戈理指出:"似乎在这一肉体中根本就没有灵魂。"在索巴凯维奇活的肉体里是死的灵魂。还有玛尼洛夫、诺兹德廖夫（Ноздрев）、科罗博奇卡、泼留希金（Плюшкин）和"一副浓密眉毛"的检察长——在所有这些活的肉体里都是死的灵魂。这正是为什么他们如此可怕。这是死亡之恐惧，是活人遭遇死人之恐惧。果戈理坦然道：

> 当我看到就在我们身边的生活中有如此多死一般没有任何回应，灵魂僵硬、冰冷而显得可怕的民众时，我的心痉挛了。

在《钦差大臣》中也同样如此，弥漫着"埃及之黑暗"、"白昼下的漆黑"、"骇人的雾霭"、诡异的蜃气，置身其中看不清任何东西，看不到任何人的面孔，而只有"猪的嘴脸"。更可怕的是，这些直逼我们的"老朽、面目狰狞、奇丑奇大的丑八怪"、"愚昧的孩子们，俄罗斯的畸形儿"，照果戈理的说法，"正是出自我们的大地"，出自俄罗斯的现实；尽管它们虚幻，但却正是"来自那一肉体，即我们之来路"；他们即我们——照映在魔幻但却如此真实的镜子中的我们。

在果戈理青年时代写的一个短篇《可怕的报复》（《Страшная месть》）中"一群死人啃咬另一个死人"，"一群面无血色的死人：一个比一个高，一个比一个干枯"。他们中"有一个比所有人都高、都可怕的，腿脚在地底下，巨大巨大的死人"。而在这里，在《死魂灵》里同样如此：在一群死人中"巨大巨大的死人"——乞乞科夫成长，长大，这一现实的人的形象，在诡异的蜃气的迷雾中变成了难以置信的"可怕的怪物"。

正像围绕着赫列斯塔科夫有许多谣言一样，围绕着乞乞科夫同样流传着许多谣言。

> 官员们所进行的各种调查显示给他们的只有一个结论，就是，也许他们根本就不会搞清楚乞乞科夫究竟是什么人：他是该作为图谋不轨的人予以逮捕抓获呢，还是他要把他们所有人

都作为图谋不轨的人予以逮捕抓获。

邮政局长说出了一个绝顶聪明的看法,即巴维尔·伊凡诺维奇(Павел Иванович)不是别人,正是一个新斯杰番卡·拉辛(Стенька Разин),著名的强盗,科佩金(Копейкин)大尉。其他人

也不甘示弱,在邮政局长独具匠心的猜测启发下,扯得远得有过之而无不及。从所有的猜测中最后终于得出一个结论,即乞乞科夫是否就是乔装打扮的拿破仑?因为英国人早就眼红俄罗斯了,说什么俄罗斯如此辽阔与强大……于是现在也许就是他们把拿破仑从赫勒拿岛上放出来,这不,他就潜入了俄罗斯,好像是个什么乞乞科夫,其实根本不是乞乞科夫。当然,官员们对这个说法无论信还是不信,每个人都认真思考了一番,琢磨了一番,认为乞乞科夫的脸如果从侧面看倒真是与拿破仑的肖像挺像的。

这一传言从上层泄露到了民间底层:商人们开始在小酒馆茶饭间谈论起这位乞乞科夫-拿破仑。他们曾被一位在狱中蹲了三年的先知的预言吓坏了,

这位先知不知从何方来,脚穿树皮鞋,身穿光板皮袄,散发着刺鼻的臭鱼味。他宣告说,拿破仑是敌基督,被石链锁着,囚在六重墙七重海之外,但是将来会挣脱锁链,统治全世界。

赫列斯塔科夫是大元帅,乞乞科夫是拿破仑本人,甚至是敌基督。正如在《钦差大臣》中一样,在整个俄罗斯,最离奇的传闻都变成了现实事件本身的起因。

不知为什么,所有这些闲谈、看法和传闻对检察长产生了巨大影响,以致他回家后就开始苦思冥想,竟至于如常言所说

突然就无缘无故地死了。他不知是中风了,还是得了其他病,坐着好好的,就从椅子上仰面摔了下来。家人自然是两手一拍叫喊道:"呵,上帝!"赶紧请来医生放血,但发现检察长早已是没有魂儿的躯壳了。

在民众的天性中,幽灵们的真实行为更可怕。

> 某处的分裂教派分子骚动起来。有人在他们中间散布说,出现了反基督,他连死人都不让安生,收购什么死魂灵。他们一边忏悔一边犯罪,假装捉敌基督,杀死了一些非-敌基督……某处的庄稼汉们起来造地主和县警察局长的反……非采取强制措施不可了。

实证论者乞乞科夫结果无意中成了"不切实际的幻想"本身的创造者,并使其在可怕的现实中具体化了,因为正如我们知道的,即使是布加乔夫之类事件,俄罗斯农民的造反,甚至从正面意义上看,也完全不是什么"幻想","不只是呼、呼——空气一样的东西"。因为,按照彼得可怕的话讲,"这伙儿人非武力不能让他们停止叫喊"。还有一些类似的幽灵们。正如陀思妥耶夫斯基的《群魔》中的一个恐怖分子所说的,大地在呻吟,大海在咆哮。这里已经不是穷人,不是愚蠢的官吏,而是从彼得堡来的聪明的公爵了,当"大地在颤抖",他似乎要表现一下赫列斯塔科夫的"敏捷的思维",向害怕得僵硬在那里的官员们发出号召:"现在的问题是,到了我们不得不拯救我们的国家的时候了!"①

果戈理指出:

> 但是,许多读者指责作者说,甚至连小孩子都能看出来是

---

① 这是《死魂灵》最后片段里一位公爵赫罗布耶夫的话。

怎么回事,这不合情理,不合逻辑;官员们编出那样荒诞不经的事来自己吓唬自己,这是不可能的,这有悖真实。读者从自己安静的角落,从自己可以将地平线一览无余的高度,进行裁判是很容易的。但是在世界人类编年史中有许多个世纪被作为仿佛是多余的而被删除和勾销了。世界上形成过许多谬见,这些谬见似乎今天连小孩子都不会有。现在,当代人把一切看得都很清楚,诧异于这些谬见,嘲笑自己祖先的迂腐,尽管这部编年史上到处都是真知灼见,字字都在高喊,句句矛头都直指他们,指向当代人。但是当代人却依然极其自信地嘲笑,傲慢地开始了一系列新的谬见,这些谬见未来同样会被嘲笑。

谁知道呢,也许,"不洁的精灵"本身正借乞乞科夫之口在我们"当代人"耳边低语:"笑什么? 笑你们自己呢!"也许,比起钦差大臣-公爵对乞乞科夫的指责,我们公民对乞乞科夫的"指责"并非不是赫列斯塔科夫式的。

  有什么办法! ——也许乞乞科夫会这样回答我们,就像他回答穆拉佐夫①一样。该死的"不知适可而止"毁了我,撒旦诱惑了我,使我逾越了人的理智与审慎。犯了罪,犯了罪!

他这样的回答,会愚弄我们,因为他的实质正在于他恰恰是"趋近"可以是犯罪也可以是非犯罪的边缘,在于他在所有方面都极好地把握了"尺度",坚守了中间地带,从来也没有逾越"人的理性"半步,不是"撒旦诱惑了"他,而是他本人就是那个诱惑了所有人的撒旦。也许,我们对乞乞科夫的基督教式的仁慈类似于百万富翁的新基督教徒穆拉佐夫的仁慈,就像乞乞科夫本人慷慨解囊的、慈善家的那个铜币。这样,最终无论是我们的民事审判,还是我们的基督

---

① 《死魂灵》中的人物。

教仁慈,对他来说都毫无意义:不仅是欺骗官员们,欺骗赫罗布耶夫(Хлобуев)公爵,也是欺骗我们自己,甚至是果戈理本人。乞乞科夫将重新出狱,无论他干了什么事,都是情有可原的,他只不过是想要一件在极度绝望时撕碎的那样一件燕尾服。"何必如此悲伤呢?"——于是他会重新为自己定制一件燕尾服,同样的呢子料,同样的"纳瓦林硝烟色",结果新燕尾服就会"与原来的一模一样"——接下来,"上车吧,我的车夫,响起来吧,我的铃铛!跑起来吧,马儿们。把我从这个世界上带走!"像赫列斯塔科夫一样,他将坐上自己鸟儿般的三套马车飞奔而去,"像个幽灵,像个幻影",奔向无限广阔的未来。又是

> 望不见尽头的地平线……罗斯!罗斯!你为什么这样看着我?为什么你所有的一切都向我投来充满期待的目光?……你这无边的辽阔预示着什么?不正是应该在这里产生勇士?……

乞乞科夫消失了。但是从无限辽阔的俄罗斯还会走出俄罗斯的勇士,还会重新出现"死魂灵"的东家,他不会死亡,这已经是以更为骇人的面目出现了。只有到那时,不仅遮蔽了我们读者,也遮蔽了艺术家本人的东西才会被揭示,——这一可笑的预言将是多么可怕:

"乞乞科夫——是敌基督"。

第八章

也许果戈理会对自己说:"喂,老兄,你在给小鬼画像呢!"这就像在他的小说《肖像》中一位朋友对画家说的话,当时画家正在画一个老高利贷者的面目肖像,这张脸酷似魔鬼的脸。

> 给我画张像吧,——高利贷者说。——我也许快要死了……但是我不想彻底死掉,我还想留在世上。

就在画家画的时候,心中涌起"一种可怕的厌恶,一种莫名的忧郁",他扔掉画笔,拒绝画下去。老头儿向他跪下,恳求画完这幅肖像,说

> 他的命运和他在世上的存留都取决于这幅画了;而且画家已经用自己的画笔动了他活人的面容;如果画家能忠实地画出面容,他的生命就会以一种超自然的力量注入肖像中;他也就因此不会彻底死掉,他需要留在世上。

这是否让我们想起乞乞科夫的恐惧——"像个水泡似的不留任何痕迹地消失",他的愿望是"让所有人都知道他真实地存在过,而不是像个影子或幽灵似的只在世上一晃而过";这是否也让我们想起小鬼对伊凡·卡拉马佐夫说的话:

> 我自己也像你一样,为不切实际的幻想而痛苦,所以我爱你们地上的现实主义。你们这里一切都有条有理,一切皆有定理,一切

皆有公式,而我们那里全是些不定方程式……我就是不定方程式中的一个未知数。我只是某个生命虚幻的幽灵,失去了一切始与终,甚至自己都忘了到底该怎么称呼自己……我的梦想——就是"变成实在",不过但愿是彻底地、永不破灭地变成实在。

高利贷者的话让画家感到恐怖:"它们让他感到如此古怪与可怕。于是他丢下画笔和色板,匆匆奔出了房间"。在画家身上发生了一个重大转折,"他开始极其严肃地思考,并患上了忧郁症。最终完全确信他的画笔是魔鬼的工具"。他放弃了自己先前的、似乎是罪恶的艺术——离开了"地上的现实主义",削发为僧,告别了尘世。画家在自白里这么说,这极其像果戈理的《作者的自白》:

直到现在我也不明白我为之画像的那个古怪的家伙到底是什么。这准是个魔鬼之类的东西。我知道世人否定魔鬼存在,因此我也不多说它了。但我只想说,我是带着一种厌恶感画他的,当时感觉不到任何对自己工作的爱,我冷酷地压抑自己的所有感情,想强迫自己忠于自然(这就是"地上的现实主义",或者六十年代我们的批评家所赞扬的果戈理的那个"自然主义"。——梅氏),这不是艺术创造,因为当人们看它的时候,裹胁人们的实际上已经是一种惶恐暴躁的感觉……

果戈理这部青年时期的作品中的主人公的命运,仿佛预示了他本人的命运,成了果戈理命运的"样板"。

这幅肖像给所有人以及画家本人所产生的印象,有点像《钦差大臣》和《死灵魂》给人的印象:"最终留下的是某种巨大的阴森的东西……一切都令人感到无以言说的恐惧"。所有人中最快乐的人,最"爱笑的人"普希金,突然不笑了,变得郁闷起来:"啊,上帝,我们的俄罗斯是多么令人忧郁!"画肖像时画家感到那样一种"莫名其妙的疲惫",那样一种可怕的厌恶,他只好丢下画笔。而果戈

理则承认说:

> 《钦差大臣》上演了,可我心里却如此惶惶不安,觉得如此怪异……我的作品显得与我的本意相反,显得古怪,并且好像根本就不是我的东西……我身心俱疲。我发誓,没有人知道、没有人感觉到我的痛苦。上帝保佑!我的剧本令我厌恶……郁闷,郁闷啊!我自己也不知道,我为何无法摆脱郁闷。

情况如此巧合。在写作《死魂灵》时,按照果戈理本人的说法,"怎么也感觉不到对工作的热爱。相反,我感觉到某种类似厌倦的东西…… 一切都写的勉强而被迫"。《肖像》里的画家最终逃离了自己的创作,果戈理同样逃离了《钦差大臣》。

> 我现在简直想随便逃到哪里去,唯有即将的旅行、轮船、大海和另一片遥远的天空,才能使我重新活起来。上帝知道我是如何渴望这些。

像逃离《钦差大臣》一样,果戈理又同样逃离了《死魂灵》,他周游世界,从巴黎到耶路撒冷。画家没有完成肖像,《死魂灵》、《钦差大臣》也都同样"没有结局"。画家削发为僧,而果戈理整个后半生的愿望就是彻底隐居,过僧人生活。

> 我面前站着一个人,他笑我们所拥有的一切……不,这不是嘲笑我们的缺陷,这是对俄罗斯的恶毒嘲笑。

也许,不仅是嘲笑俄罗斯,还是嘲笑整个人类,嘲笑所有上帝的造物——这就是果戈理要证明的,而这也正是他所害怕的。他明白,"不能跟笑开玩笑",因为"我所嘲笑的东西变成了可悲的东西"。我们还可以补充说:变成了可怕的东西。他感到,他的笑本身是可怕的,这一笑的力量撩起了某种最后的遮盖物,暴露了恶的最后的秘密。向"不带面具的魔鬼"过于直视的一瞥,让他看到了人类眼睛不愿看到的东西:"老朽的面目狰狞的奇丑奇大的怪物直逼他眼前"。于是他惊恐无比,失魂落魄,向全俄罗斯惊呼:

> 同胞们!太可怕了!……因先前仅仅听说现在却真实看到的巨大的阴间地府,我的心缩成了一团……我整个僵硬的身躯在呻吟,它感到我们先前在生活中播下的种子在疯长、在结果儿,我们播种,却听不见也看不到它们会长成怎样的怪物……

第九章

在安徒生的童话《雪皇后》中有一个魔镜,所有照在其中的东西无一不丑陋、可笑和可怕。魔鬼的侍从们带着镜子跑遍了整个地球,很快没有一个地方、没有一个人不被它照过。最后他们想到天上去嘲笑一下天使们和造物主本人。他们飞得越高,镜子就因照到的各种丑相而变得越弯曲、越收缩,最后他们只能勉强拿在手里。当他们再往上飞时,镜子突然收缩变形,从手中滑落,飞向大地,裂成碎片。千万万亿万万碎片在空中飘飞——其中一些碎片比沙粒还小。它们落到人的眼里,就永远留在了人的眼里。眼睛里有了这些碎片的人于是看一切事物都是反的或发现一切都那么可笑,因为每一碎片仍然具有整体魔镜的性能。一些碎片落到了人的心里——人心马上变成了冰块儿。有一片落到了童话主人公——青年人卡伊的心里。卡伊经历了无数惊险,无意中来到了雪皇后的王国。

在空旷的覆盖着白雪的大宫殿里有一汪湖水。湖面上有成千上万的碎冰块儿,它们奇怪地一模一样,均匀整齐……卡伊冻得浑身发青变黑,但他浑然不知——雪皇后的吻使他对寒冷失去了知觉,而且他的心早已是块儿冰了。他把许多棱角分明的冰块摆成各种各样的图形。有一种叫做"中国字谜"的游戏…… 他用冰块排字,但怎么也排不成他最想要的那个字——"永恒"。

卡伊的命运就是果戈理的命运:仿佛他的眼里和心里也落进了

该死的魔镜碎片。他不停地摆着高尚道德的字谜，这无谓的忙乱，正是他以自己的方式"合理地排冰块儿"，是他无望地"建构自己的灵魂"——有点像"中国字谜"。他坐在冰封的、正是自己的笑摧毁的世界的废墟上，用冰块摆着，却怎么也摆不出他最想要的字永恒，永恒的爱。于是，他安慰自己说："在冰冷的笑的深处，人们可以找到永恒的爱之火花"。可是他终究感到，这些火花无法使他那颗变成了"冰块"的心温热起来。于是，他又这样安慰自己说："谁常流心灵深处之泪，谁就是世上最勇敢的人。"可是他终究感到，自己永远也不会流此泪。可怜的果戈理，可怜的卡伊！两位都冻僵了，最终也没能用冰块摆出"永恒的爱"。

为了从心中除去那块魔镜碎片，他准备连自己的心一块儿扯下；为了让世界复活，他准备杀死自己；为了拯救别人，他准备把自己作为自己有杀伤力的笑的祭品。

不，你们不要笑自己，——他收回自己的话，——你们就笑我吧。

读者中没有人知道，笑我的主人公，就是笑我自己……在我身上集中了所有龌龊的东西，同时，迄今为止在任何一个人身上还没有遇到过如此多龌龊的东西……要是在我面前突然一下子把它们全都抖搂出来，我会上吊的……于是我开始把自己的破烂儿货分散在主人公们身上。事情是这么做的：我拿出自己的一个恶劣品质，给它安个别的名儿，放到另一处，努力把它描写成与自己不共戴天的敌人，竭尽我羞辱之能事，以仇恨、嘲笑及所有能用的手段来折磨它。如果有人猛一看到从我笔下走出的这些巨形怪兽，我想，他一定会被吓呆的。

离果戈理最近，令他最为恐惧，因此他也最痛恨地去折磨的两个主要"巨形怪兽"——就是赫列斯塔科夫和乞乞科夫。

"我的主人公还没有完全从我身上剥离，因此没有获得真正的独立性。"最少从他身上剥离的正是这两位——赫列斯塔科夫和乞乞科夫。

果戈理在给茹科夫斯基(Жуковскому)的信中(1847年3月6日,那不勒斯)这样写道:"我在自己的书《与友人书简选》中竟像赫列斯塔科夫一样逞威风,以至我现在都没勇气看它一眼。"他又下结论说:"的确,我身上有某种赫列斯塔科夫式的东西。"如果把这一自白与他在赫列斯塔科夫身上看到了魔鬼这一点相对照,他的这一坦承该有多么可怕的意义!

也许,果戈理身上的乞乞科夫比赫列斯塔科夫还要多一点。他可以对乞乞科夫(同样也可以对赫列斯塔科夫)说那些伊凡·卡拉马佐夫对自己的鬼说的话:①

> 你是我的化身,不过只是我的一面……我的思想、情感的化身,而且是最卑鄙最愚蠢的那一面……你就是我,就是我自己,不过有另一副面孔罢了。

但是这一点果戈理没有说,没有看见或只是不想看见,不敢直面乞乞科夫身上的那个自己的鬼影,这也许正是因为乞乞科夫比赫列斯塔科夫较少地"从他本人身上剥离而获得独立性"。这里,真相和笑的力量突然背叛了果戈理——他怜惜乞乞科夫身上的自己:乞乞科夫的"地上的现实主义"中的某种东西,是果戈理在自己身上还没有战胜的东西。他感到无论如何这是个不平凡的人,因此想使他成为个大人物;他借新基督教徒穆拉佐夫之口对乞乞科夫说:"巴威尔·伊万诺维奇(即乞乞科夫——译者),您的使命是要成为一个大人物。"果戈理无论如何需要拯救乞乞科夫,因为他这是拯救乞乞科夫身上的自己。

---

① 《卡拉马佐夫兄弟》中,鬼对伊凡说:你好像完全把我把当成了白了头的赫列斯塔科夫了。

但他没能拯救了他,而是将自己连同他一起杀死。乞乞科夫的伟大使命是最后的和最狡猾的埋伏,最后的和最诱惑人的面具,后面藏的是鬼,"死魂灵"们的真正主人,它时刻窥伺着果戈理。

伊凡·卡拉马佐夫怎样在自己的梦魇中同鬼斗争,果戈理就怎样在自己的作品中同鬼斗争,作品就是他的梦魇。"这些噩梦压迫着我:灵魂中有什么,就有什么溜出来。""很久以来,我只忙于一件事,即让人们尽情地嘲笑小鬼。"——这就是他灵魂中最主要的东西。他成功了吗?最终在果戈理的作品中谁嘲笑了谁?人嘲笑了鬼,还是鬼嘲笑了人?

不管怎样,挑战被接受了,果戈理觉得他不能拒绝决斗,退却已晚。但是,这一始于艺术、始于脱离生活的抽象观念中的可怕斗争,应当在生活本身、在现实行动中得到解决。在作为艺术家战胜外在世界永恒的恶之前,果戈理首先应当作为人战胜内在自我永恒的恶。这一点他明白,而且真的把斗争从作品转向了生活;他把这一斗争不仅看作自己艺术的使命,也看作"生活的使命","心灵的使命"。

而且,果戈理的行动缘于意识,事业缘于话语。这一点他与普希金相反:

> 不为日常的焦虑,
> 不为福祉,不为战斗,
> 我们生来只为灵感,
> 只为甜美的声音,为祈祷。

果戈理认同普希金这一遗训的永恒真谛,意识的真谛,但同时他已经看到另一相反的同样是永恒的真谛,行动的真谛。在这里,在果戈理身上体现了俄罗斯文学、整个俄罗斯精神不可避免的转向,这一转向当今在我们身上正彻底实现着,整个俄罗斯文学、整个俄罗斯精神正从艺术转向宗教,从伟大的意识转向伟大的行动,从话语转向实践。果戈理说道:

不应当重复普希金。不,成为我们现在的榜样的不应当是普希金或什么别的人,因为**另一个时代来临了**……诗的新的使命来临了。正如在民族的婴儿期,诗用来号召人民**投入战斗**,激发人民的战斗精神,现在它应当号召人民投入另一更崇高的战斗——已经不是为我们短暂的自由,而是为我们的心灵而战。

普希金号召远离战斗,果戈理号召投入战斗。当然,这是为永恒的善而与永恒的恶的战斗,是人与鬼的最后的战斗。果戈理身上的这一"战斗精神"不是什么首倡的,而正是普希金的"和平精神";这里果戈理没有任何对自己的背叛,没有任何放弃:他一如普希金,同样忠实于自己的天性。十八岁的果戈理从涅仁给母亲写信说:"在梦里我真实地梦见了彼得堡,梦见了为国家效劳。"他在生命的最后时刻又这样说:

> 在我这里关于服务的思想从来没有消失。我没有偏离自己的道路……我的目标从来只有一个:我的目标是生活,而不是其他什么东西。我是在**现实**中而不是在幻想中追求生活。我的智力永远倾向于**现实和效用**。我总是认为我是共同的善的事业的强有力的参与者,不可以没有我的参与……我愿**为自己的大地效力**……我可以安心自己的写作,但只有在我感到我在这片天地里同样可以为自己的大地效力的时候。我总是觉得在生活中我需要作出巨大的**自我牺牲**。现在在俄罗斯每一步都可以造就**勇士**。每一个职业,每一个位置,都需要勇士气概。

但是在像古罗斯男士那样投入到与"巨形怪兽"的战斗之前,果戈理首先应当战胜它们中最可怕的、就盘踞在他自己身上的怪兽。

> 我热爱善,寻找善,渴望善;我不喜欢自己的丑恶……我正和它们作战并将战斗下去,驱赶它们,在此上帝会帮助我。

在这里,在这场与自己的"战斗"中,一如在所有方面,果戈理忠实于自己的本性、自己内在的本质,不能不从"空想"转到"现实",从"话语"转到"行动":"我的事业——是心灵的事业和生命永恒的事业"。他为了苦修放弃了艺术,终止了普希金的"祈祷",开始了"战斗"——果戈理的自我牺牲。诗人消失了,先知出场了。

由此开始了果戈理的悲剧——incipit tragoedia(拉丁语:悲剧开始了)——与永恒的恶——鄙俗的斗争已经不是在创作意识中,而在宗教行动中。这是人与鬼的伟大斗争。

第二部 生活与宗教

第一章

果戈理说，普希金出自两个源头。源头之一是，"脱离大地和现实"，向往"无形的灵魂"，即精神性，准确地说，无肉体性。这是基督教的，或者似乎与多神教对立的"基督教"源头。另一源头是，"根植于大地和肉体"，向往"可感知的现实"。这是肉体的、多神教的，或者同样，似乎迄今都与基督教对立的"多神教"源头。

在界定普希金时，果戈理是否预料到他也界定了自己，他同样出自这两个源头？

> 我从来没有感觉到自己如此沉醉，沉醉在这样的安逸之中。啊，罗马，罗马！啊，意大利！这是怎样的天空！这是怎样的空气！呼吸——呼吸不够，瞭望——瞭望不尽……从没有如此快乐，从没有如此惬意。

果戈理的朋友们讲述过，沃尔康斯基（Волконский）的别墅后院阳台即是古罗马水道，

> 他（果戈理）躺在回廊上，整天整天地观望蓝色的天空，注视静谧而伟大的罗马的坎帕尼亚，几个小时一动不动，满脸兴奋。
>
> 意大利！她是我的！……可是俄罗斯，彼得堡，是积雪，下流、衙门、讲堂、剧院——这是我梦见的一切，醒来依然如此。

他有一封信署的日期不是基督纪年,而是古罗马纪年:"于永恒之城(罗马)建立2588年"。他似乎愿意短暂地忘却基督出生大约一千八百三十五年了,忘却"俄罗斯,彼得堡,积雪,衙门",愿它们只是在梦里。

这当然是个小把戏,但应当了解那时基督教对于果戈理来说意味着什么,以便理解这一小把戏具有什么涵义。正是在那封信中他说:

> 当我第二次看到罗马,似乎觉得看到了自己多年未归而思想却生活在这里的故乡。可是,不,所有这一切都不是,都不是我的故乡,但我却看到了自己的精神故乡,在这里,我的灵魂已先于我生活在这里,先于我出生到此世。

不是伯利恒,不是各各他,而是"静谧而伟大的坎帕尼亚",众神死亡之地,是果戈理自有永有的故乡。多神教的古代不是他理解和感觉的东西,而是就生活其中。这样生活在其中的也许还有两位新欧洲人——基督教最大的反对者歌德和尼采。

罗马——ρώμη——希腊语的意思是力量、肌体的强健。罗马是果戈理谈论普希金时提到的世界"两源头"之一最伟大与最后的体现;它最有力最牢固地把人类精神锁缚到"大地和肉体"上,锁缚到"可感知的现实"上,在它面前所有此前和此后的东西似乎都是虚幻的、无形的、不存在的。在这里,在罗马,人们就像果戈理那样,首先会对自己说:"我从来没有感觉到自己如此沉醉,沉醉在这样的安逸之中"。或者像歌德的普罗米修斯那样说:"我不是神,但与神等同。"来自不同民族不同语言的每个人把自己特殊的力量和肌体的强健,把自己生命独特的欢乐带到这里,带到罗马,就像把独特的石头带给这全世界共同的大厦。世界上所有民族所有语言与自己的神一起聚集到这里,在万神殿的天穹下,这地上的天堂,联合成全世界的多神教,而罗马思想的精髓——大地即天堂,人即神——正是锁起其拱门的关键石。

透过基督教所有"无形的灵魂",果戈理在自己俄罗斯的,甚至小俄罗斯的,哥萨克的天性深处,在自己原始的语言和文体习惯中,有时感知到这多神教的生命的欢乐、肌体的强健,触摸到这仿佛永世与基督教对立的多神教源头——"地上天堂"不可动摇的根基。

"啊上帝!我们是多么可怕地脱离了我们的原始元素",——他仿佛突然从噩梦中醒来,从充斥着"积雪、下流和衙门"的彼得堡,给基辅的朋友这样写道:

> 我们怎么也不会像哥萨克人那样永远轻松乐观地看待生活(比如,老哥萨克"伟大的多神教徒",托尔斯泰的叶罗什卡大叔——梅氏)。你是否尝试过,清早从被窝儿里爬起来,只穿件衬衫,满屋子地狂放地跳起特列帕克舞①来?听我说,老兄,在我们心头有如此多的郁闷与忧伤,如果允许把所有这一切都发泄出来,鬼知道会是什么样子。久远的忧伤越是强烈地浸入心灵,眼下的欢乐就越是激烈喧嚣。世上有这样奇妙的东西:这就是美酒佳酿……打开琼浆玉液,痛饮一杯,立刻就会感到你所有的感觉都复活了……第二天你就运动吧,工作吧,充满了钢铁般的意志。

这"钢铁般"的意志直到世界的末日在意识中也会存在????(梅氏打了四个问号——译者。)在无意识的天性中,罗马使每一个民族都"贴近""自己的大地和自己的肉体",贴近自己多神教的原始天性。当然,果戈理在这里只是开个玩笑,刻印隐藏在这一玩笑中的正是对自有永有的故乡的思念,他满怀着这样的思念注视着静谧而伟大的坎帕尼亚。

---

① 一种古俄罗斯民间快速的顿足舞。

果戈理的笑即出于这原始的民族天性。

> 在我的早期作品中发现的那种欢乐性,缘于某种精神需求。某种自己也无法解释的忧愁常常向我袭来……为了使自己开心,我虚构出所有能想到的可笑的事。想出许多完全可笑的面孔和性格,把他们放到想象中的最可笑的情景中,完全不关心这是为什么,为了什么目的,谁会因此受什么益处。这是青春期所导致的。

后来,他彻底"偏离了自己的原始元素",把这种笑变成了"含泪的笑"——残酷认识的残酷工具——像解剖尸体一样解剖生活的解剖刀。但最初这仅仅是为笑而笑,是喜悦的迸发、喜悦的过剩。他沉醉于笑声,就像沉醉于美酒,借此驱散了体内彼得堡的冰冷而变得暖洋洋,就像沐浴在家乡小俄罗斯或罗马的阳光中。无论如何,果戈理——穿件布褂跳特列帕克舞的年轻的哥萨克,是如此真实,如此意义重大,就像忧郁的僧侣,宣扬"无形的灵魂"、预言阴间的"怪兽"的果戈理一样真实,一样具有重大意义。

果戈理如此特别的,如此与我们基督教"并不令人讨厌的谎言"格格不入的,有时对我们来说简直是"魔鬼般"可怕的肉体的满足和快感,正是源于这一原始的多神教的天性。

一位传记作者指出:"我认为果戈理完全不懂得对女人的爱是怎么回事。"事实上,在果戈理的生活中确实找不到类似于钟情、迷恋的东西。根据他去世前一直照顾他的医生的说法,他早就没有了与女人的性关系,他自己也承认,没有感觉到有这方面的需求,也从来没有感觉到源于此的快感。年轻的果戈理给自己一位坠入情网的朋友写信说:

> 我非常能理解和感觉到你的内心感受,尽管,感谢命运,我无缘体验;之所以说感谢,因为激情会瞬间把我变成灰烬的。

在小说《维》(《Вий》)中,有一次,漂亮的妖女小姐来到马厩,养狗人米基塔(Микита)正在刷马。

> 妖女说:"米基塔,让我把一只脚踩你身上。"而他这个傻瓜一听非常高兴,忙说:"不要说一只脚踩上来,你就整个人都骑到我身上吧。"小姐抬起了小脚。他刚一看见她裸露丰润的白白的小脚,立刻就中了妖法。他这个傻瓜弯下腰,两手抓住她裸露的双脚,立刻就像马一样在整个旷野上奔跑起来。可是他们跑到哪里去了,他一点儿也说不上来,回来时已奄奄一息。从那时起他就变得骨瘦如柴。后来人们来马厩找他,看到的不是他而是一堆废渣了,还有只空桶也烧了,完全是自燃的!

在这一神话形象中是否重复了果戈理的自白——"激情会瞬间把我变成灰烬的"?变成灰烬,变成"一堆废渣",就像可怜的米基塔一样。果戈理还说:"为了拯救自己,我以坚强的意志遏制了窥探深渊的愿望。"

使其远离女人的力量,不是感性的匮乏,正相反,是某种特殊的酒神般的感性的过剩;这种奇特的沉默,不是死亡,而是性的过分充盈、压抑下的紧张、暴风雨前的安静。

当哲学生霍玛·布鲁特(Хома Брут)与骑在他肩上的妖婆一起飞驰时,他看见下面阴界的万丈深渊之中,

> 一位长发鱼尾的美妇人从水草中游出来,背部、腿部若隐若现——整个身体丰满、有弹性,摇曳着,荧光闪闪……云朵样隆起的两颗乳房,如没有挂釉的玉瓷凝脂般密不透亮,在阳光下轮廓清晰,富有弹性的边缘泛着白光……她在水中浑身抖动着笑着。"这是什么?"——哲学生边想,边着着卜面,竭尽全力地飞驰着。一串串汗珠大滴大滴地从身上滚

落,他着魔般感到无限的甜蜜,浑身刺穿般通透,一种可怕而折磨人的愉悦和享受。美女透过清澈的水流发着亮光,就像穿着玻璃衫一样。秀唇奇妙地微笑着,双颊红润,两眼勾魂……她仿佛浑身燃烧着爱恋,仿佛就要亲吻过来…… 快跑,受洗过的人!

其实这是性冲动的极限,越过它就像越过死亡一样可怕。

在银色轻曼的迷雾中,轻盈的女子影子般若隐若现。她们的身体像是被包裹了的衣裳,在银月下通体发光。(《五月的夜》[《Майская ночь》])

女人这透明雪白的身体就像妖术一般缠绕着果戈理:在《死魂灵》中,外省的一场舞会上,乞乞科夫身边是位年轻曼妙的女子,"只有她白白的,在浑浊不透明的人群中显得清澈透明"——像来自另一世界的幽灵,像昏暗幽深的水中的美人鱼。

这些"像是被包裹了晶莹剔透的衣裳、通体发光的"美人鱼的身体,其特性像古代众神的身体。这正是神秘而真实的、赋予了灵性的肉体,是基督教无肉体的精神性的伟大反面,是轻盈却永恒坚固的肉体,就像苍穹一样。这正是深埋于果戈理体内的两源头之一——肉体之源头。

讲故事的人继续道:"有一个美人鱼不像其他美人鱼那样闪光,可以看见她体内黑色的东西。"

黑色的斑点,可怕的黑点,同样存在于果戈理的"肉体"中,存在于他原始的、多神教的欢乐与笑声的自发力量。这是世界两源头、两半、两级接触之点,它制造出无限神秘的恐惧。其实这一黑点在埃拉多斯①就已经存在了:在那里,在那最幸福最明亮的正午

---

① 希腊语中对希腊的称谓;1883 年后曾为希腊国家的正式名称。

的静谧中,突然传来惊人的叫喊、神秘的呼唤——潘神的声音,因这声音,所有生物都异常惊恐地四处奔跑。这声音果戈理从小就熟悉:

> 我承认,我总是恐惧这神秘的呼唤。记得小时候经常听到突然有人在我身后清晰地喊我的名字,此时天空通常是最明亮最阳光的时候,园子里树叶一动不动,死一般静寂,甚至此时蠡斯都停止了鸣叫,周围没有一个人。但是我得承认,即使我一个人在难以通行的密林中遭遇最狂暴的、夹杂着自然界所有混乱的暴风雨之夜,我也不会像害怕这无云的正午的可怕寂静那样恐惧,那时我通常会从园子里丢魂似的狂奔出去,跑得气喘吁吁,直到遇到个人为止,人的模样能驱散我心中可怕的空虚。(《旧式地主》[《Старосветские помещики》])

这种不可思议的、"丧魂落魄"似的惊骇在耶稣诞生潘神死去的那一日得到了解释。多神教的终结是基督教的开始;大地的尽头是天空的起点;肉体的死去是肉体后面那个东西的诞生。

在普希金身上果戈理也听到了这可怕的"神秘的呼唤"。果戈理说:"卡兹别克山①的山貌令诗人震惊。他看见山顶有座修道院,觉得那像是飘摇在天际的诺亚方舟。"普希金诗中写道:

> 遥远的热望的彼岸!
> 去吧,对峡谷说"再见",
> 登上自由的②山巅!
> 去吧,到云端的寺院,

---

① 卡兹别克山海拔5047米,是高加索最高最美丽的山峰之一,位于高加索中心地带的东部,格鲁吉亚与俄罗斯交界处。

② 这里梅氏疑似将вольной引为горной。这里按照普希金原诗译。

在上帝的居所旁隐身其间。①

　　这就是果戈理在普希金身上看到的另一源头。其实它同样在果戈理身上回响着,甚至比在普希金身上更强烈。1842年果戈理在自己的基督教朝圣前夕写道:"我不是为世间凡事而生,我无时无刻不感到,世上再没有比僧侣更好的归宿了。"换句话说,这就意味着"去吧,到云端的寺院"!

　　在最阳光的多神教的正午的寂静中,突然有人"喊果戈理的名字",这来自另一世界的呼唤可怕无比。

---

　　① 普希金原诗:《МОНАСТЫРЬ НА КАЗБЕКЕ》:Высоко над семьею гор, / Казбек, твой царственный шатер / Сияет вечными лучами. / Твой монастырь за облаками, / Как в небе реющий ковчег, / Парит, чуть видный, над горами. /// Далекий, вожделенный брег! / Туда б, сказав прости ущелью, / Подняться к вольной вышине! / Туда б, в заоблачную келью, / В соседство бога скрыться мне! (1829)

第二章

　　果戈理也出自这"两个源头"。他说:"普希金处于中间地带。"当然,这指的不是中庸、不洁净的混合,而是最纯洁的融合,两源头的综合。"在他身上一切都是均衡的。"普希金的平衡在果戈理身上被打破了。普希金的和谐变成了果戈理的不和谐。这是人类心灵中曾发生的最严重的对平衡的破坏。建筑的主门出现了裂缝,根基动摇、下陷了,于是"这座大厦严重坍塌了"。

　　果戈理的整个命运,不仅创作的、内省的,而且生活的、宗教的,都归结于这两个初始源头——多神教与基督教、肉体与精神、现实与神秘——的不均衡。

　　他内在本质的无序、不和谐也反映在其外在,甚至相貌上。

　　他的外貌乍一看去甚至令人吃惊:在他身上有某种怪异的、不同于他人的、过于紧张、过于敏感同时颓丧病态的东西。见过他的人说:

> 长长的瘦削的鼻子赋予这张脸和位于两边的谨慎的眼睛某种时刻警视着的禽鸟的特征。专注而沉思的鹤,单脚立地,从乌克兰村庄的栖息地瞭望世界。

　　一只敏锐、忧郁而孤独的鸟。从果戈理的外在获得的最直接的印象是,惊恐不安,几乎有些瘆人,同时又滑稽可笑,就是一副令人惊恐不安的漫画,令人发笑,自己也显得可笑。波戈金对他说:"要知道,老弟,你长得就一副喜剧相。""我止是个喜剧演员,而且我整个外形就是一幅漫画。"——果戈理承认。

你越是专注地观察他,这种可笑就变得越瘆人,几乎可怕、诡异。"神秘的小精灵"——这是他涅仁中学的同学给他的绰号。陀思妥耶夫斯基也注意到他身上有某种"神秘的"、"诡异的"东西,称他为"魔鬼的笑"。他的一位好友惊呼:"他是一位巨怪无比的怪人。""怪人"——这差得太远了。不是"怪人",更准确说是怪物或怪兽。"呵,这是什么玩意,从哪来的?"——这就是在一群普通人中间第一眼看到他,甚或是在一群挑了又挑、最绝妙的但毕竟还具有人的面孔的人中间第一眼看到他时,人们脑子中首先闪现的问题。"鸟"、"小精灵"、"魔鬼"、漫画、幽灵、诡异的东西,反正不是人,或至少不完全是人。

"某种程度上果戈理对我来说完全不是'人',以致年轻时极其害怕死人的我,在他的最后一夜我内心也无法产生这种感觉",亦即面对人的尸体时自然产生的恐惧感。这是果戈理最亲密的朋友之一阿克萨科夫在他死后不久说的话。活着的果戈理对阿克萨科夫来说不是"人",死了的果戈理对他来说不是死人。活着的果戈理对他来说比死去的果戈理更神秘、更虚幻。

人们越是走近他,在他身上就越强烈地感觉到这种无论如何也无法适应的可怕的遥远、异己、令人吃惊的东西,这些东西在某些瞬间引起最接近他的朋友们莫名其妙的敌意,其中还混杂着恐惧和厌恶。

波戈金(Погодин)友好而坦诚地称果戈理为"令人厌恶的人"。谢尔盖·阿克萨科夫指出,"在他身上有某种令人嫌弃的东西"。就这一点阿克萨科夫推测说:"我不知道有没有人把他作为一个绝对的人来爱。我想没有,也不可能有。"舍维廖夫(Шевырев),也是他的老朋友,甚至部分地还是他的学生,在他身上看到了"缘于无节制自恋的不洁的心灵"。

有人指责他"伪善",有人认为他要么是圣洁的准修士,要么……快进精神病院了,甚至在这位"朋友"和"老师"不在场时,大家议论他"疯了",或是他"装疯"。

所有这些"友善"的议论是无端的残酷。爱他的人突然厌恶起他来,他们也不知这是为什么,努力解释说这种厌恶都是果戈理本人的恶习造成的。但这未必公平,因为尽管他有这些恶习,而那些称他为骗子和疯子的人们,在另一些时候以同样的真诚认为他是先知和导师,甚至是"圣徒"和"蒙难者。"阿克萨科夫1847年在果戈理还在世时曾写道:"我在果戈理身上看到了撒旦之骄傲的俘虏。"五年后,果戈理去世了,他又写道:"我认为他是圣徒,真正的基督受难者"。其实对阿克萨科夫来说,果戈理究竟是什么——是疯子还是受难者,是骗子还是先知,成了永远难辩的谜。

如果不假设这些矛盾的论断出于果戈理本身的矛盾,那么类似的矛盾说法就永无解释。他身上有"两个源头",两种本质,时而此源头成为观察对象,以此端为出发点,以该尺度为评判的标准;时而另一源头成为观察对象,以另一端为出发点,以另一尺度为评判的标准。

在涅仁中学的最后一年,果戈理致力于"深入思考未来的职业和在火热的世界里找到新位置"。他给自己立下誓言,自己的"全部力量都将献给生活的善,一切为了祖国的利益"。在生命最后的日子里,他在《作者自白》中回忆说:

> 服务的思想须臾也没有离开过我。……我可以安心自己的写作,但只有在我感到我在这片天地里同样可以为自己的大地效力的时候。我总是觉得在生活中我需要作出巨大的自我牺牲。

果戈理的生与死都证明了在他儿时的理想中包含着多么巨大的真诚。但是就在同时,在深刻思考"新位置"时,渴望到彼得堡干一番伟大事业报效国家时,他竟然也写到另一同样火热和藏在心底的理想——关于时髦的燕尾服和裤子。他请求自己彼得堡的朋友:

> 请告诉我,你们那儿什么料子做坎肩、做裤子时髦……时兴什么颜色的燕尾服?我非常想给自己做件蓝色带金属扣儿的燕尾服。

乞乞科夫那件著名的纳瓦林硝烟色的燕尾服难道不是诞生于果戈理青年时期梦想的这件蓝色的燕尾服?

即将从中学毕业的他,在自己所有同学中最先穿上了文职便装。一位当时见过他的人讲述说:

> 我看见他穿着浅咖啡色的礼服,前襟下摆用一种红色带大格子的料子做里衬。这种里衬在当时被认为是顶级时髦的年轻人的穿戴。果戈理在学校里走着,两手经常似乎是无意地撩开礼服以展示里衬。

这当然是小孩子气,但这种东西长时间存留在他身上,甚至是永远存留了下来。在彼得堡进入机关后,他很快就开始谴责自己"胆敢背弃了上帝的旨意",也就是真正的"服务"、为自己的国家服务、自我牺牲的功勋。可同时,在高尚的自我剖析时,作为一条重要消息他告知自己外省的朋友:"人们都不打黑领带,而是打蓝领带。"这已经有点像赫列斯塔科夫的信了,你还会等到这样的下文:

> 再见了,亲爱的特利亚比奇金……老兄,这样生活太无聊了,人毕竟需要精神食粮啊。我明白了,确实应当做点高尚的事了。

在人们对服饰的关心中透露着对自己身体的尊重与爱。拜伦和普希金总是穿戴得很好,在他们那里所有这一切都如此得体而自然,就像他们能出色地写作一样:外在的优雅无意中表达出外在与内在的和谐一致。在古代拉特兰索福克勒斯(Софокл)的雕像中,衣服的褶皱是如此和谐,一如他的悲剧诗篇。

不善穿衣打扮这些细节其实表现着果戈理整个个性的基本特征——不和谐,矛盾,品味粗俗的时髦。一位目击者说:"他的衣着风格极端矛盾:时髦却邋遢。"1830年冬,他已经知道什么颜色的领带和燕尾服最时髦,同时,却穿得"衬衫连一个纽扣都不剩",这是他自己承认的。尽管他极其怕冷,有一次整个冬天却"裹着夏天的外套"。这些情节似乎都是从赫列斯塔科夫的履历中借用来的。谁知道呢?是否正是这件赫列斯塔科夫式的、风一吹就透的外套,曾启发了果戈理最深刻最天才的作品之一《外套》呢?

他有诸多的表里不一。

他是在彼得堡和普希金亲密起来的,这一友谊给其终生留下了不可磨灭的痕迹。他景仰普希金。

> 一种隐秘的战栗袭击着我的心,这是世上绝无仅有的享受……没有他的建议我一切都无从开始。哦!普希金,普希金!——他后来回忆说,——在我的生命中遭遇他,这是怎样一个奇美的梦!

可是在当时自己的书信中他夸耀的却不是"奇美的梦",而是说,这里所有人喜欢他的书,是从那位宫廷女官开始的,说是宫廷女官"让他在她管辖的贵族女校"读自己的作品。

> 我的住处在五楼,但这没有任何意义,有意义的是省长大人的住处不是在我楼下,正相反,是在更清洁、空气更清新的上面。

可事实上这段时间他正因某件事而抱怨"住在顶楼"。不过他说,尽管是顶楼,却是在冬宫般宁静的高度上。这些不尤小小的讽刺,孩子般的真诚。我不由得又想起了果戈理自己的坦言:"我身上有某种赫列斯塔科夫式的东西。"

道德坚守性和完整性的缺失,内在的不稳定和失衡,置他于极其笨拙、荒唐、可笑、受辱的境地,使他成为"丑角式"的或更准确地说悲剧式的人物,成为自己的漫画,是的,一幅巨大的漫画,因为在其最卑微的东西中蕴涵着其最壮丽的"原始元素"。

他任教授期间有这样一件事。传记作者指出,"他把科学看作是筹划前程的手段"。根据果戈理自己的说法,"他放弃了讲台"。他曾建议一位朋友马克西姆维奇(Максимович),也是未来的教授,"甩开膀子干应该干的事情",并且以真正的"赫列斯塔科夫的敏捷"决定"搞它八、九部中世纪史,如果上帝帮忙的话"。屠格涅夫,果戈理的一位听众,让人们相信,似乎所有学生都确信他"对历史一窍不通"。他的课总是这样一类开场白:"亚洲是座人声鼎沸的火山。"他自己感到枯燥,也明白所有人都觉得乏味。"我一个人在讲……没有一个人听!哪怕有一个学生理解我也好呀。"有一次,他头上扎着个三角围巾来主持他那门课的考试。他授权系主任和助教考问学生,自己在一边全程沉默。学生们解释说:"他担心苏里金(Шульгин)(另一位教授)取代他,就装作不能开口说话的样子。"他对自己的敌人郑重其事地说:"我不被承认地走上讲坛,又不被承认地走下讲坛。"而对朋友们则以厚颜无耻的坦诚说:"我同校方吵翻了。"谁能在这样一位用头巾裹着下巴、既可怜又可笑的大学里的阿卡基·阿卡基耶维奇(Акакий Акакиевич)[①]身上辨认出具有天才的(尽管证据不足)历史洞见的伟大导师?

他的矛盾性还表现在最朴素的亲情上,比如对母亲的爱。

果戈理爱母亲吗?有时他对她的态度近乎冷漠。母亲自己生活拮据,而他却向她要钱,"花费在穿戴上,要买各种燕尾服、礼服、领带、背带、小手帕"。从母亲那里得到的钱,他不转交给监护人委员会,而是自己留下,不受她的掌控,将这些钱花在荒唐的出国旅行

---

① 《外套》主人公。

上,并以莫须有的疾病和嗜好为自己辩护,好像他必须逃离彼得堡似的。后来他称这一行为是一种"冒失"——一个似乎十分温情的词语。而给母亲的信却是另一种说法:"为了报复您,为了惹恼您,我才这么写的。"

这是一方面。另一方面,为了感受一下母亲对他来说究竟是什么,并且为了不轻易下判断,我们值得回忆一下,在生命中最可怕的时候他是怎样请求母亲为他祈祷,并让母亲相信祈祷的神迹,就像相信自己最珍贵的圣物和拯救一样。他对母亲的一些请求令人想起《狂人日记》①末尾悲惨而凄怆的哀号:

> 妈妈,救救你可怜的孩子吧!……你看看他们是怎样折磨他的!……他在世上没有立足之地!人们驱赶他!……妈妈,可怜可怜你不幸的孩子吧。

不过,果戈理的一位最严厉的评判者承认,不能否认他"无与伦比的善良"(申洛克[Шенрок]②的书《果戈理传记资料》中约尔丹[Иордан]③的评价,第3卷,第221页)。这一最朴素的人的善良,朴素的温柔的爱的本能,表现在他的自我牺牲精神中。他本身是个病人,在罗马却还夜以继日地照顾自己将要去世的朋友,年轻的伯爵维耶利戈尔斯基(Виельгорский)。对于阿克萨科夫的问题"有没有人把果戈理作为一个'绝对的人'来爱",也许果戈理的母亲可以回答,此外,阿克萨科夫也许会为自己的问题感到害臊。不仅母亲,

---

① 果戈理的《狂人日记》。
② 申洛克 · 弗拉基米尔 · 伊万诺维奇(Шенрок Владимир Иванович,1853 – 1910),文学史家,著名的果戈理研究者,著有《果戈理生平资料》1 – 4卷,莫斯科,1892 – 1897。
③ 费多尔 · 伊万诺维奇 · 约尔丹(Иордан Федор Иванович,1800 – 1883),俄国版画家,曾在意大利与果戈理有交往。

还有 A. O. 斯米尔诺娃也可以回答。她与果戈理是完全不同的人，却把他当做亲人一样爱他。爱他的人还有这位"受难者"的其他"涂香膏的女人们"①。

还有，在他那里，既是令人费解的麻木冷漠，又是几近无理智的过度敏感。正是在他浑身热血沸腾、内心燃烧着烈火时，按他自己的说法，从外表看他却显得最"木讷呆滞、愚钝糊涂、冷酷无情、枯燥乏味"。

> 在您那儿，在您心里，我留下的是一副冷漠无情的面孔，无聊乏味的面孔。如果您需要一个木偶给他穿戴上您的衣帽，我愿意为您效劳。

在社交中他看起来总是"很孤僻、忧郁"。"他在我面前显得不自然、害羞且很悲伤（法语：Il ma paru gauche, timide et triste）。"——这就是斯米尔诺娃的第一印象。后来，冷酷无情外壳下的内心世界打开了，一座真正的炼狱，朝它看的人都要同情和爱怜起来了。但就在此刻，果戈理的脸上会突然再次出人意料地闪现出某种完全相反的表情，冷漠、"乌克兰人特有的虚假狡猾"、机警敏锐的禽鸟、"专注而沉思的鹤"的表情，仿佛他只是好奇地旁观着自己身上和别人身上发生的事情，仿佛他对自己比对别人更冷漠更无情，最后同情者倒是如坠五里雾里。

其矛盾性还在语言上。一方面是对语言无限的驾驭能力，难道不是他把普希金钻石般坚硬的诗句熔化，再浇铸成新的形式？另一方面又是怎样的孩子般的无助，不善表达，笨口拙舌。"害怕对语言造孽深重"——这是他永恒的恐惧。在国外时他对俄语生疏得连最简单的表达都使他为难。

---

① 涂香膏的女人：根据福音书，指把耶稣从十字架上摘下后给尸体涂圣油的女人。

"直到现在,甚至最糟糕的作家也不会像我这样,章法和语言如此邋遢,就连刚上学的小学生都有理由嘲笑我。""提起笔来就发呆。""我思绪如潮,笔在手里却像根木棍儿。"

在他那里,一方面是最极致的现实主义,用词精辟、准确:词语仿佛不是在描写,不是在塑造事物,而是它本身就是事物,是一个新现象、新现实;与此同时,另一方面,他的词语又异乎寻常地模糊虚幻,难以置信地言过其词,极度夸张,在他笔下一切都像"庞然大物"。"一切都那么野蛮、巨大,这种'庞然大物'的手法,是为了以一种超自然的力量使对象复活,结果仿佛它有千万双眼睛。"他无意中为自己定义了另一种风格。

而这里又是他对现实最温情的热忱。在自己最狂热的神秘主义时期他给一位朋友写信说:"你无比惊讶,我身上那个积极务实和周全认真的人是哪来的…… 我生来是做管家的。"当你读果戈理那些最详尽的教诲,它们讲田间农活、花园、菜园,讲怎样种植蔬菜、怎样浇水、怎样照管它们("尤其要照管好那些我最喜欢的花菜、洋蓟和豆瓣菜。"),你会在这最无诗意的乞乞科夫式的经营管理才干中,就像在他充满诗意的对意大利、对古迹的热爱中一样,感受到那一"原始元素",感受到他天性的神秘源头之一——大地之源头,"湿润的土地-母亲"之源头。"我的智力永远倾向于可感的现实和效用"——他给自己的一生这样作总结。"我是在现实中而不是在幻想中追求生活。"不过所有这些毕竟只是一面,另一面是:"呵,多么糟糕的现实!它是多么有悖理想!"这真是"从云端,一下子跌落到地上!"

这样,有一条长长的从上向下的裂缝,最初细若游丝依稀可见,但渐渐变宽变深,最终无限裂开;这裂缝穿越其一生,就像穿越一座巨型建筑,虽由坚石造就,但大地力学的基本原理,大地的平衡已经遭到破坏。

第三章

在其精神要素中体现出的对平衡的破坏——从最小的到最大的,从毫无品味的领带背心的穿衣打扮到滥用的夸张,从赫列斯塔科夫式的狂妄吹嘘到巨大的阴间怪物,——这一平衡的破坏,这一裂缝,同样存在于他的肉体要素、他的疾病中。

果戈理得的是什么病?它与果戈理特殊的精神状况(这一精神状况看来与其紧密相关),与所谓的果戈理的"神秘主义"有怎样的关联?"神秘主义"缘于疾病抑或疾病缘于"神秘主义"?似乎或此或彼的推断都同样不准确。

"神秘主义"与"精神疾病和肉体疾病"完全不处于互为因果的关系中,因为两者的本质都是某种更深刻的、第一元素的不协调不相称的产物,某种肉体与精神背后的东西、原始的东西的不相称不协调的产物,最终是精神与肉体的不和谐的产物。

其实很难断定果戈理的疾病始于何时。似乎他生而有严重的疾病,这就像普希金生而有不可战胜的健康一样。

他的小学同学丹尼列夫斯基(А. С. Данилевский)回忆说:"果戈理当时是个时常患病的孩子。他的脸似乎是透明的,他患有严重的瘰疬病①,从耳朵那儿常常流……"二十四岁时果戈理就抱怨有"衰老"的感觉:"我脆弱的身体常被疾病控制着,衰弱到了极点。"也许青少年时疾病的原因主要是物理性的,随着一年一年过去,体质也强壮起来,尽管疾病依然经常发作;但同时却发现疾病的

---

① 瘰疬病:多发生在颈部,有时也发生在腋窝,由于结核杆菌侵入颈部或腋窝部的淋巴结而引起,症状是局部发生硬块,溃烂后经常流脓,不易愈合。

原因绝不仅仅是物理性的,特殊的精神状况如果不是导致肉体疾病的原因,至少也是先于肉体疾病的。肤浅的观察者甚至觉得果戈理是假装的病人,他想象自己是病人或假装成病人。传记作者指出:"他认为自己无可救药了,愿意请教所有医生,尽管表面看起来很有活力很健康。"(申洛克,第2卷,117页)阿克萨科夫讲述说:

> 令我惊奇的是,他竟然开始抱怨自己有病,甚至说病得无法医治了。我充满惊疑地看着他,因为他看起来很健康,我问道:"您得了什么病?"他没有确切回答,只说"病因在肠部"。

1840年秋有人从罗马写信来说:

> 果戈理多疑得可怕……他什么也不干,只关心自己的肠胃,可是,我们谁也吃不了有一次他吃下去的那么多空心粉。

果戈理可以算是个好吃的人,贪吃鬼诱惑了他一辈子。他从小就熟悉的小俄罗斯美食诗既反映在《旧式地主》的晚餐冷盘中,也反映在自己就能飞到嘴里的神奇的面疙瘩上,还反映在同样神奇的彼得·彼得洛维奇·别图赫(Петр Петрович Петух)的长形大馅饼上。诗人亚济科夫(Языков)①从巴黎写信说:

> 他给我讲自己的怪现象,也许是臆想出的疾病,说在他身上生长着所有可能的疾病的胚胎,还说自己的头的构造特殊,肠胃布局也不正常。好像有巴黎著名的医生给他诊察研究过,认为他的胃是上下颠倒。

在他去世前几周,格里高利·丹尼列夫斯基(Григорий

---

① Н. М. 亚济科夫(1803 – 1846/1847),俄国抒情诗人。

Данилевский)认为他精神焕发,浑身有劲,很健康。根据类似的评论似乎可以得出结论,果戈理一直在装腔作势,迷惑自己的朋友们。但情况并非如此,他的疾病看似是他自己的臆想,但毕竟完全是现实的,因为他是因病去世的。如果在很大程度上他的病因是多疑,那么也可能相反,甚至在更大程度上多疑是因疾病。

这是他自己描写的通常疾病发作的过程。在完全健康和神志清醒时,似乎是由于精力过剩,由于这暴风雨般的生命力量,他最初会产生骚动不安的、看似毫无因由的、不可遏止地逐渐增强的亢奋,随后是某种突然的恐惧,就像潘神的声音,无云的正午的寂静中可怕的呼唤,再往下是没有作描写的病态的忧郁。

> 我常处于那样的状态中,完全不知道该置自己于何处,该靠什么支撑。我不能保持片刻的安静,无论是躺着、坐着,还是站着。啊,这是多么可怕……我常感到那种迫近心脏的激动,飞翔在思绪中的各种形象变成了巨人,各种轻微的令人惬意的感觉变成了那样可怕的、人的本性无力承受的巨大的欢乐,各种阴沉幽暗的感觉变成了忧伤,那样折磨人的忧伤,接下来发生的是昏厥,最后处于完全的休眠状态。

1849年,大约去世前三年,他承认说:

> 我内在完全混乱了,例如,我看到谁磕绊了一下,马上想象力就会抓住此不放,并开始急剧地蔓延开去,结果一切都成了极其可怕的巨大的幽灵,它们折磨我,不让我睡觉,直到完全耗尽我的力气。

这样,最初的震荡,平衡的破坏,不是发生在心灵,不是发生在肉体,而是在更深的某处,在存在的最深处——不正是那里,心灵和肉体的所在,不应是两个,而应是合二为一? 在原始的和谐中,在心灵与肉体的和谐中发生了某种分歧、纷争。这一病灶之涟漪不断扩散,经过心灵波及肉体,并从那里反向运动,重又影响心灵,于是一切都激荡起来,像双向运动的波浪,时而打向此岸,时而打向彼岸。突然的惊悸变成了长久的"丧魂落魄"的胆战心惊,要摆脱它只有一条出路——逃离最初听到可怕的"呼唤"、"潘神声音"的恐怖之地。

果戈理真的逃跑了:他所有的漂泊流浪不是别的,正是逃离自己。他自己也不知道要做什么,几乎是从母亲那儿偷了钱,从彼得堡逃到了国外,第一次没呆多久,接着第二次,《钦差大臣》上演之后,一待就是多年。但就是在那里,在异国他乡,他也没有找到自己的平静,从欧洲的一端到欧洲的另一端,从欧洲到非洲,从非洲再到亚洲,从巴塞罗那到耶路撒冷,从那不勒斯到堪察加。这样,他至少是实现了自己曾经的梦想:

> 我要是能当个信使或通信员该多好呀……甚至坐上俄罗斯的驿车,跑到堪察加——越远越好……现在对我来说最好的,最好的就是在雨中,在泥泞中,穿越森林,穿越草原,到天涯海角!……我发誓,我会健壮无比!

但只要他一停下来,内在的骚动就重又苏醒,而且更强烈更清楚地听到神秘的"呼唤"。

> 整个心灵被疾病带来的苦痛所折磨,与之厮杀,已经厮杀得筋疲力尽……无法承受,无法承受,有时无法承受得简直要上吊……最不堪重负的是精神焦虑,与它的决战最为艰难,因为这场会战完全是在空中,很难操控被原始风向所裹胁着的气球!这不是在有舵轮有方向盘可以操纵的大地上。

这里,这一真切的肉体感觉可以说显示了疾病的形而上原因:

大地平衡的破坏,大地力学原理的破坏,支点的缺失,在深渊之上头晕目眩的飞翔。

这样一种具有预言性的象征还表现在纠缠他一生的怕冷的感觉中。这似乎不是简单的寒冷,而是某种非此世的寒冷。

> 我浑身发冷,发冷,而且越怕冷就越冷……我的生存方式有些怪异。我不能待着不动,必须跑动,好使自己暖和起来。可刚刚暖和一点,就又开始发冷,而且再去跑动时,一次比一次艰难,因为双腿开始浮肿,要么,两腿能站立就是好的了。寒战如暴风雨般向我袭来。我不是一天天地消瘦,而是一刻刻地消瘦……你们见到我,会被吓住的……我整个身体干枯,动物尸体般的颜色……我比一把骨头好不到哪儿去。事情发展到:脸成了绿铜色,双手冰冷发黑,连它们触碰我自己都觉得可怕,室内温度零上18度,而我怎么也温热不起来。

这是否令人想起雪皇后宫殿里冻僵了的卡伊,冷得脸色"发青变黑"?是否令人想起了但丁,自从看见了在永恒的寒冰中冻僵了的罪人们,他就任凭怎样也不能温热起来?

在自己几近疯狂的多疑中,果戈理在寄希望于医生和寄希望于奇迹之间东奔西突,在药物与祈祷之间辗转。

> 我们的康复掌握在上帝手里,而不是在医生手里。我觉得我最应该做的是寄希望于朝拜圣地①和圣墓②,而不是医生和治疗。

可马上又转而去求救于医生;他们给他检查,摸、敲、听、诊,什

---

① 指耶路撒冷。
② 指耶路撒冷的基督墓。

么也没发现,他觉得他们给他检查得不到位;不信任这位,又去找另一位;最后他宣布了一个拉丁词儿,好像一切皆源于它:"我的胃部神经,即所谓的'nervosofascoloso'(拉丁语)受损了"。从一个诊所到另一个诊所,从柏林到德累斯顿,从德累斯顿到卡尔斯巴德,从卡尔斯巴德到格列芬贝戈。

> 仿佛做梦一般,我裹着潮湿的被单,关在冰冷的浴室,用湿布擦身,冷水洗浴,痉挛般地小跑,为的是暖和起来。我只察觉到冷水触摸我的身体,其他的什么也感觉不到,也不知道。

但是,就从这里,从水流如注的水龙头下,从潮湿的被单下,又发出绝望的惨叫:"去祈祷!……去祈祷,为我祈祷!……为我祈祷,不要停下来!"

这样一种垂死挣扎持续了多年甚至几十年。果戈理似乎完全没有活过,死亡了一生。

他回忆自己的一次疾病发作时说道:"在持续不断的艰难的日子里,我周围没有一个人,那时任何一个人的出现都会是一个巨大的礼物。"事实上,也许在果戈理的疾病中最可怕的是——他的绝对孤独。不要说别人,就连普希金这样的人,也不会明白其疾病的精神原因。"极其忧郁的一个人"——普希金这样给他下定义,除此之外普希金再没有什么好说的。可是如果不仅仅是由于胃"朝上"和"nervosofascoloso",那这一"忧郁"还源于何处?普希金以其天才的嗅觉也许明白"不仅仅",但它究竟从何而来,为何而生,又意味着什么,这些对普希金来讲似乎同样是个谜,就像对于果戈理的其他朋友一样,如莫斯科的斯拉夫派哲学家舍维廖夫和阿克萨科夫,尽管他们绝对聪明有才能,可他们部分地还是"精神的索巴凯维奇",他们有时觉得,果戈理什么特殊的病也没有,只是在那儿装腔作势、愚弄好心人罢了。事实上果戈理的悲剧在于他第一个患上了一种新的、那时俄罗斯谁也不懂的可怕的疾病,而现在,在托尔斯泰和陀思妥耶夫斯基之后,我们已经相当熟悉这一疾病——我们的宗教分裂之病。陀思妥耶夫斯基说,"这一分裂在我身上持续了一生";果戈理说,"我集两种天性于一身",这是他给这一疾病下的定义,那时不要说治疗,甚至连命名都不能。

他早已意识到了自己无望的孤独。他十五岁时给母亲这样写道:"我被大家敬重,但对所有人来说我却是个谜,没有人能完全猜透我。"后来,已经是成年时,他给自己的一位朋友说:"没有人了解我的心灵。"按照与他在彼得堡一起生活过一段时间的人的话说,"没有比果戈理更封闭的人了……在更高层面上他是沉默的"。

他封闭,不是因为他不想敞开,而是不能敞开在他身上发生了什么,因为任何敞开不仅不能把人们吸引到自己身边,相反会把人们推离得更远。

> 有什么办法?这样看来,我生来命定就是被封闭的。敞开心扉地谈论自己,我无论如何永远也做不到。在我的话语,同样在我的写作中,永远存在可怕的不准确性。我所有坦诚的话语都制造着误解,且每一次我都后悔自己开口讲话……我讲话缺少分寸感和忠实的不偏不倚。

他缺的正是他在普希金身上感觉到的"两个源头"的中间地带,比例的协调、平衡。

> 我自己察觉到,我的精神状态怪异得向世上任何一个人也讲不明白……我发誓,我的状况常常艰难得只能把它比作这样一种处境:处于迷蒙中的自己,明明看着人们怎样把自己活埋,可自己甚至连动一下手指表示自己还活着都不能。

越来越深地淹没在孤独中,他沉默着,直到他还有能力沉默;而当他感到怕得忍无可忍时,就已经不是在说,而是拼命嗥叫了,就像溺水的人呼救：

"哪怕有一个活人也好呀！……""哪怕有一个人发出声音也好呀！……哪怕有一个人开口说话也好呀！……简直就像一切都死透了，就像在俄罗斯实际上住的不是活人，全是死人。""同胞们！太可怕了"……

伟大作家的话并没有打破这一孤独。同样热烈但却是怀疑的怀抱从两个相反的方向向果戈理张开：一方是以别林斯基（Белинский）为首的彼得堡西欧派，另一方是以阿克萨科夫为首的莫斯科斯拉夫派。每一方都希望把果戈理拉到自己一边，把他作为反击敌对阵营的工具：西欧派反击斯拉夫派，斯拉夫派反击西欧派。每一方在他身上看到的不是他本人，而是他们自己；他何以活着又为何死去，对于任何一方都无关痛痒。两方对于他是同样的近，同样的远。

而在他们中间还喧嚣着与他更格格不入、已经是完全无个性的一群人，即所谓的"观众"；从那里向他涌来的甚至不是人类的声音，而是某种自然的嘈杂声，某种非人类的东西。"果戈理怎么样？又写出了什么可笑却不真实地东西？"《钦差大臣》让人们笑晕了，但大家说，这出戏本身却是"不真实的闹剧"。

在莫斯科河南岸区的一位女士的评论中，表达出了果戈理自己整个"圣愚"心灵的某种更高层面的更真诚更真实的呼喊："是的，果戈理逗笑了所有人！很遗憾！他用自己的一生且是那样短暂的一生来取悦于猴子般的听众。"这是来自非文学圈的声音。而下面则是来自文学圈，或者至少是与文学有关联的人们的声音。弗拉基米尔·巴纳耶夫（Владимир Панаев）断言："应该禁止果戈理写作，因为在他所有的作品中都散发着听差拉夫鲁什卡（Лаврушка）①身

---

① 《战争与和平》中的人物。

上散发出的气味。"一些批评家伤心地说:"果戈理甚至不想达到那样一种水平:至少不低于保尔·德·柯克(Поль де‐Кок)①。"另一些批评家的观点是,为了不玷污自己,请不要把《死魂灵》拿到手里。申科夫斯基(Сенковский)宣称:"我奉纯洁若神明,您那发着恶臭的画面引起我的厌恶。"《俄罗斯通讯》的批评家波列沃伊(Н. А. Полевой)评论《死魂灵》时叫嚷道:"让我们从内容说起——多么苍白呀!"《北方蜜蜂》的批评家忧伤地指出:"人们对果戈理的期望很高,可结果他给出的却是毫无价值的《死魂灵》。""真诚的俄罗斯众人"满嘴唾沫飞溅地高喊:果戈理——"俄罗斯的敌人"。

这还只是股"小势力",离它不远是股"大势力"。和这些俄罗斯的恶毒的诽谤者——波列沃伊、申科夫斯基、布尔加林之流们的看法几乎完全吻合的还有阿波罗——俄罗斯众缪斯的领袖的意见,有一次尼古拉一世(Николай I)说:"果戈理天分很高,但是,我不能原谅他那些粗俗低劣的言辞用语。"当然,奥尔洛夫(Орлов)伯爵胆敢就皇帝"关注果戈理"的旨意发表意见,他也仅仅是表达了最高层圈子里的隐秘想法:"他还年青,还什么大事都没有干成。"试问,《钦差大臣》和《死魂灵》的作者做什么才能让奥尔洛夫伯爵承认干成了某种"大事"?

---

① 保尔·德·柯克(1793-1871),法国通俗小说家。

第四章

如果果戈理还曾用"哪怕俄罗斯有一个活人回应他的呼唤也好"的希望欺骗自己的话,那么,这一希望在《与友人书简选》问世后就彻底破灭了。

无论谁、无论怎样评价这本书,毫无疑问的是,在其公开的那些部分里呈现了果戈理真正人的、活的面孔——这不是朋友或非朋友希望看到的他,而是实际上他之所是的他。果戈理早就知道,他是一个人,但只是现在才明白自己孤独的全部深度。他早就预料到人们不会理解他,但所发生的远远超过了他的预料:伟大作家与时代、历史、社会、国家、民族的关系顷刻间整个儿成了误会;一切都分崩离析,四处飘散,如肥皂泡一般。发生了某种事实上不仅是俄罗斯文学中,也是世界文学中唯一的、没有可与之相提并论的事件。这不是文学的塌陷,不是他本人的坠落,而是他的立足之处,他脚下的大地的塌陷,就像地震时的天塌地陷。于是他突然陷入的已经不是孤独,而是某种可怕的虚空,某种真空。

别林斯基就《与友人书简选》给果戈理写信说:

> 即使您意欲谋害我的性命,我也不会比仇恨这些可耻的文字更仇恨您。鞭子哲学的宣扬者,"无知"教的传播者,蒙昧主义和愚民政策的捍卫者,野蛮风俗的颂扬者。您这是在干什么?

他把果戈理的基督教称为"魔鬼的教义"。

"您为什么要连累基督呢?""或者是您病了——那您就需

要赶快就医,或者……我不敢彻底说出我的想法(这意味着——或者您是走狗)"。"对当权者的颂歌可以很好地确立虔诚的作者的世俗地位。这就是为什么在彼得堡流传着一种说法,说您写这本书的目的是要当皇孙的太傅。"

果戈理后来回复别林斯基说:"这样一种指责!我甚至无力登上臭名远扬的走狗之宝座。"但这正是那样一种"指责",或确切地说污蔑——别的还能怎样说?这一"污蔑"应当让果戈理认识到,濒临死亡的别林斯基在写这封著名的信时已经是丧失自制力的状态,比起所谓的果戈理本人的发疯更像真正的精神失常。"我开始狗吠狼嚎般,眯起眼睛,整个陷入疯狂中"——别林斯基这样表述自己当时的状态。但是,在这种精神病人野兽般的"吠"、"嚎"中(正是此时陀思妥耶夫斯基的"群魔"也开始了!)却是某种可怕的人的权利和真诚,它们值得、也要求得到回应,至少要求"驱除魔鬼"。而果戈理似乎不仅能十分轻松地回应"他对政府可耻地奴颜婢膝"这一指责——他在《作者的自白》中确实对此作了回应,而且对所有其他指责也都做了回应。

他早已经开始回应或"驱除"了:

> 啊!让神圣的力量把和平带进您那受苦受难的心吧!……啊!我的心此刻是怎样为您疼痛!……您哪儿来的那仇恨的魔鬼?……

他向别林斯基指出了其"勇敢的自大","不可遏制的勇士和青年的激情"。

> 清醒清醒吧,您走到哪条道上了!……多无知啊!……受了一点浅薄的杂志教育,是不能评断那些现象的……杂志知识形成的心灵……想想您自己学的那点儿不怎么样的东西吧……

就开始教训人了……

果戈理本还可以提醒别林斯基,往果戈理脸上吐口水的他,就在前不久还差点没双膝跪地泪流满面,像个犯了错误的小学生似的,在他那儿恳求宽恕。别林斯基1842年4月20日曾给果戈理写信:

> 我辱骂了您的那些文章(《小品集》中的),我不明白,我凭什么有勇气去辱骂圣灵。那时它们对来我来说太平常,正因太平常才是不可企及的高度;那时在昏暗的自尊心的井底一个炫耀的念头骚动起来……我总是轻率并陷入荒谬的荒唐中……您现在是我们的唯一。我的精神方式,我对创作的爱,都与您的命运紧密联系着,若不是您——对于我来说,我们祖国文学生活的现在和未来就都将永别了!……(《资料》,申洛可,4卷,Ⅳ,页918)

是的,果戈理似乎可以置别林斯基于死地。他为什么没有这样做?为什么撕碎了本已扔掉的信的草稿。是可怜行将死亡的人吗?还是鄙视这个"疯子"? 未必。

似乎在别林斯基的话中,果戈理混沌而病态地感到了某种刚刚显露的、差点没有说出的、不可抗拒的、对他来说可怕的正确性,尽管这些话无疑是极其"荒谬的荒唐"和疯狂。我们随后将看到,这一正确性究竟在哪里。无论如何,别林斯基曾极爱果戈理,以致有权恨他——这是以眼还眼,以牙还牙:果戈理的离经叛道给别林斯基带来了怎样的打击,现在别林斯基本人就给自己的偶像施加了怎样的打击。

但是,现在既然已经没有了任何爱,结果也就没有了任何恨的权利。后来的西欧派把果戈理当做"最后 位走狗"继续对他吐口水。况且别林斯基是真的"学识浅薄":在他的信中体现出的是当时俄罗斯论战中那些低级地对待文化遗产的野蛮态度。但是如果说到未卷进斗争硝烟的受欧洲文明启蒙的屠格涅夫,许多年过去之后,他就《与友人书简选》平静而冷漠地断言:

> 在文学界再找不到更矛盾的混合体了:骄傲与阴谋,伪善与虚荣,先知与帮闲!(《屠格涅夫文集》,遗著出版社,第一卷,页72)。

而傲慢的车尔尼雪夫斯基用那样简单而"致命"的叫嚷围攻果戈理:"你所读的不是你应该读的书!"最后,那些心平气和泰然自若的现代传记作家们,解释果戈理的宗教悲剧,解释这一在他们看来"病态的狂热信徒的呓语"和"侵蚀了他的精神本体的病蛆",是他不理解"进步"一词,他们遗憾他

> 尽管有幸运的引领者,却没有在自身找到力量(谁的引领?别林斯基的还是阿克萨科夫的?这两位要么认为他是"走狗",要么认为他是"先知"),停留在只盯着讽刺社会溃疡的简单使命上。(所有这些见解都表述在申洛克先生的书《传记资料》中,第4卷,页6、16、107、193)

回顾果戈理至今在俄罗斯文学中的命运,不由得想起他自己的话:"不得不忍受来自鄙俗人们的鄙俗"。

别林斯基的信只是那场必定降临到果戈理头上的大雷雨的第一道闪电。正如他自己说的,闪电之后是"误解的旋风",在这场旋风中一切都混杂在一起,所有相互最敌对的势力汇合在了同一猛烈的攻击中。

果戈理困惑不解地自问:

> 这是怎么回事?为什么俄罗斯所有人一致向我发怒?我

不能理解这一点……东方派、西方派、中间派——所有人……

事情到了这种地步：在战胜"堕落"的果戈理的庆功会上，进步的别林斯基与反动的巴甫洛夫（Н. Ф. Павловым）竟会师了，后者在《莫斯科电讯》上好像以惊人的"灵活的辩证法"证明，"魔鬼让果戈理的话充满了闻所未闻的自负"。正当果戈理想借助《与友人书简选》爬到皇孙太傅的位置上的传闻盛行时，皇位继承人，未来的农奴的解放者——沙皇，对书报检察机关表示了支持，他们把果戈理的书审查得只剩下了个空壳。同时，正如西欧派的恰达耶夫"在果戈理的堕落中看到了斯拉夫派可悲的错误的后果"一样，斯拉夫派本身则在他身上看到了西欧派可悲的错误的后果。康斯坦丁·阿克萨科夫给果戈理写信说：

> 难道不正是您，逃离故土的人，生活在西方，往自己身上吸纳着腐烂的臭气？……人们认为您的书是包围着您的西方的所有的恶的充分表达。您与西方——这个谎言的化身纠结在一起，它的谎言渗透了您全身。

西方派的残酷与猛烈早已再明白不过；可斯拉夫派的观点已经失去了所有不仅宗教的、道德的、社会的，而且是最普通的合理的意义。因为如果不是《与友人书简选》内在的核儿（这个核儿还没有人破开），那么至少也是其外在的壳儿，比斯拉夫派更斯拉夫派。他们究竟需要什么？为什么他们也好像患了狂犬病似的，竟与"发疯的"别林斯基异口同声地叫喊："这人身上有魔鬼！"

总之，有某些"鬼"在作怪，这一点看来没有疑问；只是有一个问题——在谁身上，是降妖者还是被降妖者？

"恶神以光明天使的面孔，用骄傲——这根钓竿捕获了你"——波戈金预先警告说。"这一切都是谎言，胡言乱语，无稽之谈，如果出版的话，会使果戈理成为全俄罗斯的笑柄"——阿克萨科夫在书还没有问世就宣布说。他给果戈理本人写信道：

> 您遗憾地犯了个大错。您完全误入了歧途，迷路了，您不断地自己反对自己，而且，您自以为在为上帝和人服务，但您这是侮辱了上帝，也侮辱了人。

"您被诱惑了……上帝保佑……愿上帝赐福于您！"——某位也是斯拉夫圈子里的斯维尔别耶娃（Свербеева）在降"妖"。

在共同的群殴中，毫无过错的普希金的朋友普列特涅夫（Плетнев）老人被压制：他由于同情《书简选》而被宣布为"老缺心眼儿"。

就在那时，果戈理再一次感到了那种对斯拉夫派的品位和气息本身的厌恶，有一次他曾就此用极其精准的话表述过："在他们的（斯拉夫派）赞许后，你只有朝俄罗斯吐口水。"

谩骂之合唱的领唱人阿克萨科夫发现了"社会舆论"中一个似乎至今没有被废除的关于果戈理的基督教的不变的公式："宗教热情杀死了伟大的艺术家，甚至使他疯狂。"果戈理疯了的共识令所有人喜欢，也令所有人安慰：这是走出一直令人困窘和尴尬的俄罗斯思想困境的最简单也最轻松的出口。

果戈理——要么是疯子，要么是走狗。这一还是由别林斯基提出的两难推理让斯拉夫派人给解决了，他们把果戈理疯了的想法与"他佯装疯了"的想法联系了起来。阿克萨科夫写道：

> 果戈理确实神经错乱了，这毫无疑问，但在这一神经错乱中有许多欺骗。疯子往往是骗子和诡计多端的人，这我见多了，而且他们的疯癫令人又可怜又厌恶。

果戈理终于绝望地呻吟道：

> 这是在对一个还活着的人的活的肌体进行可怕的解剖，这

一解剖甚至令一个天生体格强健人的也要出一身冷汗的。

舍列梅捷耶娃（Н. Н. Шереметева）老人，尼古拉·瓦西里耶夫（即果戈理——译者）的一位心地单纯的爱戴者，被斯拉夫派所有这些望而生畏的东西吓得不止一次跑到圣母像前为自己可怜的朋友祈祷。

彼得堡的自由派们与莫斯科的保守派们比赛着这种善良的残暴。果戈理在彼得堡的一位中学同学不接待他，他是1848年《书简选》出版不久出于念旧情前去拜访的。据说，果戈理被这一拒绝击溃了，他不能自制，就在大门前痛哭起来。这一事件后来好像是在课堂上讲给大学生们的，大概不无训诫的目的——告诉年轻一代，清白的人们应该怎样对待像《书简选》作者那样的"走狗"（《材料》，申洛克，第4卷，556页）。即便这是传言，但像堕落的天使站在失去了的天堂门前，果戈理站在贞洁的俄罗斯自由派紧闭的大门前痛哭，在这一形象里毕竟有某种象征性——把光明抛向俄罗斯社会最隐秘的深处。也许果戈理会因整个自由派、保守派的这种捕杀再次高喊：

在人身上有多少毫无人性的东西啊！啊，上帝！在精细、有教养的优雅举止下，甚至在世人皆承认的善良而诚实的人身上，掩盖着多少残暴的野蛮啊！

如果把所有事件汇聚起来一起审视，那么，就成了一场卓越的绝无仅有的戏剧演出：果戈理因借助《书简选》混成了大公爵们的教育家而被宣布为"走狗"；书报检察机关删减了《书简选》；热爱自由的阜位继承人支持书报检察机关；"好朋友们"散播、甚至向果戈理本人通报流言，说他疯了（"甚至你的老熟人见我就问：请问，果戈理疯了，这是真的吗？"——舍维廖夫写信给他说）；别林斯基"狗吠""狼嚎"；舍列梅捷耶娃老人在圣像前祈祷；斯拉夫派们给他祈祷治病,驱赶腐臭的西方的七个魔鬼,可他们自己很快就又承认他是"基督受难者"。

事实上,这是什么"误解的旋风"!似乎不是果戈理,而是整个俄罗斯社会疯了。就在这种疯狂中有某种玄妙的东西:这不正是果戈理想要嘲笑的"鬼"围绕着果戈理,编织自己最可笑也最可怕的谣言,以嘲笑报复嘲笑?

只有清晰的正义意识能够救果戈理。但他有正义感,却没有正义意识。他因《书简选》而将自己陷入其中的那种处境,正如他自己说的,是需要英雄的、"勇士"的力量才能摆脱的。但按其本性来讲,他是受难者,而非英雄。

而且果戈理挺不住,软弱,退却,请求宽恕。

唉!他向自己的敌人-朋友中最刻薄的阿克萨科夫祈求:

> 看在耶稣的份上,现在我恳求您不是出于友谊,而是出于仁慈设身处地想想我的境遇,我的心备受煎熬……我简直不明白,因这些乌七八糟的事情我怎么还能不晕头转向,怎么还能不彻底发疯;我只知道我的心碎了,浑身麻木瘫痪。我是可以与最凶狠的敌人骂战的,但上帝保佑不能与朋友进行这种可怕的战争!那样,无论你身上有多少力气,都会变得疲惫不堪。我的朋友,我已筋疲力尽……陷入这一误解的旋风中是多么不堪承受!我明白,我必得长期搁笔并远离一切了……

在自己的那种处境中,他做的要比他能做的糟糕得多:他不仅怀疑自己的正确性,而且说出这种怀疑;可是自我怀疑的姿态在这种思想捕杀中引起的是攻击者的仇恨,正如被捕杀的野兽身上的血迹引起的是猎狗的仇恨。果戈理自称自己的书"面目可憎"。

> 我确实是在用自己的书对什么作出巨大的规划,好像自己

是全世界的导师……而那个说它它就到的魔鬼甚至把并非蓄意训诫的东西大肆吹嘘到可怕的地步…… 当收到刊印本时,我连再看它(《书简选》)一眼的勇气都没有:我羞愧得面红耳赤,双手掩面……

他在自己的书中看到了"当着全俄罗斯的面自己给自己的那记响亮耳光"。

> 我的书的面世简直就像突如其来的一记耳光:给公众的耳光,给朋友们的耳光,最后还是给我自己最有力的耳光……我,赫列斯塔科夫似的大逞威风……

可是他用更可怕的安慰来安慰自己这可怕的耻辱:

> 啊,我们常常是多么需要这种所有人都看到的当众耳光啊!……我如此需要当众的耳光,甚至,也许,比任何人都需要。

这太过分、太不可思议了,这逾越了文学的所有界限:从来没有人如此写过。这实际上要么是"恶棍",要么是"圣徒"。

所有的人都抛弃了他,他自己也抛弃自己,垮掉了——只有人才能有的垮掉。

但毕竟他是对的。

第五章

他的那些谴责者的主要错误在于,他们推测似乎在《书简选》出版前他身上发生了什么特殊事件,某种宗教转折。实际上当时任何类似的事情也没有发生。在《书简选》中他走的是他一贯走的路。他在这里比在其他任何作品中更清晰地表述了他主要的也可以说其一生唯一的宗教思想,因为正是在此时这一思想在他面前呈现的比任何一个时候都更清晰。

1825年十五岁的果戈理从涅仁给母亲写信:

> 我甚至想放弃自己的生命,但是上帝阻止了我。感谢你,神圣的信仰!只有在你那里我才能找到慰藉的源泉,排遣自己的悲伤。

成年后他又这样写道:

> 内在的我从未改变。也许从十二岁起我就走着现在的路。在主要的观点上我从未摇摆不定。您怀疑我有什么新方向,这是您的错觉。从少年起我就只有一条路,现在依然走着这条路。在所有我得以读到其传记的作家中,我还没有遇见一个如此执著地追求已经选定的目标的。

不是斯拉夫派那些敌友,而是果戈理真正的朋友,他们若不是完全理解他,也至少把他作为一个人而真诚、朴素地爱他,他们在《书简选》中认出了朋友活生生的个性、活生生的面孔:好也罢坏也罢,但那是真实的他;他说出了自己的实情,至少说了他能说的,说了他自己知道的自己。

维耶利戈尔斯卡娅(Виельгорская)公爵夫人给他写信说:

> 从您的信中我完全认出了您,对我来说在这些信里一切都那么简单明了,我觉得读您的信就像在听您经常与我们的谈话一样……您讲您的内心,我们理解您。

见证了《书简选》产生过程的茹科夫斯基坦言道:

> 每当你给我读某些东西时,亲眼看着你,我被你整个人吸引,我知道我听到的一切都真诚地表达着你本人。

普希金的朋友斯米尔诺娃也这样认为;当然普希金本人也会这样认为的。有一次他建议果戈理写写俄罗斯批评史。正是从这一建议中产生了《书简选》,正像由普希金的两则趣闻产生了《钦差大臣》和《死魂灵》一样。

预言了果戈理整个创作事业的普希金似乎以其天才的嗅觉察觉出,这一事业不可能局限在纯艺术创作领域,果戈理的被造不仅仅是为了"甜美的声音和祈祷",而且是为了某种新的"战斗",为了某种新的普希金本人也不知的行动。《书简选》只是这一批评最初的、因过于超前而显得弱小的尝试,这是普希金留给俄罗斯批评的遗产——不是旧的、狭隘意义上的政论批评,如斯拉夫派和西欧派们阿克萨科夫、舍维廖夫、杜勃罗留波夫、皮萨列夫、车尔尼雪夫斯基,甚至相当程度上别林斯基所理解的批评,而是新的,我们的,至今还没有人理解的意义上的批评——作为永恒的和全世界的宗教意识的批评,作为不可避免的从诗学思考向宗教行动——从话语向实践转变的批评。应当现实地感受这一批评的转变,就像我们在最近半个世纪里所感受到的那样;应当看到俄罗斯文学的终结,就像我们在托尔斯泰和陀思妥耶夫斯基身上看到的那样,亦即纯艺术的、无意识的、普希金式("甜美的声音和祈祷")的创作的终结,同时看到新的、宗教意识的开始,新的"战斗"的开始,新的行动的开始,以此来理解《书简选》在这一层面上的全部巨大的预言意义。

至今普希金就是整个俄罗斯,但是"不应当重复普希金","诗的另外的事业开始了"——这就是批评家果戈理的主要思想。在这一点上他比陀思妥耶夫斯基看得远,后者毕竟还希望重复普希金,没有看到他背后的任何东西。

一次普希金的朋友普列特约夫①老人说出了令人震惊的思想,这思想似乎是他那位先知朋友在坟墓里给他的授意:《书简选》是俄罗斯文学的开端。如果在这里把"文学"一词替换成"批评",当然不是旧有意义上的,而是新的永恒的意义上的,也就是从无意识的创作向有意识的创作的转变意义上的批评,那么,这也将是我们的思想。在《书简选》中我们听到的正是终点——至美,普希金的"不可重复性",亦即整个俄罗斯文学的终点和普希金之后、俄罗斯文学之后的新开端。诗的终结——宗教的开始。

> 大家都指责我错在谈论了上帝……如果想要谈论上帝,那怎么办?如果不由自主地要谈论上帝的那一刻终于到来了,那怎么办?如果连石头都要叫喊起上帝来,怎么还能沉默?……不,智者不会挑衅我说,我不配,这不是我的事,我没有权利:我

---

① 即彼得·亚历山大维奇·普列特尼约夫(Пётр Алекса́ндрович Плетнёв,1791 – 1865)。普列特尼约夫很早就与普希金及普希金周围的其他大师有交往。他性格温和,待人和蔼热情。茹科夫斯基、普希金、果戈理都与他有交往,他对他们的事业提出建议,给予帮助,他们也都很珍视他的意见。

们每一个人都有这一权利。(库利什的版本①,第 6 卷,页 373)

这就是至今无人反驳,也不容反驳的权利,这就是果戈理的正确性。他第一个开始谈论上帝,不是抽象地、旁观地、教条地谈,而是具体地、有效地谈——在俄罗斯上流社会中还从来没有人这样谈论过。无论他说的对还是不对,毕竟无可争辩的是,可以感觉到,关于上帝的问题对他来说就是充满无限恐惧的生与死的问题本身,是他自己的、个体的,也是整个俄罗斯的、全世界的拯救问题。

他预先提醒说,"现在这件事并非玩笑",对他来说确实如此。他无论如何不仅仅是谈论上帝,而是要行动,至少他希望行动,而且已经部分地为上帝做了他谈论的事情——不管这是明智还是发疯。

在给"自己的朋友们",也就是给全俄罗斯人的精神遗嘱中,他这样写道:

> 不要作死灵魂,而要作活的灵魂。除了耶稣基督所指的,没有别的门。

这是果戈理留给我们的最后的话:他生命的全部意义皆在于此,他有权说出它们,因为他为这一权利付出了一生。

基督教对于现代人类来说依然还是某种被谈论的事,而不是被做的事;是被许诺的,而不是被践行的。对此他感到痛苦至极,可怕至极。他说:

> 至今我们还没有把为我们的生活所创立的教会引入我们的生活。基督徒!……他们把基督赶到了大街上,赶到了诊所和医院里,而不是把他唤到家,唤到自己的屋檐下,可他们还认

---

① 即于圣彼得堡出版的 П. А. Кулиш 编撰的果戈理书信文集,共六卷,1857 年。

为自己是基督徒呢!

基督教没有走进生活,生活也没有走进基督教:它们相互割裂,并且日益各自渐行渐远。基督教似乎成了生活最大的否定,生活成了基督教最大的否定。基督教成了无生命的,无肉体的,无所作为的。而生命、肉体、行动——也都成了非基督教的。整个现代欧洲人被这一矛盾撕裂着。

果戈理说:

> 整个大地燃烧着无以名状的忧郁;生活变得越来越干硬冷酷,一切都变得庸俗浅薄,只有一个巨大的无聊在所有人眼前疯长,一天天地长到无以丈量的地步。一片死寂,到处是坟墓。啊,上帝!你的世界变得空虚而可怕。

果戈理确信,俄罗斯的状况比西欧好不到哪里去。

> 我们比其他民族好些?我们的生活比他们离基督更近?我们不比任何人强,我们的生活比他们更没有着落更杂乱无章。我们比所有人更糟——这就是我们关于自己该常说的。

威胁着欧洲的"惊惧与惶恐"同样威胁着俄罗斯:

> 假如我告诉您我所知道的情形,那您也许立刻就会神经错乱,并会开始考虑该怎样逃离俄罗斯。可是逃到哪儿?这是个问题。欧洲的情况较之俄罗斯更难,区别仅在于,那里还没有人看到这些。

与此同时,我要重申,尽管他没有意识到,但这时他强烈预感到(当代欧洲没有一个人像他这样),在基督教中包含着新的联合、新的综合的可能性,"调和那些矛盾的可能性"——人类没有耶稣就无力调和那些矛盾。

他说:"教会可以带给全欧洲一个闻所未闻的奇迹。"只有"它有能力解开所有困惑的死结和我们所有的问题"。这里果戈理把东方的教会与西方的教会对立起来,这样他就陷入了自相矛盾,因为他刚说,我们完全不比其他人更好,而是"比所有其他人更糟",在东方与在西方一样,教会没有走进生活。片面的禁欲主义、脱离生活、否定生活、以无肉体的神圣代替神圣肉体——在这一意义上,东方基督教与西方基督教走的是同样的道路;甚至可以说,基督教黑夜的阴影,僧侣生活,正是从东方向西方蔓延,而不是从西方向东方蔓延。因此,果戈理的"东正教的教会"应当不是指过去的或现在的、历史的教会,而是指未来的、超历史的、神秘主义的、真正全宇宙的基督教会。难怪阿克萨科夫强调说,果戈理在自己的宗教探索中解决了一个"艰巨得令人生畏"的任务——"基督教诞生 1847 年来[①]所有人都没有解决的任务"。

这也就是说,在自己一些极少但极鲜明的宗教认识上,果戈理以其独特的对基督的看法将自己与整个历史基督教——无论是东方的还是西方的——对立了起来。

是的,他这样做时还很不清晰,很无意识,常常把拜占庭或俄罗斯的东正教与真正的全宇宙全世界的东正教相混淆,把现在的教会与未来的教会相混淆。但对我们来说现在已经十分清楚,只有在后者中才真正包含着果戈理所强调的

> 完整的全面的(而非片面的修道士式的)对生活的认识,这一认识被保留下来,显然是为了未来的更完满的人的形成。这一教会不仅给人的灵魂和心灵以辽阔的空间,而且给人的理性力量以最大限度的空间。它是将人身上的一切汇成一首和

[①] 这里 1847,不是个年份,而是个数字,以下皆为该意义。

谐的旋律的道路和途径。

对于果戈理来说基督教最终的目的是全世界的"启蒙"。

> 启蒙不意味着教会什么，或开导什么，或形成什么，甚或阐明什么，而是要彻底焕发人的所有力量，而不仅仅是智慧（也就是说，我们不仅在精神上，而且在肉体上，不仅在天上，而且在地上增添些东西），使人的整个天性穿越净化之烈火。"启蒙"一词来自我们的教会："基督之光照亮所有人！"

果戈理既没有像斯拉夫派那样把基督教置于启蒙的对立面，也没有像西欧派那样把启蒙置于基督教的对立面，他把"两个源头"结合为一体。现代欧洲人中没有谁像他那样强烈地感觉到，基督教最初的和最终的实质——不是黑暗，而是光明，不是对世界的否定，而是肯定，不是十字架，而是肉体的复活，不是无肉体的神圣，而是神圣的肉体。

他第一个感到了那个古老而又崭新的基督教节日的"春天的气息"：

> 较之其他民族，光明复活节更应在我们这里重新得到应有的庆祝……这是一种幻想吗？可是为什么除了俄罗斯人，其他人不这样幻想？事实上，节日本身消失了，而我们的大地上还清晰地携带着它的那些显著特征，在那一天，到处可以听到：**基督复活了！**人们接吻，每次圣夜（复活节之夜）的来临都如此庄严隆重，隆隆的钟声在整个大地滚过，回响，就像要唤醒我们。这些都意味着什么？——哪里清晰地携带着这些特征，哪里就不是无故携带；哪里在呼唤，哪里就一定能被唤醒……我的心坚定地对自己这样说，这不是谁的脑子里想出来的思想，那样的思想是想不出来的，它们是被上帝的启示在许多素不相

识、生活在世界各个角落的人们心中唤醒的,并仿佛异口同声地呼喊出来的。我清楚地知道,在俄罗斯不止一个人(尽管我并不认识他们)坚信并会说:我们将会先于世界上任何地方重新庆祝光明基督的复活!

果戈理以这些话语结束《书简选》并非毫无意义。在这里他达到了他所能达到的洞察力的最高点,在这里他几乎看到了我们现在已经完全看到的东西。这还不是思想,不是清晰的意识,而只是预感,只是模糊不清的渴望。但这一渴望已经与我们当代的宗教意识相吻合:从幽暗的、仅仅是僧侣们的、与世隔绝的旧基督教走向光明的、联合的、全宇宙的新基督教,从禁绝肉欲走向肉体复活,从第一次无力而无荣耀的降临到第二次"有力而荣耀的"降临——那样的道路,是果戈理与我们共同的道路。

第六章

　　果戈理说"普希金出自两个源头",也就是说,整个俄罗斯诗歌就其实质来讲已经是全宇宙诗歌;他还可以说,正是从那两个源头中诞生了新的全宇宙基督教;其中是两个源头的最高融合、联合、平衡——肉体的与精神的,人的与神的,地上的与天上的。

　　但果戈理只是在自己宗教意识的某个点上以其天才的洞察力触碰到了那个融合,并没有在此站稳。这个点以及他的所有其他主要之点的平衡马上又被打破,越来越失去平衡——直到完全陷入混乱。意识的火花熄灭了,他重又陷入巨大的黑暗。他自己都看不见自己的时候,别人怎么能看见他?一切又都混淆在一起:新与旧,永恒的、全宇宙的与暂时的、拜占庭的或俄罗斯的,最终的联合与最终的分裂。取代所期望的肉体与精神、大地与天融合的,是比以前更难以解决的对立、矛盾。

> 生活在上帝之中意味着生活在肉体之外,而这在地上是不可能的,因为肉体与我们同在。

　　如果是这样,那么基督教本身就是不可能的。"在您眼里就让您自己仿佛根本不存在吧。""忘记自己,就像在世上根本没有您。"这里,不是肉体的某部分,或肉体、大地、对自己的爱的某个特性,而是作为神秘之源头的整个肉体在本质上与另一个源头相对立,就像善与恶、有永恒和无永恒的对立,就像该死的魔鬼与神圣的上帝的对立。

　　身体的健康——是动物性状况。"心灵是靠身体来远行的……

人是如此容易行如禽兽,因此祝愿他健康和幸福简直是件极其可怕的事。"

要么是上帝,要么是野兽,反正不是神人。代替神圣肉体的是无肉体的神圣。精神是肉体的否定,上帝是世界的否定。不是为了肯定而否定,而是纯粹的否定。"永恒的生命面对短暂的生命,一如全部面对无,100面对0。"

很久以前果戈理相信,

> 有些激情,它们不是来自人本身……它们是因最高的先验之规定而产生,其中是某种永恒的、诱人的、不停息地喧嚣一生的东西……无论它们是昏暗不明的,还是光辉闪亮的——它们都是为了人所不知的益处而被召唤出来的……

其中是"上天的智慧",是上帝的某种"秘密"。

当果戈理这样写的时候,他也许明白,为什么"上帝的痛苦"被称为"激情";也许明白,这里不仅仅是词语的吻合。现在,对他来说,激情意味着罪孽,无激情意味着神圣。果戈理反复教导:

> 当心所有激情的东西吧,甚至要当心把什么激情的东西塞给上帝。上帝要求我们完全纯洁的无激情,只有在无激情中才能认识你自己。

基督教对他来说曾经意味着最伟大的作为,是新英雄主义,"勇士精神"。现在它成了最伟大的佛教的"不作为",与世界隔绝,无为的静观。

东方天主教传教士向民众传教时应该是这样的姿态:仅仅因为他们谦卑的姿态、浑浊的眼神、从心灵中发出的低弱颤抖的声音,其心中对世界的所有愿望都已死亡,就已让一切为之动容……"在这里东方早晨的天主教与西方夜晚的天主教汇合为一种全宇宙的昏暗。"果戈理说:"我们的宗教与天主教完全是同一个东西。"难怪舍维廖夫警告他说:"当心这个瘟神。"在中世纪大教堂里管风琴奏出的雷鸣般轰响的悲伤而恐惧之古曲:Dies irae, dies ilia①(那一天,恐惧的一天)——淹没了本该在未来阳光灿烂的基督教堂,在东正教的上帝智慧-圣索菲亚大教堂(圣智教堂),"东正教的管钟"奏响的欢乐之新曲:基督复活了。

不是"为了复活"的禁欲,而是"没有复活"的禁欲。不是对心灵快乐的恐惧,而只是对恐惧的恐惧,只是无限增长的恐惧。"畏惧一切"——果戈理这样定义基督教的根基。"我现在什么也不信,如果碰到什么美好的东西,马上闭起眼睛,努力不看它。它向我散发出的是坟墓的气息"。"它只是瞬间的东西",一个低沉但清晰可辨的声音向我低语…… 我们自己的快乐只会侮辱了上帝;现在让人快乐,还不是时候。"上帝迫切要求我们的"不是什么愉悦,不是什么自由,而是"努力去想一想该怎样开始另一种生活,迫切要求我们的是拯救"。

这样,基督教的本质就不是光明,而是黑暗:"光明离基督教天上的真理很遥远。它害怕真理,就像害怕昏暗的修道院一样"。但这些"天上的真理"的最终目的,依然是要把世界带向一个"昏暗的修道院"。基督教就像一个墓穴的穹窿,黑色的、非人间的、土灰色的天空笼罩在黑色的、死寂的大地上;基督教不是全世界的"教化",而是全世界的"愚化";不是世界黑暗中的光明,而光明中的黑暗。

在这黑暗的无底深渊晃动着一个巨大的怪物,

> 在无底的深渊一群死人啃咬另一个死人:有一个比所有的都高都可怕的,他想从地里出来,但他不能,没有能力做到这一点——他没有强大到能从地里出来。(《可怕的报复》)

---

① Dies irae, dies ilia,拉丁语,俄语为:Тот день, день гнева。

果戈理自己是否明白,谁是这个"从地里长出来的巨大巨大的死人",他想复活却不能,不能"以死亡战胜死亡"?

启示录里所许诺的新婚装的白色——彩霞的所有颜色汇聚成的复活的白色,重新被旧的未婚装的黑色——修士的死亡之黑色——所代替,其中彩霞的所有颜色——生命的颜色——都被消灭。"基督教没有成功"。新娘没有到来。你们熄灭了所有光源,结果基督教不是任何水也浇不灭的火,而成了浇灭一切的水。熄灭了一切光源。新娘没有到来。

"你们都非常片面,不久前变得更加片面……不要学那些伪君子,他们看什么都是魔鬼,期望立刻消灭世上的一切"——果戈理曾经警告别人,而现在他不警告自己了!值得注意的是,对《书简选》作出最深刻最真诚反应的,是普希金一位最亲近的朋友,他所爱慕的罗斯谢特(A. O. Poccer)①女士的弟弟,这里又像普列特约夫的反应一样,仿佛回响着普希金低沉的声音:

> 书中是怎样一种霸权的腔调?其实这种腔调,是身体病态的虚弱、被惊吓后的臆想、带有某种愁苦的腔调……我觉得,在展现基督教真正的精神——光明、坚毅、有力的精神——的同时,要尽快把人引向基督。当教会照亮或彻底焕发出人的一切的时候,这个人就会表现出一种与您的想象截然不同的样子……他将作为生动的例子告诉我们,人可以生活在基督的、为了基督的世界里——没有愁苦,没有恐惧,因为"爱可以驱赶恐惧"。

这里只有一点罗斯谢特错了,即认为"这一虚弱、愁苦、恐惧"的原因是果戈理个人的特性,而不是整个历史基督教,整个"东方天

---

① 罗斯谢特,即 A. O. Смирнова - Poccer,亚历山德拉·奥西波夫娜·斯米尔诺娃 - 罗斯谢特。

主教"以及西方天主教共同的特性。

如果果戈理完全没有预见到新基督教,也许他依然停留并安于旧基督教。但是,他过于超前了。看到太多的东西,是要受惩罚的。可是,他的倒退与他的超前相等。他没有超越历史,反而跌落的比历史基督教更甚。在未来中没有发现未来,便开始在当下和过去中寻找。

从联合的白色,经过修士的独处的黑色,到混合的、中间的、中庸的灰色,从雷子约翰(Иоанн),经过约翰·列斯特维奇尼克(Иоа́нн Ле́ствичник)①,到莫斯科沙皇伊凡(Иван),到西维斯特尔(Сильвестр)神父②及其《治家格言》(《Домострой》)——这就是果戈理的回头路,他的真正的"反动"。他说:

> 在《治家格言》的理想中听到了在最珍贵的在基督教教义基础上建立公民社会的可能性。

再找不到比《治家格言》更好的东西了。他在其中发现了俄罗斯精神中最可喜的现象之一:

> 我们看到了玛尔法(Ма́рфа)与玛利亚(Мария)③结合在

---

① 约翰·列斯特维奇尼克(Иоа́нн Ле́ствичник)(525 – 602 或 649),基督教神学家,拜占庭哲学家,西奈修道院院长。

② 西维斯特尔神父(Сильвестр,其修士名为 Спиридон,? – 1566),克里姆林宫圣母领报教堂神父,政治家,文学活动家,咨文作者,奥列格公爵夫人传记作者,《治家格言》的作者或编撰者,修道院图书馆主人。

③ 玛尔法(Ма́рфа)、玛利亚(Мария):新约中的人物,两姊妹,耶稣基督曾在她们家停留。"他们走路的时候,耶稣进了一个村庄。有一个名叫玛尔法的女人,把耶稣接到家中。她有一个妹妹,名叫玛利亚,坐在主的脚前听他讲话。玛尔法为伺候耶稣,忙碌不已,便上前来说:'主!我的妹妹丢下我一个人伺候,你不介意吗?请叫她来帮助我吧!'主回答她说:'玛尔法,玛尔法!你为了许多事操心忙碌,其实需要的唯有一件。玛利亚选择了更好的一份,是不能从她夺去的。'"(福音:路 10:38 – 42)

一起,或者最好是,我们将看到玛尔法不抱怨玛利亚,而认同说,玛利亚选择了好的一份。

似乎他真诚地相信回归《治家格言》的现实可能性,他甚至按照克里姆林宫圣母领报教堂神父西维斯特尔的设想,想出了具体措施,把整个新俄罗斯重新建设成经济的小仓库,到处是克里姆林宫式的阁楼和小教堂。

果戈理问道:

"怎样在教堂里重新确立应该属于教会的东西?一句话,怎样使一切回归自己的位置?在欧洲这是不可能实现的。它到处流淌着鲜血,疲于无谓的争斗,一切都已来不及。在俄罗斯每一位省长大人就可以开个头……而且就这么简单……他可以以自己生活的族长式作风和与所有人交往的朴素方式,清除时尚中的空泛礼节,巩固那些实际上是好的并能成为当下生活规范的俄罗斯风尚……就像可以对树立日常风尚起作用一样,省长大人同样可以对教会进入俄罗斯人的日常生活起作用:首先,以自己的生活作出榜样,其次,可以采取一些措施"……因为"基督教导您,成为所有人真正的父亲吧……"——果戈理对这位神秘的被拣选者说。

按照《治家格言》来生活的宗法制的俄罗斯省长大人们,重新做人的斯克沃兹尼克－德穆罕诺夫斯基(Сквозняк － Дмухановский)①们——这就是解决"基督教一千八百四十七年来没有解决的艰巨得令人生畏的任务"的人,这就是拯救全宇宙东正教的人。

---

① 即《钦差大臣》里的市长安定·安东诺维奇·斯克沃兹尼克－德穆罕诺夫斯基。

为农奴制——作为民族的和基督教的根深蒂固的体制——的辩解就源于此。如果乞乞科夫发了疯而转向基督教,他会想出类似的东西的。这就不难理解,别林斯基应该因那样一种"基督教"而患狂犬病似地"狗吠狼嚎"。这是别林斯基的无意识的正确性,无论如何这一正确性抵得上果戈理相反的同样无意识的正确性。在自己朴素的无神论中("俄罗斯民族是所有民族中最不信神的民族"),在自己的反基督中,别林斯基毕竟比果戈理离基督更近。

高山生了个耗子。① 始于风暴,终于平静。从赫列斯塔科夫的"敏捷",到乞乞科夫的"踏实"。从"赫列斯塔科夫式地大逞威风",到乞乞科夫式地转身。不再是雷霆万钧的打击,而是响彻全俄罗斯的"给自己的一记耳光"。与其说是一个"巨大的丑八怪",不如说是一幅巨大的漫画。不是基督的面孔,而是陀思妥耶夫斯基的《群魔》中疯狂的基里洛夫信里所说的,是张"伸着这长舌头的嘴脸",几乎就是"不戴面具的魔鬼"本人的嘴脸。

---

① 俄罗斯谚语。类似于中国的"雷声大雨点小"。

第七章

这样,《书简选》内在的塌陷与外在的塌陷吻合。现在所有人都抛弃了果戈理,只剩下他独自与自己的魔鬼在一起以最后一搏。

意识告诉他:杀死自己的肉体;而此时蛰居在果戈理身上的他的"多神教"无意识本能,"原始元素"——"罪恶的肉体"反驳意识说:"生活在上帝之中就意味着生活在肉体之外。但当人还在大地上时,这就是不可能的,因为肉体与我们同在。"他愈是用自己的"基督教"意识压制、扼杀这一无意识本能,无意识本能隐藏得就逾深,游离了意识层面,于是这时它真正变成了罪恶、黑暗、恶魔般的——它隐藏到了前时间里,掩埋在寂静中,只偶尔爆炸式地显现一下。

据目击者讲,在长达数月的生病、沮丧、恐惧之后,也就是说,在似乎可以不再抱任何期望的时候,"一阵阵不可遏制的快乐"控制了果戈理,"在这少有的时刻他不住地唠叨,一个俏皮话接一个俏皮话,听众快乐的笑声不绝于耳"。他突然显得完全是个健康人。痊愈之突然,一如得病之突然:准确地说,这是健康的、生命的超常力量的"突然发作"——相反的疾病的突然发作。在"一副谦卑的姿态,浑浊的眼神,从心灵中发出低弱颤抖的声音,其心中对世界的所有愿望都已死亡"的极度疲惫的持斋者、修士身上,闪烁出从前的果戈理,轻松快乐看待生活的"自由哥萨克","清早从被窝儿里爬起来,只穿件衬衫,满屋子地狂放地跳起特列帕克舞来"。

整月整月像个"怪物"般看着周围,忧郁地不断重复:一切皆尘埃,一切皆罪恶,一切皆令我恐惧,可突然又"猛地"清醒过来。

> 有一次和安年科夫（Анненков）在罗马走过一条偏僻的小巷，他突然精神亢奋起来，结果跳起舞来，并开始撕扯手里的伞，一片一片抛向空中，没过两分钟手里就只剩下伞把儿了，其他的都随风飘去。

在乡下斯米尔诺娃那里时他常常伤心难过，阴沉忧郁得令大家担心不已。可他突然会想出一个和孩子们玩的游戏——"想出"一个月亮来，"他拿来一个空的圆盒子，里面原来盛放的是从君士坦丁堡捎来的甜点（果仁酥糖、果仁糕点），把盒底弄下来，糊上一张纸，涂上黄油，沾个蜡头儿上去"——这样月亮就做好了。"孩子们高兴得忘乎所以"，把盒子挂到树上说，这是他们未来剧场的月亮。

一般来讲孩子们比大人更喜欢果戈理。和孩子们在一起他忘记了自己的基督教。但谁知道，是否正是此时他比任何时候都离基督更近，跳舞的果戈理比哭泣的果戈理离基督更近呢？如果他知道这一点，那他就得救了。但问题正在于，在他和如此理解基督之间横亘着整整"一千四百八十七年的基督教"。甚至在他显然已经完全皈依宗教、完全吃斋的生命的最后几年里，他也会突然回忆起普希金孩子般的笑声，回忆起坎帕尼亚炎热的正午和家乡哥萨克的歌曲，可突然又是那些仿佛"他刚刚梦见"的"巨大的怪兽"，结果又是噩梦醒来，摇摇头把它们都抖搂掉。

已经是临终之时，在可怕的死亡的忧郁中，他突然讪笑，"食荤"，给母亲写简短便签，上面写树上的落叶、菜园的蔬菜、他喜欢的花菜和豆瓣菜，根据这些情形，我们可以感觉到他依然没有脱离大地，依然热爱土地，向往"大地母亲"。难以置信的健康与难以置信的疾病作斗争，健康的力量与疾病的力量势均力敌，以致最后也不清楚哪方将取胜。

这一无意识的"多神教"本能阻止着果戈理的基督教意识，不放他走，向后拉他；他的意识就像被拴着的小鸟：刚一飞起来，马上就摔到了地上，折断了翅膀。他反抗自己的肉体，肉体也反抗他。

被扼杀的但没有杀死的肉体对他进行可怕的报复;该死的肉体真成了该死的了,它就像干涸的大地,不再以自己的全部基督教"精神"滋养自己的根,使其丧失活力、衰弱、不能生育、死一般的干枯、僵硬。"最沉重的十字架是精神僵硬之十字架"——果戈理呻吟道。"人们痛哭流涕地祈祷。人们祈祷,可是不像是坐在屋子里的人祈祷,而像是溺水大浪之中抓住了最后一块木板的人在祈祷。"

但是他越是祈祷,越是试图哭泣,使自己感动,使自己心肠变软,他就变得越来越干,越来越硬。没有一滴眼泪,没有一滴上天的露珠。在这令人痛苦的抽泣中他变得残忍,成了铁石心肠。

> 我怎样使自己冰冷干硬的心温暖温柔起来?……这无翼的祈祷能干什么?……唉,祈祷并不容易!如果上帝不想要祈祷,怎么祈祷?我感到自己无力祈祷;力气衰弱,心肠僵硬,内心怯懦……我甚至觉得,我身上连信仰也完全没有了……我奇怪,上帝怎么没有惩罚我,把我从地球上扫除掉……我请求你们所有人的帮助,就像一个濒死的兄弟向兄弟们求救!……啊,为我祈祷吧……祈祷吧,深深地为我祈祷,上帝也会帮助你们为我祈祷的!我想,世上没有比我内心更怯懦的人了……常常在内心最无力的时候人们会呼号:上帝啊!所有这一切最终哪里是岸呀?

第八章

　　由于对内在澄明的绝望,他开始寄希望于外部的奇迹:他觉得,只有在圣地,在圣墓旁,他才能感到神赐的感动,他应该在那里做祷告。很多年他一直期待着这一旅行,把它看成拯救的唯一希望,他准备着,放弃了一切,一直认为自己没有准备好;最终准备好了,可就在最后时刻,已经到了那不勒斯,就要登船的时候,又泄气了,这一次突然彻底感到,他没有什么非要去耶路撒冷的理由,他几乎不相信出现奇迹的可能性。

　　　　我承认,那样一个念头总是找上门来:现在我为什么要去耶路撒冷? 以前我至少是对自己发生了误解。我原以为我多少要比现在的我好,以为我的祈祷总会在上帝那里起点什么作用……现在我想,我的到来和朝拜是否会侮辱了圣地?……因为我的内心一片冷漠和僵硬。这就是我现在的想法,而以前没有这样想过。

"不要把信的这一页给任何人看。"——1847 年 11 月 20 日他给舍维廖夫的信里这样补充道。
　　几乎是同时,关于去耶路撒冷一事他给母亲这样写道:"不要停止为我祈祷吧……现在比任何时候更感到自己祈祷的无力……"
　　朝拜圣墓之后不久他给茹科夫斯基写信说:

　　　　就在那块墓石旁举行了圣餐仪式……我一个人站在那儿……一切都如此奇妙! 我不记得我祈祷了没有。我只觉得,令我愉快的是,我所在之处是如此舒适,令人愉快的祈祷之处;而祈祷,说实在的,倒没来得及……我几乎没来得及弄清怎么回事,就走到了洞穴神父捧来的圣樽前……

这已经是回程的路上从敖德萨的来信:

> 告诉您,我还从来没有如此不满意自己在耶路撒冷以及从耶路撒冷回来之后的精神状态。只是更多地看见了自己的冷漠、自己的自恋,这就是全部收获!……曾有一瞬间……可怎么敢说什么一瞬间,实际上已经感到了引诱者、魔鬼离我们有多近!……

那时他身上的一切都突然停止了,甚至疾病;他感觉自己在生理上几乎是健康的。"我那段时间里整个是健康的,比以往任何时候都健康得多。"他几乎是平静的,但这是多么可怕的平静,多么可怕的虚空!

> 在圣墓旁我的祈祷甚至无力从胸腔中发出来,更不要说脱口而出,我还从来没有这样清晰地反观到自己的麻木、冷酷、僵硬……总之,我以前认为几乎就近在眼前的东西离我是那么遥远…… 我至今依然是在以冰冷的双唇、僵硬的心肠嘟哝着那些以前就嘟哝着的祈祷。我的巴勒斯坦之行简直就像是为了让我亲自了解、亲眼看看自己心肠是多么冷酷而完成的。朋友,这一冷酷是那样巨大!我有幸在拯救者的墓旁度过了一夜,有幸从神圣秘密那里领受圣餐,这秘密就在我眼前的墓穴中,而不是在教堂里,可是此时我并没有变得更好,在那一刻所有地上的东西本该在我身上完全焚烧而只剩下天上的东西……我这些梦幻般的感受传递给你的是什么?我看见了,就像在梦中看见了**大地**……

在拿撒勒突然赶上下雨,滞留了两天,当时忘记了身处拿撒勒,仿佛是在俄罗斯,在车站。

拿撒勒这阴郁晦暗的泥泞天气是否让果戈理想起《两个伊凡吵架的故事》(《Повести о том, как поссорился Иван Иванович с Иваном Никифоровичем》)的结尾:

> 雨哗哗地下着,浇在披着块席片儿的犹太人身上。湿气浸透了我的全身……还是那片野地,有的地方黑乎乎的,坑坑洼洼,有的地方泛着绿色,湿漉漉的寒鸦乌鸦,一模一样的阴雨连绵,没有一点亮光、噙满泪水的天空!……这世上可真无聊啊,先生们!

这灰蒙蒙的雨网,灰蒙蒙的令人昏睡的幕墙意味着什么?它就像横亘在果戈理的基督教(也许还是我们所有人的基督教)与真正的基督——"来自拿撒勒的少年"之间的一堆灰乎乎的火山灰。这难道不是那道已经整整"一千八百四十七年"了的历史基督教之墙?要知道,就是果戈理本人在自己的基督教中也否认大地、诅咒大地;不正是因此他才在圣地也发现了非神圣的大地?在大地上寻找天空,结果既没有找到天空,也没有找到大地,只找到了位于天地之间的永恒的中间地带——灰蒙蒙冷冰冰的大幕,灰乎乎冷却下来的灰烬——既"没有成功"也"没有烧尽"的基督教之灰烬。

果戈理——在拿撒勒,在报喜节之邦,在那里他遇上了阴郁的泥泞天气,第一次天成了地、地成了天,他却觉得"仿佛在俄罗斯,在车站",看着"湿漉漉的寒鸦乌鸦",看着"没有一点亮光、噙满泪水的天空",他甚至不是哭泣,而只是打着哈欠说:"这世上可真无聊啊!"——这是否象征着整个现代基督教——不冷不热只是温吞的,不黑不白只是灰色的,不兴奋也不哭泣只是"打着哈欠"的中庸的基督教?

整个大地燃烧着无以名状的忧郁;生活变得越来越干硬冷酷,一切都变得庸俗浅薄,只有一个巨大的无聊在所有人眼前疯长,一天天地长到无以丈量的地步。一片死寂,到处是坟墓。啊,上帝!你的世界变得空虚而可怕!

巨大的无聊,休眠般的呆滞,睡意连连的哈欠,它们比极度绝望本身更可怕,自从回到俄罗斯,在其生命的最后三、四年,它们越来越控制了果戈理。

缘于什么、为什么那样一种休眠般的呆滞找上门来,这一点我也搞不懂……什么也不想写,什么也不想说……也许是因为最终世上再没有什么好奇的了。

"是的,看看周围,这世上可真无聊啊"——在一次聊天中他脱口而出,边打着哈欠。这应该是他常有的了。

他越来越抱怨"脑子的休眠"、"僵滞"、"不可思议的慵懒和乏力"。

我这儿一切都处于懒洋洋昏沉沉的状态……不仅写信,就连写个简短的便签都需要强打精神。这是怎么了?是老了,还是暂时的体力休眠?我是睡着了呢?还是比入梦更糟地昏醒着?

《死魂灵》的写作停止不前,换句话说,就像挤牙膏似的……不想工作,不想过活,尽管暂且别人还没看出这一点。

这就是他所提到的那个可怕的休眠。"在自己身上感觉到有股气力,但也感觉到它动弹不得。"

阿克萨科夫1848年秋写道:

我们在莫斯科见到了果戈理,他外表看起来变化不大,但让人感觉似乎不是那个果戈理了。

表面看他几乎是平静的,比以前更健康更结实。但正如他所承认的那样,"内在的一切都坍塌了"。这种表面的平静正是整个疾病的力量走向了内部的不祥之兆。

他的妹妹在日记里写道,她在瓦西里耶夫卡世袭庄园,离著名的狄康卡不远,1848年春果戈理再访这里:

> 他变化多大呀!变得如此严肃,似乎没什么能使他快乐的,对我们也冷冰冰的、漠不关心!这令我是多么伤心!

第二天五月十日:

> 整个上午没有见到哥哥!太令人难过了:六年没有见面了,可他和连我们一起坐坐都不。

十三日:

> 哥哥一直都是那样冰冷、严肃,很少有笑的时候。

二十日:

> 今天我的神经受到了强烈的刺激,我一直在哭泣。我们和哥哥发生了点小小的不愉快,不过今天全忘了:他给了我一个从耶路撒冷带来的十字架。

二十五日:

> 如此郁闷;一直有什么东西令人不安。

已经是过了两个月,六月二十二日在果戈理离开之前:

> 昨天我们都哭了。忧伤至极!我是多么强烈地爱他呀,尽管常有不愉快,但我毕竟像爱父亲一样爱他。

二十四日:

> 啊,多么伤心呀!……大家都哭了……

这就是从果戈理这个"基督教徒"那里弥漫出来的情绪,像阴云一般;正是这个果戈理,在他是"多神教徒"的那些日子里,曾是最灿烂的阳光、笑声和欢乐的源泉,而现在所有人心里都压着某种难以名状的沉重和忧郁;一些人哭泣,另一些人惊惧;而果戈理只会打哈欠和分发"从耶路撒冷带回的十字架"。传记作者讲,母亲和妹妹的爱甚至使他大发脾气,"使他怀疑起对他的这种非基督教的、尘世的炽热的爱"。

> 耶稣的十字架前站着**他的母亲**和**他的母亲**的姊妹。耶稣见母亲和他所爱的门徒[约翰]站在旁边,就对**自己的母亲**说:母亲!看,这是你的**儿子**。接着对门徒说:看,这是你的**母亲**。从此那门徒就接她到自己家里去了。(约翰福音,19:26–27)

这样,人子就是在十字架上依然以尘世的、人类的爱来爱自己的**母亲**;当他的肉体被摧残、他的鲜血被流尽之时,他已经不是暂时地而是永恒地指认了母亲与儿子的血肉联系。这就是基督教原初的灿烂白光,在各各他的黑夜里从十字架上闪耀,从第一次降临照向第二次降临;可是一旦基督教的白光变成黑色时,那么儿子与母亲,父亲与兄弟,所有有血有肉的,所有生命都将死去,都将在这无血无肉的神圣之"黑暗"中永无复活。

"难道你对家乡的爱干涸了?"——果戈理的一位小俄罗斯的老朋友问他。是的,正是"干涸了",他身上的一切都死亡了,或者至少他希望自己身上的一切都干涸:按他的观点(是否只是他一人的观点呢?),基督教的神圣,"天上无激情的高度"正在于这一死亡般的干涸、精神的极度枯瘦中。

在一次饭后与女士们的聊天中谈到硬脂精、银版照相这些当时的发明。

"干嘛需要这些东西?人们会因为它们而变得更好吗?"果戈理打着哈欠说。大家都沉默不语。"我以前非常年轻时喜欢颜料。"他突然又开始讲,似睡非睡的。

"是的,您本可以成为个画家的",一位女士说,"那您最早喜欢什么?"

"还是小孩儿时喜欢图画。"

一位女士:"这可是一种精神活动呢……"

果戈理:"什么精神活动!半个俄罗斯都喜欢……这是精神的无力。"

一位女士:"尼古拉·瓦西里耶维奇,《死魂灵》就要完成了吗?"

果戈理又打着哈欠说:"我想再过一年吧。"

"也就是说不再烧了?"

果戈理:"是啊-啊-啊……不过只是刚刚开-开-始写呀!"

"他今天因吃了俄罗斯饭菜而睡意连连。"谈话的记录者补充道。

这一谈话中一切都平平常常,不过可怕的正是这一平平常常,这一"几乎到了难以想象的庸俗",它也许比所有巨大的"阴间怪兽"还要可怕。这是拿撒勒山丘下单调乏味的泥泞天的继续,是我们称之为我们的"基督教教化"的、糊住了我们眼睛的灰色无聊的网。

"有时恐惧会闯进昏睡的心灵",果戈理承认道。不过这已经不是原来的恐惧,而是某种新的恐惧。在他身上产生了一种最"基督教的",同时也最可怕的思想:他无法得救;无论做什么,无论怎样忏悔,反正都一样——反正他都要死的;有某种特别的隐秘的否定压在他心头。

> 我比任何人都更难得救。时刻看见自己危险地行走着,我恐惧极了。比起任何人我都更需要大家为我祈祷。如果上帝不开导我……我的命运将比任何人都更惨。

"为我祈祷吧,你们所有人都为我祈祷吧!"——这是他许多年从未间断的不变的呼号。

在果戈理的精神遗嘱中写道:

> 我希望死后建一座教堂,可以在那里追荐有罪的灵魂……我希望我的遗体如果不葬在教堂里,就葬在教堂的墓地,以便为我举行的安魂弥撒不会间断。

这使人想起《可怕的报复》中的巫师:

> 世上没有一个人能讲述巫师灵魂里有什么;如果窥视它并看见了里面在搞什么名堂,那夜里就再也睡不着了,就再也不会笑了。

死前巫师跑到基辅圣地修道士的洞穴那儿:

"神父,快祈祷!快祈祷!"——他绝望地呼喊,"为死者的灵魂祈祷吧!"接着咕咚一声跪倒在地。

　　神父画了十字,拿起经书打开一看,惊恐得倒退两步,把书扔掉。

　　"不,犯了滔天大罪的罪人！你不能被赦免,快走开！我不能为你祷告！"

　　"不能?"罪人发疯一样喊道。

　　"你看,经书里的字句都滴着血……世上还从来没有这样的罪人！"

　　"神父,你嘲笑我！"

　　"走开,罪孽深重的罪人！我不是嘲笑你。我是怕得要命。和你在一起没什么好事情。"

这一段描写中好像预示了果戈理的命运:罪人与神父——这就是果戈理本人和他的精神导师,勒热夫的马特维(Матфей)神父。

第九章

马特维神父对果戈理的影响问题,大多数批评家回答得都过于轻率:勒热夫的大祭司是个粗暴的宗教狂热分子,果戈理追随了他似乎是因为自己的精神疾病、"神秘的狂想"。但是在某种程度上更值得关注的是发生在这两个人之间的事情,而不是满足于问题的诸如此类的答案。

果戈理给托尔斯泰伯爵写道:

> 关于他(关于马特维)您会说些什么?我认为这是我迄今认识的所有人中最智慧的一个人,如果我能得救,这一定是他训导的结果。倘若我时刻记着这些训导,我会更多地受它们的影响。

还有一封给马特维神父的信,这是从耶路撒冷写来的,其中关于马特维神父写道:

> 在圣墓旁我提到了您的名字……我祈祷的是感谢主给我派来了您,我最珍贵的朋友,我虔诚的朝圣者……请再一次接受我的感谢——这感谢来自那里,来自因**他**的驻足而神圣的地方,是**他**赎了我们的罪。

我们知道,果戈理非常珍视精神导师的那些信件,"总是随身携带它们":

不止一次阅读您的来信,后来精神状况出现问题时又多次拜读。它们给我们的启示不是一下子就敞开的,需要反复阅读。您最近的两封信我始终珍藏在身边。每一次在寂静中重读,都能在其中发现新意……在您的祈祷中不要忘记我。您自己知道,我是多么需要它们……想到您在为我祈祷,我心里就播下了希望。也许您比我自己更明白我的心……我要大声呼喊您的帮助:为我祈祷吧,善良的人!啊,我多么希望能把我的心掏给您!

我们知道普希金对于果戈理意味着什么。但是,就是这位无名人士,受教育程度不高,甚至,尽管果戈理信任他,可似乎并不太聪明的神父,他对果戈理命运的影响远比普希金要大。来自普希金的——是果戈理的生,来自马特维神父的——是果戈理的死,生显然被死战胜;马特维神父比普希金强大——这是一种什么力量?这就是我们的问题。

他将近六十岁。生活的大部分时间是在偏僻的农村,在平民百姓中度过的。

从青年时期起就倾向于一种变动不居的生活。他个子不高,有点驼背;一双灰色的一点也不漂亮的甚至不太有表现力的眼睛,有点卷曲的淡褐色的头发,鼻子相当扁平;一句话,根据长相和外表可以说这是一个相当平常的男人,只有他衣服的款式能把他与耶兹索克或吉耶夫村的农民区分开……是的,在他传教(他说一口漂亮、鲜活的民间方言,果戈理倍加赞赏)以及进行圣餐仪式时,他的面庞神采奕奕、光彩照人;但这只是瞬间的突然的喜悦,过后他的面貌又恢复了他很不起眼的样子。(《波戈金的生活与创作》,H. 巴尔苏科娃,第八章,页 564 – 566)

根据见过他的人的说法,这就是马特维神父的外貌。外貌是与内在吻合的。根据他自己的信件以及在果戈理的认识中所反映出的他的个性,我们多少知道一点他的内在。果戈理说:马特维神父整个人,不仅没有任何天赋、任何令人惊异的东西,也没有任何出众的、独特的东西,甚至几乎没有任何个性的、自己的东西。但是就在这个性的缺席中,蕴含着他的主要力量,他的权力的秘密。马特维神父对于果戈理不是人,而是神父——只是神父,是极其充分意义上的神父。具有独特个性的人仿佛彻底地溶解在无个性的神父角色中,角色吞没了人。马特维神父对于果戈理来说是最纯粹的东正教的最纯洁的代表,他无论如何不曲解它,不给它染上自己的色彩,染上自己的个性色彩。透过马特维神父的个性或更准确地说无个性,就像透过一块完全透明的玻璃一样,可以看到真正的历史的和民族的基督教的最深处:它过去是什么样子,现在还是什么样子,这指的不是在语言上,而是在行动上,因为这一乡村神父首先是一个行动的人;他的基督教不是语言的,不是抽象的,而是最大程度行动的、生活的。人们在谈论做什么,而马特维神父做了自己所谈论的,不添加任何自己的东西:从教会接受了什么,他就坚守什么。不像其他"更现代和文化程度更高的"人那样诠释传说,他一步也不退让,一点也不缓和,不与狡猾的时代精神做任何狡猾的交易。果戈理在马特维神父身上感到了牢固得不可撼动、坚若磐石的东正教。这个勒热夫大祭司的、庄稼汉的、有些扁平和灰色的面孔就是整个俄罗斯教会、整个"东方天主教"的面孔。在马特维神父的声音中听出了"一千八百四十七年"历史的基督教真正的声音。

马特维神父整个是统一;果戈理整个是分裂。就像坚硬的柞木楔子被钉进了分裂的树干,马特维神父的统一扎入了果戈理分裂的本体,使他彻底分裂。在深入领会众多神父——兹拉托乌斯(Златоуст)①、瓦

---

① 约翰·兹拉托乌斯(约 347 – 407),君士坦丁堡大主教。

西里（Васи́лий Вели́кий）①、以撒（Исаа́к）②、耶夫列姆·西林（Ефре́м Си́рин）③、约翰·列斯特维奇尼克（Иоа́нн Ле́ствичник）④这些苦修者——的成果的过程中，果戈理有机会检验并确信马特维神父与这些教会的栋梁完全相同，就是到今天整个教会依然是以他们为支柱，把他们作为自己深深隐蔽的、地下的，但毕竟是唯一牢固的基础。

其实，马特维神父的主要思想，他的出发点究竟是什么？正是与世隔绝的修道士的"黑色"基督教。

果戈理本人的思想是："生活在上帝中就意味着生活在肉体之外"；神圣就意味着无肉体；肉体意味着罪恶；精神与肉体对立，就像一个绝对本质与另一个同样也是绝对本质的对立，比如上帝本源与魔鬼本源的对立，永恒的善与永恒的恶的对立——处于无法解决的矛盾中。从这里得出结论：

> 不要爱世界及世上的一切：谁爱世界，谁身上就没有对**天父**的爱；因为世上的一切——肉体的淫欲、眼睛的淫欲和日常生活的骄傲，不是来自**圣父**，而是来自此世。整个世界处于恶之中。

世界是上帝的否定，上帝是世界的否定——这里所说的世界不是世界的某个部分，而是作为一个整体的世界，同时也是作为一个绝对本质的世界。这样，基督教学说中原来只是两源头之一、两级

---

① 圣瓦西里（约330–379），圣徒，土耳其开塞利（今名）大主教。

② 以撒·西林（Исаа́к Си́рин［Сирянин, Сириянин］Нинев и́йский）（？–约700），基督教苦修僧作家，生活在叙利亚，被奉为东正教会和亚述教会的典范。

③ 耶夫列姆·西林（约306–373），四世纪教会的一位伟大的导师。

④ 约翰·列斯特维奇尼克，见前。

之一的东西,现在成了吞没一切、否定另一个源头的唯一源头。

马特维神父的出发点是这样的:从这一点出发,走到尽头,他从最初的这些禁欲主义前提中得出了最终的、可怕的,但实质上是不可避免的结论,对果戈理做出了自己的审判;那些基督教的黑色修道士,褪了色,变成了灰色、半黑、半世俗的人们,当然会逃避这一极端可怕的结论。但问题是:纯粹"黑色基督教"的苦修士,古代旷野里的神父,以撒、耶夫列姆、列斯特维奇尼克,也许不会同意马特维神父毫不留情的逻辑?马特维神父认定,不仅果戈理的全部"多神教"、他的艺术创作、笑、生活的快乐、对世界的爱,而且他全部的"基督教"、悲伤、悔过、对世界的否定,都是不充分的、不完满的、不彻底的、太光明的东西,其实质是谎言,是诱惑,是禁欲主义的话语所称的"诱惑",而且,似乎这一臆造出来的基督教不是精神而是肉体、不是上帝而是魔鬼给他的启示。

正是在这里,在马特维神父对待禁欲主义的态度中,前所未有地显示了果戈理的宗教两面性。

一方面,他好像在所有方面都赞同马特维神父,把自己的脑袋交出去,只是祈祷最后的宽恕,反驳人们指责他受到了"诱惑",反驳人们极其强烈、极端可怕的责难,尽管他竭力逃避这一责难,但可以感到他无能为力。

> 不,上帝不会允许我陷入您所怀疑的、我因之堕落了的那种诱惑。对您毫不隐瞒地说,您说我的书(《书简》)会引起有害的影响,我得为它向上帝负责,您的这些话吓坏了我。听了这些话,有一段时间我一直处于灰心丧气之中。我的书不是源于一种不道德的预谋:我没有怀疑所有人都有罪,否则上帝也会惩罚我的……至于说对别人的影响,那么我怎么也不相信,我的书会对他们有害。为了什么上帝这么可怕地惩罚我?不,上帝不会使我遭受那样可怕的命运,即使不是看在我那无力的祈祷,也会看在那些为了我而向他祈祷的人份上——看在我母

亲祈祷的份上，为了我，她把全副精力都放到祈祷上了。

我确实在用自己的书对什么作出巨大的规划，好像自己是全世界的导师……而那个说它它就到的魔鬼甚至把非蓄意训诫的东西大肆吹嘘到可怕的地步……现在我简直奇怪自己怎么那样骄傲自大，奇怪上帝怎么没有惩罚我，把我从地球上扫除掉……

另一方面，在这一似乎极端顺从的背后，掩盖着极端的反抗：在一步一步退让的同时，果戈理毕竟在为某个东西绝望地与马特维神父斗争着，捍卫着什么，不能也不想牺牲什么，尽管教会的诅咒和永恒的死亡威胁着他。他弯腰，屈服，就在这柔软中——有一种几乎不可战胜的顽强力量。他有时似乎是无意识地反驳马特维神父的"黑色"基督教，但毕竟是极其深刻地从本质上、从出发点上进行反驳，这一出发点是基督教从"白色"到"黑色"，从复活到禁欲，从神圣肉体到无肉体的神圣的分野。

他给最亲密的朋友马特维神父的教子托尔斯泰伯爵写道：

您是片面的，是前不久才变得如此片面的……您认为世界上的一切都是诱惑，都是通向拯救的障碍。修道士都没有您严厉。不要像那些伪君子吧，他们看世上的一切都是魔鬼，希望立刻就消灭一切。

这难道不是捅向马特维神父心脏的一把尖刀？这里谈论剧院、文学、普希金，谈论世界、"俗世"的整个肉体，不想这个世界成为昏暗无光的，成为"昏暗的修道院"。果戈理说："在世间有许多东西都是通向基督教看不见的台阶。"下面已经是直接对马特维神父本人说了：

我曾经给了您一个把柄，让您认为我是要把人们都赶到剧院,而不是赶到教堂。上帝保佑!我没有那样的想法!……我只是认为不应当完全剥夺社会的娱乐活动,而应当引导人们,使他们产生走向上帝而不是走向魔鬼的愿望。

果戈理越是让步,马特维神父的要求就越是苛刻。就在他终于说出自己骇人的但实质上对于他来说逻辑上不可避免的最终要求,要求果戈理"放弃自己的文学家身份而走向修道院"的时候,后者进行了反驳,这反驳尽管表面上看是极其尊敬的,但对于马特维神父而言又是一把插入心脏的尖刀:

> 我得向您承认,我直到现在都相信,基督的真理可以在任何地方,甚至在监狱的高墙内,并且以任何称号,在任何职位上,都可以践行它;以作家的称号同样可以践行它……如果我知道在某个别的领域可以比在现在这个领域更好地拯救自己的灵魂,更好地完成我应该完成的,我会转向这个领域。如果我发觉我能够离开俗世到修道院去,我会去修道院。但是在修道院里是同样的世界包围着我们,即诱惑的世界包围着我们……一句话,世上没有一个领域一个地点可以让我们脱离世界。如果一个作家被赋予写作才能,那么必定不是无缘无故的,也不是要使他走向恶的。如果一个画家被赋予绘画天赋,那么必定不是无缘无故的,也不是要使他走向恶的。我不知道将来我会不会丢掉作家的称号,因为我不知道上帝的意志有没有这样安排。

如果基督教的实质是肉体的死亡,无肉体的精神(要知道从以撒·西林到马特维神父,多少世纪以来片面的禁欲主义的基督教都是这样理解这一实质的),那么艺术就不可能是基督教意义上的神圣的,因为任何一种艺术形式毕竟都不是无肉体的精神,而是精神性的肉体,或精神的化身。果戈理没有清晰地意识到(正是这一意识的不足是其死亡的主要原因),只是模糊地感到艺术中的宗教本源、神圣肉体本源。

但是这一点马特维神父是不能明白的,他,以及其后很长一个时期的人们,都用无肉体的神圣偷换了神圣肉体。

第十章

应当理解在世俗人与神父,俗界与教会之间所提出的这一问题的深度。

果戈理断言,不可能在世界中走出世界。如果是这样,那么二者必居其一:要么基督教是不可能的;要么它完全不要求我们走出世界,像马特维神父所要求的那样。整个世界处于恶之中——这是基督教一个真正的起源;但还有另一个同样真正的起源:上帝是如此爱世界,所以把自己唯一的儿子派来为它牺牲。上帝不可能爱恶;也就是说,除了那个"整个处于恶中"的世界,或按照果戈理的说法,"走向魔鬼"的世界,还有另一个世界,走向上帝的世界。怎么把此世界与彼世界区分开?有罪恶肉体,但也有神圣肉体,否则语言就不具有肉体性了。怎么区分罪恶肉体与神圣肉体?

果戈理同样没有意识到,只是模糊地预感了到这些问题,而马特维神父不仅不能解决这些问题,甚至也没有感觉到这些问题。

果戈理否认是"全世界的导师",但是其宗教道路的某个瞬间、某个点确实具有世界意义:按照阿克萨科夫的说法,他确实站在了"基督教自诞生以来一千八百四十七年没有解决的重大任务"面前。他预感到基督教至今依然是语言上的、抽象的,它远离世界,没有回归世界。他断言,基督复活节在任何地方都没得到应有的纪念——为什么会是这样,他不能说明白,他只是模糊地洞察到肉体复活的秘密在"黑色"基督教中没有被揭示,彻底地揭示这一秘密的任务只有交给未来的"白色"的、真正全宇宙的基督教。

这里果戈理也许无意间触及了那个轴心,世界基督教从第一次降临到第二次降临的转折有赖于它,取决于它的振动;他无意间挪动了那块石头,静止的教会的整个坚固性有赖于它。

马特维神父和果戈理(不完全是在意识上,而只是在预见未来的能力上)——这是基督教的一静一动,一个传说一个预言,一个过去一个未来,在他们身上存在着无法解决的矛盾。马特维神父逾越了使徒福音的遗训:不要压制精神。当他要求果戈理放弃艺术时,他"压制了精神",以无肉体精神的名义扼杀了精神肉体。通过马特维神父之口对果戈理和普希金的诅咒是历史基督教对整个俄罗斯文学的诅咒,对整个"启蒙"、"人世"、"世界"的诅咒,对整个肉体的诅咒,对所有有生命之物的诅咒——他们还没有摆脱,但"正一道痛苦地呻吟着要摆脱痛苦"。

马特维神父与果戈理之间的争论是这样一种争论,在双方之间没有任何中间地带,没有任何讲和之处:如果一方是绝对的真理,另一方就是绝对的谎言;如果一方背后是"上帝的意志",另一方背后就是与上帝相悖的意志。

在这一争论中是赞成上帝,还是反对上帝,果戈理无力做出最终决定:不仅整个历史,就连果戈理本人的意识都更多地站在马特维神父一边。他的死,正是因为他无力做出这一决定。

"不写作对我来说就完全等同于没有活着。"放弃文学对于果戈理不仅是自我扼杀,而且就是自杀。

马特维神父期待他这一自杀。果戈理预见到,如果他不同意,马特维神父会对他说《可怕的报复》里那个神父对巫师说的话:"走开,罪孽深重的罪人!我不能为你祈祷——你不能被赦免,世上还从来没有这样的罪人!"果戈理如此害怕这个长期盘旋在他头上、缠绕在他梦中的诅咒,为逃脱这个诅咒他准备不惜去做任何事情。

马特维神父的声音对于他就是教会的声音,是整个基督教的声音,基督本人的声音。他面前是二选一——要么作为叛教者生活在教会之外,要么彻底死亡。他选择了后者。

第十一章

1851年12月底,离他去世不到两个月,果戈理给马特维神父写信:

> 您要来这里的消息令我非常高兴。您认为您来这里过复活节不是时候是多虑了。А. П.(即托尔斯泰伯爵)是这样离群索居,像一个修道士似的,可喜欢清静的我也还是搬到了他这里度过在莫斯科的时光。他请您可以直接把马车赶到他院里……房间已经为您准备好了。

这段时间里,尽管精神与肉体的痛苦折磨一如既往,但隐藏在果戈理体内的一股强大的生命力量依然在与病魔做斗争。

尽管他彻底放弃了生活,但他依然热爱生活、热爱大地、渴望大地,这是一种无意识,就像孩子渴望母亲一样。他给妹妹写道:

> 为你栽下的树木感谢你,为你酿制的果酒感谢你。等到天气一转暖,我就给你寄去些蔬菜种子种到菜园子里。

似乎现在他依然擅长做这些事情,三年前他曾突然放开自己去做这些事情,当时正没完没了地沉闷无聊地谈论斋戒、素心、禁欲。他给阿克萨科夫写道:

> 亲爱的朋友,谢尔盖·季莫菲耶维奇,今天有两位朋友要屈就去您那里吃饭了,亚济科夫和我,两个好色之徒、非斋戒之

人。我所以提及这一点,是想让您吩咐为这两个多余的家伙准备块儿牛肉。

这个说笑中有怎样一种快乐和轻松啊!就像一缕微暗的阳光照进了阴森的坟墓。从这里怎么会辨认不出从前的那个果戈理并欢迎他!那个可爱的"多神教徒",改不好的贪嘴的人,《旧式地主》的作者,那些地主一辈子的事情就是吃!怎么会不重新燃起希望,希望他还没有死掉!这块儿罪恶的牛肉要比那块儿可怕的又干又硬的圣饼离基督近多少啊!后来持斋戒的果戈理责备自己"贪嘴",因虚弱而一点一点走向死亡,吃的就是这样的圣饼啊!

主要的是,他依然在写作,而写作对于他就意味着活着。痛苦地,进程缓慢地,但不辞疲倦地写作第二部《死魂灵》。这一借助艺术与生活建立的联系只要暂时还没有扯断,就还有拯救的希望。

> 也许夏天,也许就在春初,我就会亲自把第二卷带给你。我照旧平静地工作。有时生病,有时上帝仁慈,也会让我感觉浑身清新有力,那时工作起来也就更加精力充沛。如果上帝仁慈能让我有些钱,比如说,像偶尔会有的那么多钱,也许我怎么也会应付得过去。

他去世前十天又给茹科夫斯基写道:

> 照旧坐下来做那些事,忙那些事。人们为我祈祷,希望我能真正一心一意地工作,希望我多少有幸歌颂天堂的美。

这就是果戈理在马特维神父到来之前的精神状态;而他离去后两周果戈理就去世了。当然,他们之间所发生的事情是他的死因。

阿克萨科夫说:

这是多么离奇的死！他死了，我觉得只是因为他确信他会死。他没有任何生理的紊乱。

另一位目击者说：

这是在斋戒周的周六，我看见他，吓了一跳。从我和他一起吃饭不到一个月，他原来神采奕奕、精神焕发、清新、健壮，而现在我面前的这个人仿佛被痨病折磨得极度衰弱，或像是得了长期伤寒而虚弱不堪。两眼昏暗塌陷，面孔消瘦得厉害，两颊也陷下去了，声音无力，舌头由于口干勉强在嘴里动弹，面部表情游移不定、难以琢磨。第一眼瞧见他让我以为是个死人。他觉得他得的正是那种病，导致他父亲死亡的那种病，也就是，死亡的恐惧纠缠住了他。

"死的那一刻是可怕的！"——果戈理常常这样重复。有一次马特维神父揭发他，用上天的惩罚威胁他，吓坏了的果戈理不能自制，打断谈话喊道："够了！打住，我不能再听下去——太可怕了！"

应当是就在马特维神父离开前进行了最后的具有决定意义的谈话，按果戈理自己的说法，他当时"侮辱"了自己的精神之父、朋友和恩人。他是怎么"侮辱"他的？最可能的是，马特维神父最后一次要求他做出答复，他是否希望严格遵守神父的规约，离开尘世，"丢弃文学家的身份成为修士"。果戈理也最后一次愤怒了，极端可怕、绝望地，也许甚至冷酷地顶撞了马特维神父，反驳说不应当这样，因为"他不知道这是不是上帝的意志"。

可是神父刚走，果戈理随后就给他写信祈求宽恕。这是他写下的最后几行字：

1852 年 2 月 6 日：
昨天已经给您写了封信，请求您原谅侮辱了您；由于某人的祈祷,上帝的仁慈突然眷顾了我,眷顾了我这个心肠冷酷之人,我整个心深深地感谢您,深深地!可是关于这一点又说些什么呢?……

致以您永恒的感谢,在这里也在坟墓里,

您的整个的尼古拉。

斗争结束了,马特维神父胜利了。"神恩","由于某人的祈祷"而突然笼罩了果戈理的神恩,向他启示:"上帝的意志"要求他放弃文学。最可能的是,就在果戈理给神父写信的那一刻他已经决定彻底焚烧自己所有的手稿,并且"再也不写——不活了"。

马特维神父说:

> 教会的章程是为所有人制定的,所有人都应该绝对跟从教会,可是难道我们要与所有人等量齐观而不想做得更多?身体的虚弱不能阻止我们斋戒;我们关心的是什么?我们要力气用来做什么?被召唤的人多,被拣选的人少……

果戈理决定做比教会章程规定的更多的事。

> 谢肉节那天他开始吃斋持戒,开始吃得越来越少,尽管看起来并没有失去胃口并因禁食而痛苦万分。午餐仅仅用了几勺燕麦粥或白菜汤。给他吃别的什么东西,都称病拒绝了。几天里只吃圣饼。他的斋戒不是仅限于食物,还控制睡眠,甚至到了不可思议的地步:夜里长时间的祈祷之后,又早早地起来晨祷。终于,他虚弱得连站立都勉强。有一次,一整天没有打算吃任何东西,刚吃了些圣饼,马上就说自己贪吃、罪恶、无耐性,因而忧伤之极。

大斋第一周星期一到星期二的夜里,他去世前十天,果戈理吩咐自己的小童仆打开炉子烟道,生上炉子。他收拾了自己所有的手稿,将它们全部扔进了火里。他"焚烧了所有他写的东西",包括几乎完稿的《死魂灵》第二卷。"什么也没有剩下,甚至连一张草稿纸片也没有剩下"——霍米亚科夫(Хомяков)说。看着燃烧的手稿,小男孩阻止他说:"为什么您要这样做?也许它们还有用"。但果戈理没有听从。当焚烧了几乎所有东西,他长时间地坐在那里,沉思着,突然大哭起来,吩咐叫来托尔斯泰伯爵,指给他看即将燃尽的纸角说:

> "这就我干的事!本想只烧掉一些早准备烧掉的东西,结果却把所有东西都烧了。魔鬼是多么强大呀!这就是他让我干的事……"
>
> "也许一切您都还能回忆起来?"托尔斯泰说,希望能安慰他一下。
>
> "是的,——果戈理把一只手放到额头回答说,——可以,可以,一切都在我脑子里。"于是似乎变得安静了些,不再哭泣。

在产生焚烧手稿念头之前,他曾立遗嘱,让托尔斯泰伯爵在他死后将自己的全部文章转交给都主教菲拉列特(Филарет):"由他亲自来处置它们,什么东西他觉得不需要,就让他毫不留情地删掉。"

果戈理向**教会**请教的主要问题是:他希望教会教导他怎样区分需要的和不需要,神圣的和罪恶的,上帝的和魔鬼的,不仅是在艺术中区分,而且在"人间",在"俗世",在"肉体"世界,在世界整个活生生的肉体中,在所有还没有摆脱、但"正一道痛苦地呻吟着要摆脱痛苦"的有生命的世界中区分;他希望**教会**教导他区分"整个处于恶之中的世界"和"上帝如此热爱而把自己唯一的儿子派来为它牺牲的世界"。

唉！对果戈理的这一问题不仅菲拉列特都主教不能回答，而且从约翰·列斯特维奇尼克到马特维神父的整个历史基督教都不能回答：它所能做的只能是二者之一：要么回避正面回答，背叛自己，就像它实际上经常背叛自己那样，只同意偶然的让步，同意与狡猾的时代精神做狡猾的交易，而这是果戈理不能也不想接受的，这些交易将基督教不是从黑色变成白色，而是变成灰色，变成中庸的，就像拿撒勒山丘上秋天泥泞的天气；要么对自己忠诚到底，再一次经马特维神父之口重复以各种腔调重复了十八个世纪的东西：

> 不要爱世界及世上的一切，因为世上的一切——肉体的淫欲、眼睛的淫欲和日常生活的骄傲，一切皆过眼云烟，一切皆尘土草芥，一切皆罪恶。离开这个世界，丢弃文学家的身份成为修士吧。

当果戈理在自己的艺术中，在自己的肉体中，无力区分什么是神圣的，什么是罪恶的，而终于放弃一切，诅咒一切，焚烧一切时，他突然感到他执行的不是上帝的意志，他这是犯罪，是还没有命名的亵渎——这是辱骂了圣灵的神圣肉体，他说：

> 这就是我干的事！本想只烧掉部分东西，结果却把所有东西都烧了。**魔鬼**是多么强大呀！这就是他让我干的事。

让他干这事的人究竟是谁——是魔鬼还是马特维神父？当果戈理坐在炉边看着慢慢燃烧的手稿的字字句句泛着红光，就像鲜血在流淌（"看，罪孽深重的罪人，经书里的字句都滴着血"），这一刻，在这恐怖的血色的反光中，他眼前是否浮现出马特维神父的形象，果戈理是否想对他叫喊，就像《可怕的报复》里巫师对神父大叫："神父，你嘲笑我！"

他最终是否明白,在这一形象,这一"光明天使"的形象后面掩盖着的是谁?在这最后的最具诱惑的面具后面他是否辨认出他一生都用笑与之斗争的那个东西?

斗争结束了,实施了"最后的报复":非-人战胜了人,非-人嘲笑了想嘲笑他的人。

第十二章

我们知道,在那些最后的日子里,某个可怕的幽灵追逐着果戈理。焚烧手稿的两三天前,他

> 乘马车去普列奥布拉任斯基医院找一位疯癫人,马车驶到大门口,他下来走到门前,又折回来,就这样来来回回折返,又在街头的寒风冰雪中一动不动站了很久,终于没有走进去,重又坐上马车返回。

他在想什么,他在那里看到了什么,在街头,在夜里,一个人?或在古老的西蒙塔柱僧小教堂,在昏暗中几个时辰地祈祷,他又在想什么?他面前是否又晃动着自己青年时代小说里的那些幽灵,尤其是最可怕最有预言性的小说《维》中的那些幽灵?这些幽灵是否预示着他自己的命运?《维》的主人公哲学生霍玛·布鲁特也是夜里一个人待在教堂里。

> 教堂中央放着口黑色棺材,蜡烛在昏暗的圣像前微微地燃着;烛光只能照亮圣像壁,教堂的中央也只勉强有些亮光;远一点门廊的各个角落都笼罩在暗影里。高大古老的圣像壁已是破旧不堪……完全变黑的圣徒们的面容看起来有些忧郁。"应该照亮整个教堂,使得看起来像白天一样"——哲学生想。于是他开始在所有窗前、读经台、圣像前都点燃了蜡烛,很快整个教堂充满了光明。只是高处的幽暗似乎显得更浓重了,忧郁的圣像阴沉地看着一切……他走到那口棺材前,怯生生地打量死

者的脸——哆嗦了一下,不由得眯缝起自己的眼睛:那是怎样可怕而又刺眼的美丽!

快乐的青年哥萨克曾与之一起经历了令人迷狂、令人沉醉、既甜蜜又恐惧的飞翔的这个巫女,教堂中央黑色棺材里这个死去的巫女——难道不是在古老的教堂,在西蒙塔柱僧小教堂或马特维神父的教堂,被果戈理杀死并给她举行安魂祈祷的那个多神教的美?那个贪淫好色的世界的肉体?

> 突然……寂静中……咔嚓一声棺材的铁盖子裂开了,死人站了起来……教堂里刮起一阵旋风,众圣像都摔落到地上,被打碎的窗玻璃向下飞溅。门也从合页上掉了下来,一群数不清的巨型妖魔飞闯进上帝的教堂,它们的翅膀扑打、爪子抓挠发出的令人毛骨悚然的巨大噪音充满了整个教堂。所有的魔鬼都飞舞着窜动着,到处追逐哲学生……他只会一个劲儿划十字,胡乱读经文……所有的魔鬼都在探视、搜寻他,但它们却看不见被神秘的圆圈围着的他。"快把维领到这儿来!快去把维找来!……"突然教堂里一片寂静,可以听见远处有狼的嚎叫,很快响起了沉重的脚步声,在整个教堂回响。哲学生向那边瞟了一眼,看见被领来的一位矮小敦实罗圈腿的人,他浑身上下比泥土还黑,双臂双腿埋在土里,像筋脉暴突结实的树根突出地面。他跌撞着,艰难地迈着步子。长长的眼皮垂到地上。霍玛惊恐地发现他的脸竟是铁铸的。

维的铁铸的脸,泥土的身——对立的是圣像无肉体的脸,超自然的身;无灵魂的肉体——对立的是无肉体的灵魂。僵死的肉体为自己的死尸复仇。维——是精神、运动、意识的最尖锐的对立面,这是——最原始的物质、材料的重量,稳定性,僵化性;这是——人身上的本能,它不仅把人禁锢到土地上、肉体上,还把人禁锢到地下,禁锢到超肉体——前肉体——物质上,这是一种自发的却洞察秋毫的本能:维的眼皮垂到地上,他自己都不能抬起自己的眼皮;但当人们替他抬起来时——他却看见了任何人也看不见的东西。

"把我的眼皮抬起来:我看不见!"——维说,那声音就像从地下传来的。于是一大群魔鬼跑过来抬起了他的眼皮。
"不要看他!"——心里一个声音对哲学生低语。可忍不住看了一眼。
"他在这儿!"——维大叫,并用铁手指指着他。于是所有妖魔一下子都朝哲学生扑去。哲学生咕咚一声倒在地上,断了气,他即刻吓得灵魂飞出了窍。

他"因恐惧而吓死了",正像果戈理一样。上帝的圣地也没能使他摆脱妖魔,破旧不堪的教堂在巨型妖魔的猛攻下整个儿在颤抖,无力与之对抗。魔鬼们占领了圣地,无肉体的灵魂被无灵魂的肉体玷污亵渎——这正是被预言了的"使地荒凉的站在了圣地"①。

当早晨来临,

牧师走进了教堂,——果戈理继续讲,——眼前是被玷污了的上帝的圣地,他停住了脚步,不敢再在这里侍奉上帝……这样教堂就永远成了现在的样子:门上窗户上挂着没有来得及飞出去的那些妖魔鬼怪,周围长满了树丛、灌木、杂草、野生黑刺李子,谁也找不到通向它的路。

它荒芜了——世界找不到通向它的路,它也找不到通向世界

---

① 见《马太福音》24:15 – 16。

的路。

无论果戈理临终前有什么样的观点,有预言意义应该是:被他本人杀死的自己的缪斯;闪耀着可怕之美的教堂中央棺材里的巫女;指向他这个杀人犯的维的铁手指。

第十三章

从焚烧自己的手稿那夜起,他变得比以前愈发忧郁了。穿件睡袍整天整天地坐在圈椅上,两腿伸到桌前的另一把椅子上,几乎不让任何人靠近,说话也更少。他这时对霍米亚科夫说的话意味深长:"该死了,我也准备好了,就要死了。"

许多医生证实,"他没有任何严重疾病的症候"。他只是继续"斋戒",或准确地说是用饥饿来杀死自己。听取忏悔的神父——不是马特维神父,而是教区神父——每天都来;当着果戈理的面人们故意拿来西米、李子干儿给神父吃,神父先吃并说服他和自己一块儿吃。但果戈理大部分时候都拒绝了。

> 星期日神父说服他服一勺蓖麻油,他喝了,不过此后他就再也不听从他的劝告,最后一段时间就再没有进食。托尔斯泰伯爵为了解闷开始跟他聊一些对他来说亲近的话题,这些话题以前一定会引起他的兴趣,但他恭敬而惊讶地反驳说:"您在说什么?难道我在为那样一个可怕的时刻做准备时,可以讨论这些东西?"随后就沉默不语,也让伯爵打住。

另一个目击者叙述说:

> 星期二我来了,遇上了托尔斯泰伯爵,他极度惊慌不安。——"果戈理怎么样了?"——"不好,躺着呢。到他那儿去吧。现在可以进去。"我走进他的房间,他躺在一个宽大的沙发上,侧着身,眼睛睁着,面朝墙,面前是圣母玛利亚像,手里拿

着一串念珠。他的面部是"平静"的,或准确说是没有表情的:他看着,就像一个对他来说一切任务都解决了、一切情感都消失了、一切话语都是多余的人。

最主要的问题解决了:"生活在上帝之中就意味着生活在肉体之外——应该死去,我也准备好了,就要死了。"

但是难道这就是"基督徒"的死,就是教会祈祷的那个"无痛苦的平和的生命的结束"?周围所有人都模糊地感到,发生着某种可怕的事情,犯罪的事情,这不是死亡,这是自杀,都感到不能听之任之,应当做点什么。但做什么?那位吃李子儿干要证明给果戈理可以既活在上帝中也活在肉体中的可怜的老人,他无力的善良,"褪了色"的、"灰色的"的基督教,不是像马特维神父残酷的力量——真正的"黑色的"基督教一样,在象征意义上同样可怕?但是人究竟能做什么,做什么?

当他们看到宗教无济于事,就转而求助于科学。果戈理从神父们的手里,落到医生们的手里,从无肉体的精神落到无精神的肉体,从旧约的理想主义落到现代的实证主义。一些人那样强硬粗鲁地拯救果戈理的灵魂而不关心他的肉体;现在另一些人又开始拯救他的肉体而不关心他的灵魂。从不通情理的上帝到没有上帝的情理。

医生们为会诊聚到了一起。提出了一个问题:"是不施加任何救助丢下病人呢,还是把他当做一个不能自控的人对待他,阻止他这样杀死自己?"回答是:"是的,应当强迫他进食。"于是,

> 医生们去查看病人,问他话,果戈理或是不回答,或是眼都不睁地简洁地说"不",最后努力地说:"看在上帝的份上,别打扰我!"

医生们又开始按压他的肚子,肚子就像一块薄板,基本没有东西,隔着它都可以轻易触摸到柔软赢弱的脊柱。果戈理叫喊呻吟起

来。医生们开了处方:贴水蛭、在温浴盆里对头冷泼疗法。他们为他的疾病找到了一个安抚性的拉丁名称:gastroenteritis ex inanitione（排空性肠胃炎）。

  人们给他脱了衣服,把他放进浴盆,他呻吟得更厉害,叫喊,说这样做没用、白费劲。给他贴水蛭,他反复说:"不要!"后来水蛭给他贴上了,他又不断地嚷嚷说:"拿掉水蛭!从嘴里给我拿掉水蛭!"人们用力拽住他的手,好使他够不着它们。医生吩咐,除了贴水蛭,还要在下肢贴芥末膏,后脑勺贴斑蝥膏,头上抹蜂蜜,内服蜀葵根煎剂配桂樱水。他们的行为毫无怜悯之心:他们就像对一个疯子一样对他发号施令,在他面前大喊大叫,就像眼前停着的是具尸体。他们对他纠缠不休,揉搓他,翻转他,给他头上浇某种刺激性很强的药酒,病人因此痛苦地呻吟,他们却边继续浇边问:"哪里疼?您说呀!尼古拉·瓦西里耶维奇。"但他只是呻吟不做回答。就在他死前的几个小时,他几乎已经处于濒死状态,人们还在他全身放满了热面包,此时又响起了呻吟声和刺耳的叫喊声。

  这是多么令人难以置信的丑陋!我们知道,在果戈理整个人、整个生活中,有时会闪烁那样极具幻想、极具讽刺的东西,最可怕的最可笑的东西,可是这些却在他的死亡中得到了重现!

  这里仿佛是**小鬼儿**最后一次嘲笑了人,它故意在肉体与精神最受侮辱时拖走了自己的牺牲品。死前呓语着的果戈理应当觉得,那些医生们怎么就像在被玷污了的教堂弄死霍玛·布鲁特的妖魔们。"我的话终成笑柄"——先知耶利米(Иеремия)的这话刻在了果戈理的墓碑上。呜呼!现在我们知道了,谁在嘲笑他。

  大约夜里十一点钟即将咽气的果戈理大声喊道:"梯子!快给我梯子!……"这是他最后的话。俄罗斯伟大的苦行僧吉洪·扎东斯基(Тихон Задонский)神父死前说的几乎也是这句有关梯子的话。果戈理曾就神秘的台阶,就另一位苦行僧约翰·列斯特维奇尼克的精神"阶梯"思考过很多。在《书简选》的最后一章"复活节"里,果戈理同样说到了梯子:

> 天知道,也许仅仅为了这一愿望(使人复活的爱),一个天梯已从天上抛给我们,并伸出了一只手帮我们爬天梯。

第十四章

我们都知道果戈理那副死人般的面孔——非人般的怪异、苍白、清瘦、尖尖的,就像过于精心磨砺过的刀刃;似乎在这面孔里,在最僵滞中——却是运动,渴望,无限的飞翔。现在他已经不需要"梯子"了——他已经飞升了。在这张面孔"明亮的白色"中,没有一点马特维神父曾借以恐吓他的那个"黑色基督教"的影子,这里是未来基督教白色的光明——不是死亡,而是光明的复活。

不过毕竟对于我们,活着的人,在这张面孔中有着怎样的秘密!我们不仅没有猜透它,甚至没有思考过它。我们闭上眼睛,不看身边发生的事。

"我总是觉得在生活中我需要作出巨大的自我牺牲。"的确,在果戈理的自我扼杀中实现了"伟大的自我牺牲",为我们所有人——为俄罗斯社会,为俄罗斯教会。但我们没有接受也没有理解这一牺牲。在我们的前行中,在我们的"进步"中,我们没有停下脚步,甚至没有回头看一眼,我们跨过了这一牺牲——跨过了果戈理的尸体。"我们的诗人们的命运中有某种太可怕的东西,可是却没有使任何人震惊,甚至没有一点风吹草动!"——他这是在说别人的死,可是,这样说他自己的死会更正确。

不过,自然,俄罗斯社会对待"果戈理的基督教"的态度甚至在一定程度上是可以原谅的;因为世界的所有生命,所有人都无意识地保护自己免遭严重的自我扼杀,自杀——免遭马特维神父的诅咒。相当不能理解的是教会对待果戈理的态度,如果这里有某种态度的话,因为说实话,教会没有接受也没有拒绝,它只是没有发现果戈理,也就是说,也许它根本就没有发现教会存在的最近两个世纪里发生的最主要的事件。

菲拉列特都主教曾就《书简选》说:"尽管果戈理在很多方面的认识是错误的,但应当为他的基督教倾向而高兴。"当得知果戈理最后的疾病和最后的持斋,菲拉列特"流下了眼泪,并悲伤地说,本应当对他施加另一种影响:应当使他相信,拯救不在持斋中而在听从中"。

如果应当"施加",那么为什么他没有施加?我知道果戈理曾去找菲拉列特求助。当狼偷羊时,牧人在哪里?"拯救不在持斋中而在听从中"又是什么意思?果戈理焚烧手稿、持斋——不都是过于听从了马特维神父?不是甚至在死前都在听从?还要怎样更听从?菲拉列特本人是否知道,他因《书简选》而高兴的是什么?因果戈理的死而哭泣的又是什么?如果他知道,他就不能不感到有某种责任,就不能毫不迟疑、十分肯定地说那些什么"错误认识"之类的话,是这些"错误认识"把他太早的高兴变成了太迟的悲哀。并且难道,难道教会的最高牧师为了消除悲伤,除了眼泪(也许还有善良,但同样无用,就像在垂死的果戈理面前教区神父吃的那块李子干儿一样)就没有在自身找到任何东西?

如果对牺牲者的死负有道义上的责任,那么泪水是洗刷不掉血迹的。

得知了果戈理的死,马特维神父什么感觉?他也像菲拉列特一样流下了眼泪?或依然平静地待在自己"天上的冷漠"的高度?

著名的因诺肯季(Иннокентий),赫尔松的大主教,就《书简选》也极其肯定地说:

> 读了果戈理的东西……他在要求回答……可他都写了些什么?……我很高兴他的转向,只是请他不要炫耀上帝,上帝喜欢待在心里……他的声音是需要的,可是如果他没有节制,那么年轻人会嘲笑他的,也不会结出果实。

没有节制——这意味着过于黑或过于白;节制的基督教——不黑也不白,而是灰;节制的基督教——是我们的,也是你们的,其中狼也吃饱了,羊也还完整;一方面关心"内心",另一方面关心爱嘲笑的青年。

但是,果戈理有没有理由(也许)宁要节制的、马特维神父的真正黑色基督教,而不要灰色基督教?

至尊的格里高利(Григорий),卡卢加的主教,则说得更加肯定。

> 有一次,一位上层人物家的午餐席间话题谈到果戈理,并涉及《书简选》。争论十分激烈,有人赞成,有人反对。有个人说:"读这些书信时,甚至惊讶果戈理还是个神学家。"

就此至尊的格里高利,以其特有的和善和似乎充满遗憾的声音说:"哎,够了,他是什么神学家!不过是个偏离了正路胡诌一气的人!"

看来,不只是非宗教人士对待果戈理的基督教是乞乞科夫式的稳重或是赫列斯塔科夫式的轻浮。

以果戈理为代表,整个俄罗斯"世俗社会",整个俄罗斯启蒙运动向教会提出了一个问题,不仅这一启蒙运动的未来,还有整个基督教的未来都取决于这一问题。但对此问题,教会仅以谴责、眼泪、玩笑作答。

> 我知道,——果戈理说,——我会因我没有很好地完成自己的事情而向上帝负责的,但我知道,别人也要为我负责,我这么说不是没有理由的,上帝会作证的,我不是无缘无故这么说的!

如果这一预言实现了,那么那些不得不替果戈理负责的人就无法以谴责、眼泪、玩笑敷衍过去了。

果戈理在去耶路撒冷之前给马特维神父写信:"请您告诉我,为什么我不想为自己过去所有的罪过祈祷宽恕,而希望为拯救俄罗斯大地祈祷?"他写下了一份特别的祈祷词,把它寄给了朋友们,请求他们用它为自己祈祷:

> 上帝,赐予他力量吧,让他改变祈祷,让他在圣城为自己的同胞、为大地上所有的人祈祷,祈祷尘世间沐浴安宁的时光,祈祷所有敌对仇恨的和解,祈祷爱和你的国降临人间!啊上帝,保佑他从圣墓获得力量复苏,充满活力与热望地站立起来,重回自己的事业与创作,回到大地的善,回到以心灵颂扬你的圣名的渴望!

关于这一祈祷文,马特维神父也许真的会对果戈理这样说,即使不是这些言辞,也会是这样的精神:你的祈祷充满的不是基督教的顺从,而是撒旦的骄傲;你被引诱了。在思考拯救俄罗斯之前,先想想你自己的拯救吧,罪孽深重的罪人!

但是,为什么过了半个世纪的今天,人们如此渴望的却不是严守教规的马特维神父、谦和顺从的菲拉列特、适度节制的因诺肯季、神学家的格里高利的祈祷,而是罪恶的、不顺从的、不节制的、非神学家的果戈理的祈祷,渴望的是他在神坛前就用这新的祈祷文来祈祷我们的拯救、俄罗斯的拯救?为什么人们如此相信上帝听到的将是这一祈祷,而不是别的祈祷?

"不要成为死灵魂,成为活灵魂吧!"——这是果戈理不仅给我们所有的人,也是给俄罗斯社会,给俄罗斯教会的最后遗训。

为了完成这一遗训我们应当做什么?一些人会说:不弃绝基督,就不可能成为活灵魂;另一些人说:不弃绝生活,就不可能成为基督徒。这要么是缺失基督的生活,要么是缺失生活的基督教。我们两者都不能接受。我们渴望的是基督之中的生活,生活之中的基督。怎样能做到这一点?

就这一问题教会没有给果戈理任何回答。也许当时这一时刻还没有降临。现在这一时刻来临了!

我们在追问,让教会做出回答吧!

附录1

罗赞诺夫论果戈理

罗赞诺夫为《陀思妥耶夫斯基的"宗教大法官的传说"》先后出版的三个版本写的前言和后记中有关果戈理的部分:

第一版前言

读者并没有抱怨,在这一部根据题目判断以为是在谈论一个人的评论著作中,却伴有两处不长的对果戈理的评论。这两处评论引发了众多的反驳意见,我在该书中附带表达的我对果戈理的观点在我们的文学界就曾遭遇过这样的反驳。对于这些反驳我不能苟同。我意在解释我的观点的两处评论可以帮助读者以这样或那样一种立场参与到问题的争论中。

……[略去下面无关果戈理的内容——译者]

圣彼得堡 1894

第二版前言

关于果戈理的评论马上引来许多反驳与抗议。看来,直到如今,在文学中他依然是个孤独者、不被认识者。他诚实吗?他虚伪吗?人们未必能对我反驳什么,因为我手里有果戈理所写的东西为证。果戈理是一个伟大的柏拉图主义者,他把一切都纳入概念、界限、范畴(艺术的)之中;所以,自然,根据他塑造的形象来评判俄罗斯,就像根据柏拉图的评论来评判柏拉图时代的雅典那样,有些怪异。在评论中我提到了果戈理的灵魂,而现在,我认为,我错了。应该说我们基本上对果戈理一无所知。在我们的文学中没有比他更难以理解的人了,无论你怎样往这口深井里看,你都无法看到井底;甚至即使你能一点一点地靠目测来定位,你也终将会不知道哪里是开端、哪里是结尾、哪里是入口、哪里是出口,会迷路,会疲惫不堪,最后又回到了原点,给不出自己哪怕稍微清楚一点的、看到了什么的答案。果戈理——是一个极其神秘的人,一个线团儿,谁的手里也没有可以理出头绪的线头,我们只能根据体积和重量来判断,这个线团儿具有非同寻常的内涵……令人吃惊的是,人们无法忘记果戈理说过的任何一句话,哪怕是很琐碎、很无用的话。他的话语的这种力量无人能比。在他的整体画面上,从平面看,既现实又迷离。他讲述一个宗教寄宿学校的学生骑着巫婆飞翔的故事,讲得如此精彩,以至于无法把它作为一个形而上的事情而不相信;在《可怕的报复》中他以一个怕得要死的人的语气讲述惊恐。是的,他知道阴间地槽是怎么回事;无论是罪孽还是荣耀他都知道得一清二楚,可他不是道听途说。同时,在自己的人物肖像中他当然没有反映出全部真实,但是,他却永恒地绘制了一幅人性图,划下了一条人要么终生趋近、要么永远远离的界限……

陀思妥耶夫斯基作为艺术家,当然远远在果戈理之下,但是,果戈理的那一片混沌在陀思妥耶夫斯基这里却已经是十分明朗了,陀思妥耶夫斯基呈现出的是极其复杂的思想的世界,这一思想没有向《与友人书简选》的作者闪现,哪怕隐约地。

……[略去下面无关果戈理的内容——译者]

圣彼得堡 1901

第三版后记

在第三次出版自己的《关于陀思妥耶夫斯基的"传说"的评论》

时,我发现,无论是第二版的前言(针对已经改变了的出版的外在条件我在这里做了改动),还是重写的第三版前言,与评论本身已经是如此相距甚远。现在我把它们合二为一,合到一本书里,这也许意味着发出的是文学批评的不和谐的杂音。"不一样的日子——不一样的梦"……

同时,这些前言中的某种东西并没有使"评论"失去意义——只是换了一个角度。因此我允许自己不谦虚地建议读者对它们予以单独的关注,请求读者不要责怪我尤其强烈的保持自己思想的不同版本的愿望。如果这只是我的个性,那么这种愿望就是无聊的;但是,如果予以关注的是重大的主题,涉及"传说"本身,在我写了关于"传说"的评论后的十五年间对它的观点发生了变化,那么就不是完全无聊的了,是可以理解和原谅的。

I

关于果戈理的评论(在第二章中)马上引来许多反驳与抗议。看来,直到如今,在文学中他依然是个孤独者、不被承认者。他诚实吗?他虚伪吗?人们未必能对我反驳什么,因为我手里有果戈理所写的东西为证。果戈理是一个伟大的柏拉图主义者,他把一切都纳入概念、界限、范畴(艺术的)之中;所以,自然,根据他的形象来评判俄罗斯,就像根据柏拉图的评论来评判柏拉图时代的雅典一样,有些怪异。在评论中我提到了果戈理的灵魂,而现在,我认为,我错了。应该说我们基本上对果戈理一无所知。在我们的文学中没有比他更难以理解的人了,无论你怎样往这口深井里看,你都无法看到井底;甚至即使你能一点一点地靠目测来定位,你也终将会不知道哪里是开端、哪里是结尾、哪里是入口、哪里是出口,会迷路,会疲惫不堪,最后又回到了原点,给不出自己哪怕稍微清楚一点的、看到了什么的答案。果戈理——是一个极其神秘的人,一个线团,谁的手里也没有可以理出头绪的线头,我们只能根据体积和重量判断,这个线团具有非同寻常的内涵……令人吃惊的是，人们无法忘记果戈理说过的任何一句话，哪怕是很琐碎、很无用的话。他的话语的这种力量无人能比。在他整体画面上，从平面看，既现实又迷离。他讲述一个宗教寄宿学校的学生骑着巫婆飞翔的故事（《维》），讲得如此精彩，以至于无法把它作为一个形而上的事情而不相信；在《可怕的报复》（最后结尾）中是在以一个自己怕得要死的人的语气讲述"巫师"的惊恐……**在奥普廷修道院，他给那里的一个长老写了一个请求的字条，简直就是逐字逐句地重复着这种哭泣的、胆怯的、在世间惹出了什么特别的麻烦的"罪人"的腔调……**（黑体字是我标出的罗赞诺夫作过的修改处——译者）是的，他知道阴间地槽是怎么回事，无论是罪孽还是荣耀他都知道得一清二楚，可他不是道听途说。同时，在自己的人物肖像中他当然没有反映出全部真实，但是，他却永恒地绘制了一幅人性图，划下了一条人要么终生趋近、要么永远远离的界限……

陀思妥耶夫斯基作为艺术家，当然远远在果戈理之下，但是，果戈理的那一片混沌在他这里却已经是十分明朗了，呈现出的是极其复杂的思想的世界，这一思想没有向《与友人书简选》的作者闪现，哪怕隐约地。

……[略去下面无关果戈理的内容——译者]

1901 – 1906

II

约一年前出现了一本关于果戈理的有趣的书，即梅列日科夫斯基的《果戈理与鬼》。其中，作者否认有什么高尚的魔鬼，坚持只有低俗的魔鬼；世上"魔鬼"的本质都是鄙俗下流的、灰色的、渺小的……从这里我们听到的是人类心灵对"伟大"的哭泣；但是，如果作者的批评随笔的抒情笔调是正确的，那么，无论是他关于恶的本原的论题，还是涉及个人的、关于果戈理的论题，我们就不能不加以反驳。"果戈理一生都在捉鬼"……捉鬼,与鬼斗争——这就是梅列日科夫斯基的思想。可笑的是,我想指出,这样果戈理不是就抓住了自己的尾巴了? 因为在那些信中他写道,这一切都是要"努力去加以纠正","通过这些人展示出自己的缺点",并以此"来摆脱它们"……不,事实上,如果允许把"魔鬼"作为一个严肃的——也就是采用《圣经》的术语,不仅有"低处的魔鬼",也有"高处的、山上的魔鬼",那么,果戈理关于"抓住了自己的尾巴"的说法,就可以说,并非玩笑。

梅列日科夫斯基意欲洞察果戈理精神生活的形而上学实质的书,是我们文学中真正的最严肃地对待果戈理的开端。此前,在库里斯、吉洪拉沃夫、舍洛克的著作中,围绕着果戈理批评我们有某种泼留希金的特征:收集大人物留下来的破抹布,正如他描写阿卡基·阿卡基耶维奇的那件外套一样,"这样翻过来,那样翻过去,直接拿到亮光下看",于是大家都看到了:"是个破烂货,破得不能再补了"……当然了,这些书还是重要的,毕竟为了解灵魂,伟大的作家——《米尔戈罗德》《钦差大臣》《死魂灵》的作者的灵魂,给出了些什么。

……[略去下面无关果戈理的内容——译者]

1906

附录2　勃留索夫论果戈理

果戈理的夸张与幻想[①]

——1909年4月27日在"俄罗斯语言爱好者协会"
研讨会上的发言

前言

4月27日在莫斯科隆重举行的"俄罗斯语言爱好者协会"研讨会上,我的发言,正如大家知道的,引起了部分听众的激烈反对。就在那些天,一系列演讲者在一系列发言中都提到当时《婚事》(Женитьба)是怎样受到嘲笑的,——吹口哨喝倒彩并没有让我觉得是相当严重的警告。我演讲后的第二天,那些对待我比公众更宽容些(令我意外)的报纸坚持,尽管我的演讲很"独特",但在纪念日上仍然是不合时宜的。对此我不能苟同。我认为,对伟大诗人的真正纪念正在于解读他的作品,在于全面评价他的个性。我在自己的报告中正是尽力这样做了,没有必要首先忆及其他——普希金有遗训:

> 对于我,崇高的欺骗
> 胜于卑劣的真理的黑暗。

况且,无论如何我也不会承认自己的"真理"是"卑劣"的(在评价果戈理上我在某种程度上是正确的,当然,评判不是我的权限)。

[①] 首次发表于《天平》,1909年第4期。

肯定果戈理是幻想家——尽管他强烈渴望准确地再现现实生活,但他永远是幻想家,肯定即使是在生活中他也沉迷于幻想,这并不意味着贬低了果戈理。我驳斥那种小学生式的见解——说什么他是始终不渝的现实主义者,不是使其蒙上了阴影,而是试图从另一面照亮他的形象。

思想、观点、言论——都应该是自由的。这似乎是个相当陈旧的要求。用口哨和敲击来干扰演讲者讲话,这离各种新闻审查行径只有一步之遥。让每个人按照自己的判断来评价作家！要求所有人在自己的评价中一致遵循制定好的规则,这无异于终止科学思想的一切运动。自然,如果我不珍重、不热爱作为作家的果戈理,我就不会前去他的纪念会上发言;我会选择另一种场合表达自己的观点。我不明白,为什么我不应该在纪念会发言,难道仅仅是因为我看待果戈理与别人有些不同？

毫无疑问,我的发言不是连篇累牍的称颂,我甚至还不得不指出果戈理的不足。但是,如果对一个人和作家的弱点闭起眼睛视而不见,难道能对其作出公正的评价？我不由得想起了市长的话:"亚历山大·马其顿是个英雄,可是为什么要摔坏椅子呢？"即便果戈理是大作家,可是在他的纪念日上,为什么就一定要崇敬他的每一句话、他人生的每一步呢？我至少没有感到需要"奴颜婢膝、低三下四"。我认为,也坚信,关于大作家,我们应该自由地而非奴颜地说话。

我还要补充一句,由于演讲的特点,口头的表达,我只能将自己对果戈理的理解给出一个粗略的、总体的描述。我没有详细论证自己的论点,只能用个别例证说明它们。我毫无改动地刊发我的演讲稿。因4月27日演讲的时间比预计的要长些,因此演讲时略去了的不多的几个地方和二级引用,这里予以恢复。

1909 年 5 月

化为灰烬
——评果戈理

I

如果我们要界定果戈理心灵的基本特征,那种不仅统领其作品,而且统领其生活的主要特征(faculte maitresse——法语),那么,我们也许可以说那是一种对夸大、夸张的追求。在罗赞诺夫和梅列日科夫斯基的批评著作之后,①不可能再把果戈理视为一位完全彻底的现实主义作家,认为其作品十分准确到位地反映了作者当代的俄罗斯现实。相反,尽管果戈理力求成为一名忠实描写其周围日常生活的勤恳的写作者,而在他的实际创作中,他却始终是一位富于想象、创作幻想题材的作家,并且实质上他总是仅仅呈现出自己想象中的世界。无论是果戈理的幻想题材小说,还是他的现实题材史诗,同样都是这位孤绝于自己的想象中的幻想家的作品,他用自己的幻想建起了一道阻隔此世的难以逾越的墙。

我们随意翻开果戈理的作品,无论是对家乡乌克兰的赞颂,还是对当代生活庸俗的嘲讽,无论是讲述可怕的民间传说令读者感到恐惧,还是用美的形象让读者陶醉,或是试图教育他人、引导他人、预知未来,我们到处可以感到语气的极度紧张、形象的极端夸张、所刻画事件的非真实性、对狂热的渴求。果戈理的世界中没有什么是适中的、平常的,他只知道无限度的、无止境的东西。如果他描绘自然色景,那么必定会让人觉得眼前的景色是罕见的、绝妙的;如果描

---

① 瓦·罗赞诺夫,关于果戈理两片段,为《大法官的传说》(第一版,圣彼得堡,1893)一书作序。德·梅列日科夫斯基,《果戈理与鬼》(第一版,莫斯科,1906)——原注。

写美人,那么她必定是非凡的、空前绝后的;如果表现英勇气概,则必是前所未闻的、超越一切先例的;如果是丑八怪,则必是人所能想象的丑陋的极限;如果是平庸和鄙俗,则一定是极端的、极度的、绝无仅有的。在果戈理笔下,30年代灰色的俄罗斯社会生活所呈现的鄙俗的盛大场景,是世界历史的任何一个时代都无法企及的。

爱伦·坡(Эдгар По)有部小说中叙述,两个水兵深入一个被鼠疫侵害而荒芜的城市。他们走进一栋房屋,看到一大群丑八怪围着酒桌大吃大喝,酒宴的参加者有一个共同点:每个人的脸上都有某个部位异常凸显。其中一个的脑袋上盖着一个硕大无比的额头,像个王冠;另一个的嘴巴大得不可思议,从左耳一直张开到右耳,像道可怕的鸿沟;第三个有个巨长的鼻子,肥而松弛,一直垂到下巴下面;第四个丑陋的脸颊下垂,像酒袋一样耷在肩膀上;其余人皆如此这般。果戈理作品中所有的主人公都让人联想到聚集在爱伦·坡笔下的幽灵,他们每个人灵魂、心理的某一部分都异常凸显而丑陋。果戈理的作品是大胆而可怕的漫画。可是几十年来,我们被伟大艺术家催眠,只将这些漫画视为俄罗斯现实生活的真实写照。

看我们面前的这座小城,从这里"即便飞奔三年,也到不了任何一个国家"。帷幕拉开,我们看到该市市长家的桌旁一群居民和官员。我们是不是走错门了,和两个喝醉的水兵一起走进了爱伦·坡笔下被鼠疫侵害的伦敦的那个可怕的大厅?我们面前是否就是令两个水兵惊恐不已的丑八怪?难道市长斯克沃兹尼克-德穆罕诺夫斯基(Сквозник - Дмухановский)、法官利亚普金-佳普金(Ляпкин - Тяпкин)、慈善机关督察官泽姆利亚尼卡(Земляника)及其余所有人,我们从儿时起就极为熟悉的这些面孔,不是像爱伦·坡笔下奇形怪状的主人公一样患有同样的病症吗?难道他们不是一个有硕大的额头、另一个有极大的嘴巴、第三个有不可思议的脸颊吗?

让我们听听他们的谈话:

泽姆利亚尼卡:我们不用昂贵的药,人其实很简单:该死了,怎么也是要死的;该活的,怎么也会活过来。

市长抱怨陪审官气味难忍,像是刚从酒厂出来的:

> 法官回答说:这毛病可没法治了。他说是被他娘小时候打的,从那时候起他身上就有了伏特加味儿。

赫列斯塔科夫出现了。"这个轻浮的家伙哪点像钦差大臣?"——后来市长自问。是的,没有一点像。一个过客,住在旅店,而且是在"楼梯"间,不付房费,赊饭吃。这哪里是钦差大臣?在这个小城,每个人的生活都在众目睽睽之下;赫列斯达科夫住在这里两周,人们不可能不知道他的底细。可是他和市长之间却进行着大概这样一段对话:

> 赫列斯塔科夫:有什么办法?不是我的错……真的,我会付清的……家里会给我寄钱的。
> 市长:对不起,真的不是我的错……请允许邀请您随我一起搬到另一套公寓去住。
> 赫列斯塔科夫:不,我不愿意!我知道您说的另一套公寓是什么,就是去监狱。您有什么权力?您太放肆了!……
> 市长:您发发慈悲,别害了我呀!我有妻子,孩子还小……

市长遭遇的一时糊涂是超自然的、不可思议的,类似的情况生活中是不可能有的。

赫列斯塔科夫的谎言戏开始了:

> 那还用说!譬如说,桌上有西瓜——这个西瓜七百卢布。小锅里的汤是用轮船从巴黎运来的……这时街上全是信差,信差,信差……诸位想想看,单是信差就三万五千个!……明天

就要晋升我为元帅……

一个人无论醉到什么程度,只要还没有失去理智,他就未必能说出这样荒诞的话来。这不是典型的谎言,而是超级谎言,极端谎言,就像果戈理笔下的一切都是极端的一样。

> 赫列斯塔科夫:我觉得,好像您昨天要矮一些,对吗?
> 泽姆利亚尼卡:非常有可能。

安娜·安德烈耶夫娜问赫列斯塔科夫:

> 安娜:您大概也在杂志上发表作品吧?
> 赫列斯塔科夫:顺便说一句,我有很多作品,《费加罗的婚礼》(《Женитьба Фигаро》)、《恶魔罗勃》(《Роберт - Дьявол》)、《诺尔玛》(《Норма》)。瞧,我甚至连它们的书名都记不得了。而且这些都是偶然为之:我本不想写的,可剧院经理说:"老兄,写点什么吧。"我想:"好吧,老弟!"然后好像一晚上就全写好了。

赫列斯塔科夫追求安娜·安德烈耶夫娜:

> 安娜:不过您知道,我,按说……我已经是有夫之妇了。
> 赫列斯塔科夫:没关系!对于爱情来说这不是问题,因为卡拉姆辛也曾说过:"法律是审判"。让我们投入自然的怀抱……您的手,给我您的手。

"三万五千个信差","昨天要矮些?——非常有可能","一晚上就全写好了","让我们投入自然的怀抱",——所有这些在生活中是不可能听到的,在实际生活中是不可思议的,这些是对现实的讽刺性模拟。在果戈理的喜剧中，日常生活的鄙俗被高度浓缩起来，它们已经到了不可度量的程度，我们仿佛是从哈哈镜中看到它们。

场景转换。我们面前是另一座城市，那里有一家挂着"外国人瓦西里·费德洛夫（Василий Федоров）"招牌的商店。走过一列新面孔，但是他们所有人灵魂的某一面有着同样的夸张。泼留希金的吝啬，索巴凯维奇的粗鲁，玛尼洛夫的谄媚，诺兹德列夫的放肆，坚捷特尼科夫（Тентетников）的懒惰，别图赫（Петух）的贪吃，——这又是爱伦·坡笔下主人公那个硕大的鼻子、荒谬的嘴、不可思议的脸。贪财的乞乞科夫，带着他怪异的建议走访这些地主和地主婆，整个这个躁狂症者的世界，说着生活中不可能的话，做着无人能做到的事情。

乞乞科夫请求科罗博奇卡卖给他死农奴：

> 说真的，这事儿我没经历过，——女地主回答说，——我最好还是再等等，要是再有买主，也好比比价钱。

乞乞科夫和泼留希金讨价还价：

> 乞乞科夫：最最尊敬的先生，别说每个是40戈比，就是每个5卢布也愿意出！我很乐意出这个价钱，因为我见到了一位可敬的、善良的老人吃着心肠太软的亏！
>
> 泼留希金：是这样！一点不假！——这都是心肠太软了。

乞乞科夫和玛尼洛夫的对话：

> 玛尼洛夫：省长是位最令人尊敬的、最和蔼可亲的人，您说对吗？
>
> 乞乞科夫：一点不错，最可敬的人。
>
> 玛尼洛夫：还有副省长，一个多么可爱的人，您说是吧？

乞乞科夫：非常非常可敬的人。

玛尼洛夫：嗯，请问，您觉得警察局长怎么样？一个很令人愉快的人，是不是？

乞乞科夫：非常令人愉快，而且人极为聪明，非常博学！

玛尼洛夫：嗯，那您对警察局长的妻子怎么看？一个待人非常亲切的女人，是吗？

乞乞科夫：哦，是位亲切的女人……

所有这些谈话都是夸张的：人与人的关系的可笑之处在谈话中被夸张到极致，其中的荒谬达到了无以复加的地步。

城里的人得知乞乞科夫买了大量死魂灵，官员们开始猜测和议论他，这些议论立刻到了不可思议的程度。一些人说，乞乞科夫是假币制造者；另一些人说，他想拐走省长的女儿；还有人说，他是科佩金大尉。"最终，那些猜想中最大胆的是，——说说都让人奇怪，——乞乞科夫会不会是乔装打扮的拿破仑。"果戈理补充说："官员们对这个说法无论信还是不信，每个人都认真思考了一番，琢磨了一番。"检察长"回家后就开始苦思冥想，竟至于如常言所说，突然就无缘无故地死了"。

在另一座城市，那个挂着"来自伦敦和巴黎的外国人"招牌的商店的城市，果戈理笔下主人公的出现引起了更大规模的混乱。乞乞科夫被捕后，他的辩护人，一位律师，开始"在民事战场上创造奇迹"：

> 他从侧面让省长知道检察长在告他的密，让宪兵长官知道有一个秘密派驻的官员在告他的密，让秘密派驻官员知道还有一个更神秘的官员在告他的密……告密一层接一层，什么见不得阳光的事，甚至还有一些子虚乌有的事，统统都被抖搂出来……谣言，诱惑，以及诸如此类的，和乞乞科夫的事情，和死魂灵，混杂搅和在一起，以至于无论如何也搞不清楚，它们中间哪件事才是最主要的胡话……最后，公文一份份呈到省长那里，

可怜的公爵什么也不明白。一名奉命作简报的堪称相当精明的官员差点儿疯掉……省里某个地方发生了饥荒……另一个地区分裂派教徒发生了骚乱,有人在他们中间散布谣言,说敌基督出世了,他连死人也不让安宁,收购什么死魂灵。他们一边忏悔,一边作孽,打着抓捕敌基督的幌子,杀死了并非敌基督的人……而在另一个地方庄稼汉开始造反……

难道这场由乞乞科夫的寻访引起的惊人的变乱,不如少校科瓦廖夫(Ковалев)的鼻子从它主人的脸上消失、穿着镶金的制服开始在彼得堡到处流窜这件事更令人感到荒诞不经吗?沉迷于自己描绘的由善辩的律师引起的公共混乱,果戈理差点儿忘记,所有这些都是极其夸张的;他差点儿就相信了,乞乞科夫是敌基督;同时果戈理让临行前召集官员们的那个公爵说出了完全出人意料的话:"现在的问题是,到了我们不得不拯救我们的国家的时候了!"在果戈理的创作中没有什么东西把现实和幻想分割开,其中不可能的事随时都会成为可能。

无论是看城市,还是乡村,果戈理到处观察到令人莫名其妙的荒诞事情,到处遇见自己那些难以置信的角色。穆奇曼·热瓦金(Мичман Жевакин)回答阿琳娜·潘捷列伊莫诺夫娜(Арина Пантелеймоновна)的"为何而来"的问题时这样说:"本人在报纸上看到广告,心里想,我去看看吧。天气晴朗,遍地绿荫。"费多尔·伊万诺维奇·什蓬卡(Федор Иванович Шпонька)的姨妈给他介绍未婚妻,他反对道:"找个老婆?可别,姨妈,饶了我吧,我还从来没结过婚呢。我完全不知道,该拿老婆怎么办"。而回响在《鼻子》(《Нос》)中极端荒唐的语调与这些似乎真实的对话完全吻合:

——请问您丢了自己鼻子?
——是的。
——它现在已经被找到了。几乎是在半路上截住了它。

它已经坐上了马车,要去里加。护照早就办好了,上面写着一个官员的名字。(见《鼻子》)

这之后,怎么能不相信果戈理的话:

> 如果谁遇见了我早期笔下的那些丑八怪,他会被吓一大跳的。

果戈理不仅仅是在写生活的庸俗和荒谬时跨越一切界限,同时这也可以理解为这位讽刺作家有意识的手法,他渴望使其嘲笑的对象成为超级可笑的、被故意极端放大的样子。他无论是要写美,还是要写丑,都运用了同样夸张的手法。他完全没有能力使各部分平衡和谐。他创作的所有力量只在于这一唯一的手段:表现手法的浓重色彩。他描写的不是相对于其他事物的一般的美,而一定是绝对的美,不是某种情况下的丑,而是绝对的丑。

这就是哥萨克的杜布诺城下之战:

> 杰米特·波波维奇(Демид Попович)刺死了三个普通士兵,又将两个波兰贵族打下马,把马远远地驱赶到旷野上,高喊着让那里的哥萨克截住它们。接着他重新冲进人群,杀掉一人,用绳索套住另一个的脖子,系在马鞍上,拖着他跑过整个旷野……(那骑士)像一棵挺拔的白杨,骑在自己浅黄的马上;两个扎波罗什人被他劈成两半,他又砍了多人的脑袋和手臂,一枪击中哥萨克科比塔(Кобита)的太阳穴,使他倒地身亡……库库边科(Кукубенко)驱马前来,直扑到那波兰人后方,大吼一声,非人般的吼声震撼四方。那波兰人想突然调转马头迎上前去,但是马不听使唤。库库边科一枪击中了他,热腾腾的子弹从后面穿进肩胛骨……博罗达特(Бородатый)被贪欲迷了心窍:他俯下身来,要脱下波兰人身

上贵重的铠甲……可是没有听见红鼻子旗手从后面向他猛扑过来。贪婪没有善待哥萨克:粗壮的脑袋飞了出去,无头的尸体扑倒在地,鲜血湿润了一大片土地。哥萨克阴森的灵魂飞升空中,阴郁着,愤懑着。

这英勇的事迹发生在哪个世纪?是在十六世纪的小俄罗斯,还是神话时代的特洛伊远征?是谁把敌人砍成两半,一个人打赢五个人,非人的喊声让众人惊恐?是扎波罗什人,还是荷马(Гомер)的主人公们——神一样的季奥米德(Диомед)、女神的儿子阿喀琉斯(Ахилл)、民族的勇士阿伽门农(Агамемнон)?① 但是,整个史诗《塔拉斯·布尔巴》(《Тарас Бульба》),不是一系列夸张的形象又是什么?其中乌克兰的景色,哥萨克的剽悍,还有他们生活的原始性——所有这一切都以极度夸张、极度渲染的样子呈现。战斗进行着,"脑袋乱飞";"波兰人像草堆一样摔倒在地上";"月牙形的刀寒光闪闪";安德烈"吻着芳香的嘴唇","充满非人间可以领略的感觉";波兰女孩感到"安德烈的话把她的心撕成碎片";奥斯塔普(Остап)面对酷刑"没有叫喊,没有呻吟",甚至打断他的手骨脚骨,在死一般沉寂的人群中只能听到瘆人的咔啪声时,他也"一声不吭";塔拉斯勇敢地站在燃烧的柴堆上。我们的诗人惊呼:"难道世界上能找到那样的烈火、那样的痛苦和那样一种力量,可以战胜俄罗斯的力量?!"诸如此类!诸如此类!乌克兰的历史只是给了果戈理充分的理由,让他描绘出他想象中的英雄时代的图景!②

---

① 非常有可能的是杜布诺之战的描写,主要不是在研究小俄罗斯的传说基础上写成的,而是在格涅季奇(Гнедич)的《伊利亚特》(《Илиада》)译本的影响下写成的。——原注。

② 众所周知,果戈理的乌克兰中篇在1861年就遭到潘·库里什(П. Кулиш)从历史真实和民族志真实的观点出发作出的严厉批评。他的文章在当时引起了热烈辩论。——原注。

同时,果戈理笔下其他主人公的**情感**与**感受**也都极具夸张性。《可怕的报复》中伊万的憎恨之情让上帝都感到惊恐,"你想出来的对人的惩罚太可怕了",——上帝对他说。《维》中的霍玛·布鲁特(Хома Брут)因恐惧倒地死去。《肖像》中的主人公被无限的嫉恨所控制,"这种激情对于脆弱的生命力来说是个巨大的错误,是庞然大物"——果戈理就此说道。迎面走来的美人儿看了一眼《涅瓦大街》(《Невский проспект》)的主人公,他立刻就"呼吸急促,浑身不可理喻地颤抖起来,所有感官都将他熊熊燃烧;人行道在脚下疾驰,马车连同飞奔的马儿仿佛凝住了,大桥在拱形处伸直断裂,屋顶向下"……甚至还有,柯斯坦若格洛(Костанжогло)晚饭时对乞乞科夫说做地主很幸福,"浑身发光,像加冕日的皇帝",而且好像"光是从他脸上发出来的"。

在果戈理那里,**大自然**也变得奇异无比;他的家乡乌克兰成了某种神秘、华美的国度,那里一切都溢出了通常的界限。我们在中学里都背诵过这个的片段:"第聂伯河在晴和的日子里奇妙无比……"但是这描写里什么是正确的?什么是准确的?在多大程度上像真正的第聂伯河?

> 奇妙极了,整个第聂伯河像是从玻璃中流出的,又像是蓝色的、镜子般的路,无限的宽,没有尽头的长,在绿色的大地上蜿蜒曲折地流淌……一只稀有的鸟飞到第聂伯河中央。华美极了!世界上她无与伦比……黑黢黢的森林,挤满沉睡的乌鸦,还有远古断裂的山峦高耸着,想以自己长长的身影遮蔽第聂伯河,也枉然徒劳!世界上没有什么可以遮蔽第聂伯河!

这哪里是什么第聂伯河?这是想象的土地之想象的河流!它周遭"橡树高耸云端",远处一团火焰窜上"星空",四溅的火花熄灭在"遥远苍穹",它的周遭草原像无尽的波浪绵延无际。果戈理不禁惊叹:"大自然中再没有如此美妙的草原了。"

就在这个自己梦想的神奇国度,果戈理窥视了那个夜晚,他称

之为乌克兰之夜:

> 你们知道乌克兰之夜吗?啊,你们不知道乌克兰之夜!仔细瞧瞧吧:明月当空。无尽的天穹绵延,绵延得无限遥远;天幕发着亮光,均匀地呼吸着。整个大地沉入银色之中,宜人的空气清爽地流淌,充满了愉悦,阵阵幽香如海波涌动。森林变得静谧而灵动……原始茂密的稠李和樱桃林把自己的根小心翼翼地伸向冰冷的泉水……而星空,一切都那么富有生机,那么奇异,那么庄严。乌克兰的夜莺高声啼鸣,当空的明月也听得如痴如醉,这是多么神奇!

这些是多么急促的话语,这些是多么戏剧般华美的意境!它与可爱的,但朴素无华的小俄罗斯的自然相符吗?①

也许,在尝试描写**女人**的美时,果戈理的夸张倾向更加鲜明。在青年时期的短文《**女人**》(《Женщина》)中,女主人公是如此妙不可言:

---

① 果戈理描写的夸张性与普希金诗歌的和谐匀称性之间有什么区别?
乌克兰的夜多么宁静
天空清澈。星星在闪烁。
空气沉浸在自己的睡意中,
不愿把它驱走。银色的
杨树叶在微微颤动。
明月静静地挂在高空,
照耀着白色的教堂。
(见《波尔塔瓦》。参考了冯春的译文,有改动——译者)
普希金的夜是"静静地",果戈理的夜是"神秘"的;普希金的月亮是"静静地照耀着",果戈理的月亮是"夜莺高声啼鸣,当空的明月也听得如痴如醉";普希金的空气是在"睡意"中,果戈理的空气是"充满了愉悦,阵阵幽香如海波(必定是海洋!)涌动";普希金的星星是"闪烁",果戈理的星空是"一切都那么奇异,那么庄严";普希金的树叶是"微微颤动",果戈理的稠李和樱桃林是"原始而茂密的"等等。——原注。

稀薄透明的以太被赋予能见度,其中仙人们在沐浴,玫红色、蓝色的火焰喷涌,不断放射和折射出无数人间还没有命名的光线;爱之女神从来没有如此美丽!

《涅瓦大街》的美女的

嘴唇被一系列迷人的幻想紧锁着,童年留下的所有回忆,明亮的神灯下所有的向往与隐秘的激情——所有这一切仿佛都聚集、汇合、反映在她和谐的嘴唇上。天啊!这是怎样绝美的容貌!

在《塔拉斯·布尔巴》中,波兰女孩具有"闭月羞花的美丽",后来被围困的困苦也不能"磨损她美妙的容颜",反而赋予她某种"难以抵挡的胜利"。《维》中百人长的女儿面庞"如雪似银","双眉如艳阳里的黑夜","秀唇仿佛红宝石一般"。将军别特里雪夫(Бетрищев)的女儿,面容的轮廓是那样纯净高贵,"这样的美貌无处可寻,除非在古代的木椅上",等等,不一而足。

当果戈理描叙自己的安努奇阿达(Аннунциата)时,他更是无法抑制地不惜笔墨:

去看看那撕破煤黑般乌云的闪电吧,它抖动着一束束难以承受的耀眼亮光:这就是阿尔巴尼亚女子安努奇阿达的眼睛……不管怎样转动自己雪一样闪亮的脸庞,她的整个形象都会深深印刻在你的心里……你若看到雅致地向上盘起的秀发,露出的白皙的脖颈和世间从没有见到的绝妙无比的双肩,——她更是奇迹般的美丽。但最为神奇迷人的是她直视你的时候,一股凉意与战栗直透心房……无论怎样灵活柔韧的豹子,都无法与她运动时的速度、力量、高贵相比。她身上的一切都是造物的极品:从肩膀到古希腊般古典秀美的双腿,到最小的脚趾……

这是什么?是对有生命的人的描写,还是对世上不存在也不可能有的人的无可遏制的激情?①

我们知道果戈理为自己的小说创作收集了大量素材。我们现存的果戈理笔记中,有他的观察,有精准的话语、令他惊奇的各种用语等等。我们还保存有他收集编辑的小俄罗斯民歌集子。在给自己亲戚的书信中,果戈理经常要求他们告诉他各种可能的"关于小俄罗斯的信息",为他收集有关"古物"的资料。但是所有这些精心收集的素材,在他的笔下全都变了样:或为使某物变得"惊人的美丽",或为呈现"低俗之物的泛滥与庞大",现实形象的某一面都无限丰满茂盛起来。在果戈理的创作中,现实改变了,一如《可怕的报复》中巫师占卜时的改变——鼻子变长,直垂到唇下,嘴巴顷刻间咧开到双耳,一颗牙齿从嘴里长出来;或如巫婆因霍玛·布鲁特的咒语而改变——不是老太婆了,"在他面前躺着的是位美少女,精心梳理的辫子有些蓬乱,睫毛长长的,如箭般犀利"。

果戈理自己暗示了我们,他正是一直在这种倾向中进行着自己的创作。例如,在一部有关乌克兰传说的戏剧作品的提纲中他写到:

> 让整个戏剧的效果成为不可承受的耀眼的光,使它整个充满永不消失的激情的语流,充满闻所未闻的激烈的非人般强烈的忘我的精神。

在《死魂灵》的笔记中他同样写到:

---

① 果戈理在《死魂灵》中建议,"让可怜的德行高尚的人休息休息吧,因为没有哪位作家不造访他们的"。果戈理怎么不想想,该让世间还没有的所有魅惑的美女休息了呢?——原注。

整座小城的思想——让它达到最高极限的空虚,采用的可笑的用语达到最高极限的可笑,让所有的想法达到可笑的顶峰。

是的,果戈理以他的观察、他的研究为基础,但是让一切都到了"最高极限",到了"可笑的顶峰",到了"闻所未闻的"、"非人的"程度。①

罗赞诺夫在表述我们这里所强调的特征时这样说:"果戈理研究所有的现象与事物,但不是研究它们的现实性,而是研究它们的极限。"当然,果戈理时代的俄罗斯居住的不是在他的小说中——登场的那些狂躁症者、那些丑八怪、那些美丽的天使。那时的人和现在一样,他们身上混合着可笑与可爱、美丽与丑陋、英雄气概与卑微渺小。普希金善于发现这些人,并在《叶甫盖尼·奥涅金》(《Евгении Онегине》)、《别尔金小说集》(《Повести Белкина》)、《青铜骑士》(《Медный Всадник》)中表现了他们。但是,果戈理没有发现他们,他创造着自己独特的世界和独特的人物,并将在现实中仅仅是暗示的东西发展到了极限。这正是他的天才力量所在,创作力量所在,他不仅赋予生活这些幻想,而且使它们似乎比现实更现实,使当代人忘记现实,但铭记他创造的梦幻。多年以来,我们透过果戈理的镜子,看到了尼古拉时代的俄罗斯,尼古拉时代的乌克兰。

II

追求极端,追求夸大、夸张,不只表现在果戈理的创作和作品

---

① 果戈理使用收集的素材还有另一种手法·他在同一处无节制地密集地堆砌自己的观察,好像是要用汇编式的东西把读者打懵。比如描写泼留希金的作坊时。还有拜访养狗人诺兹德廖夫时,把各种可能的狗都罗列了出来。

中,同样的追求渗透其整个生命。对周围的所有事物他都倾向于夸大地来理解,他很轻易地就把自己充满激情想象的幻象当做现实,其一生都生活在不断变化的幻想的世界中。果戈理不仅"研究所有现象与事物的极限",而且体验所有感受的"极限"。

> 我内在完全混乱了,——有一次果戈理自己承认,——例如,我看到谁磕绊了一下,想象力马上就会抓住此不放,并开始急剧地蔓延开去,结果一切都成了极其可怕的巨大的幽灵,它们折磨我,不让我睡觉,直到完全耗尽我的力气。

果戈理一生中的很多事情都可以用"一切都成了极其可怕的巨大的幽灵"的倾向加以解释。

果戈理的书信,无论是青年时期的,还是成年时期的,都是确凿的证据——证明他的心里很容易发生摇摆,时而陷入极度绝望,时而进入无限亢奋,时而充满自豪,时而自我贬损。少年时他曾给母亲写信道:

> 很早以前,几乎还不太懂事的时候,我的心中就燃烧着永不熄灭的渴望,要成为一个终生有益于国家的人……我无时无刻不在祈祷,不要无善行即已结束自己短暂的生命。

十年后,在给茹科夫斯基的信中,重复着同样紧张、狂热、激昂的语调:"任何消遣,任何嗜好,一刻也不能占据我的心,让我放下自己的责任。"1829年他从吕贝克给母亲写信,对自己远走他乡表示懊悔:

> 这太可怕了!这让我心肝欲碎。对不起,亲爱的宽宏大量的妈妈,原谅您不幸的儿子吧,现在他唯一想做的就是——转身扑向您的怀抱,向您敞开那颗被风暴摧残的、满目疮痍的心。

在青年时期的一封信中,果戈理说自己就像"一个极度自信又极度自卑的可怕混合体"。

在自己的信中果戈理总是以一种紧张的语气、夸张的用词谈论一切生活印象。1837年他第一次来到意大利所表现出的极度兴奋就足以说明这一点:

> 意大利,这是一片多么神奇的土地!——他写道。——在这片天空下一切都那么美好。没有比罗马更好的安息之地了!

在另一封信里他写道:

> 当我第二次看到罗马,啊,我觉得它比第一次更好。我觉得似乎看到了自己多年未归的故乡。可是,不,所有这一切都不是,都不是我的故乡,但我却看到了自己的精神故乡,在这里,我的灵魂已先于我生活在这里,先于我出生到此世。

在一封信中他又写道:

> 凡到过意大利的人,都会和别的地方说再见。凡到过天堂的人,就不想再回到人间。心已经无法再欣赏别处,它只能记住最美的风景。

也许在写那些信的时候,果戈理的确是这样的感受。"我思绪如潮"——有一次他说。但是我们还是不由地想起,几年前赞美自己的乌克兰时,果戈理的笔下几乎出现了同样的词语,他让所有的人都相信,"大自然中再没有"比这片草原更美妙的了。

果戈理1837年在罗马获悉普希金去世的消息。正像面对意大利时他极度兴奋一样,他这时的悲痛也同样达到了极限。当时他给普列特尼约夫写信:

> 从俄罗斯来的消息中再没有比这条消息更坏的了。我生命中所有的快乐、我所有的最大快乐都随他而去了。没有他(普希金)的建议我一切都无从开始。……一种隐秘的战栗袭击着我的心,这是世上绝无仅有的享受。上帝啊!我现在的作品,是他的授意,这是他的作品!我无力继续它。我几次提笔——都从手中滑落。

几乎同样的话也出现在他给波戈金的信中:

> 我的损失比所有人都大,我的生命,我最大的快乐随他而去……没有他的建议我一切无从开始,什么东西也写不出来。我所有的好东西,我所有的一切都要归功于他……现在我的生活还有什么意义啊!

这些宣泄的激昂声调,让人觉得与其说是他常态情感的表达,不如说是瞬间的激情迸发。况且,这种绝望的语气在这些信里甚至没有延续到底。在给普列特尼约夫的信中接下来这样写道:

> 把钱寄给我吧,这些钱斯米尔金(Смирдин)在四月初就该付给我的。照旧把钱转交给施吉格里茨(Штиглиц),让他寄给罗马的一个银行家再转交给我。如果他把钱直接寄给瓦连京(Валентин),那是最好的。

这段附言是如此出人意料,与信中开头的语调是那么格格不入,以至于果戈理书信的第一个出版人甚至犹豫是否刊印这封信,最后只把写普希金的文字收入到自己的版本中。

而给波戈金的信是这么结尾的:

> 来罗马吧,这是我最常待的地方。天空奇妙无比。我呼吸

着它的空气,忘记整个世界。

"忘记整个世界"这样的结尾,是不是与"我所有的快乐都随着普希金而去"、与"现在我的生活还有什么意义啊!"这些感叹吻合呢?

但情况远不止于此。我们所有的资料都证明,果戈理得知普希金去世写信时,他在瞬间迸发的悲痛中所呈现的很多东西,与实际情况并不完全相符。根据现有的果戈理和普希金的往来信件,我们知道,他们之间并不存在真正的友谊,也没有私下的交情。普希金给他的三封不长的信,相当的矜持,尽管很客气也很亲切。仔细研究果戈理给普希金的信后,就会发现,有些地方十分可笑,几乎都是些事务性的请求。而这种实际、简单的关系在果戈理的信中(在他自己的幻想中)却演变成,普希金是他的朋友、他的庇护者、他的导师这样完全不同的另一种关系。果戈理不只觉得"他生活中所有的欢乐都随普希金而去",而且他已经确信,没有普希金的建议他"一切无从开始,什么东西也写不出来",《死魂灵》不仅是"他的授意",而且简直就是他的——普希金的"创作"。然而,我们有安年科夫的证明,他说,普希金并不十分乐意把《死魂灵》的故事让给果戈理,在一次家庭聚会上普希金曾说:"和这个小俄罗斯人打交道要当心,他占尽了我的便宜,却让我有口说不出"。这一点巴夫里谢夫(Павлищев)也能证明。

"哦!,普希金! 普希金! 在我的生命中遭遇他,这是怎样一个奇美的梦!"——后来果戈理这样感叹。确实,那个普希金,那个果戈理信中所写的普希金,就是一个梦,一个梦想,一个幻想。

其实,不只普希金,生活中许多其他事情对果戈理来说也是"奇美的梦"。众所周知,1834 年在茹科夫斯基的帮助下,果戈理在彼得堡大学谋到中古史的教职。因为酷爱乌克兰民歌,读了几本以前出版的编年史和几本历史书,在和波戈金交谈后,果戈理就已经不知不觉地对自己是历史学家坚信不疑。他已经相信,只要乌瓦罗夫

(Уваров)部长读完他的教学大纲,"立即就会把他和充斥校园的蹩脚的教授们区分开来"。他给波戈金写道:"我觉得,我会在世界通史上做一件非常了不起的事。"这还不够,果戈理的想象力立即又把他带向了最宏大的计划,他幻想不单要教历史,还要编写一部6卷的《小俄罗斯历史》、一部9卷的《中古史》,还有《世界通史》。还在1833年果戈理就曾给普希金写信:

> 我的著作将在基辅引起轰动……我将完成乌克兰史和俄罗斯南部史的撰写工作,还要写一部世界通史,这是迄今为止不仅俄罗斯没有,甚至欧洲也没有的、最真实地还原历史的一部著作。

可是,那时果戈理打算"完成"的乌克兰史也许只字未写呢。稍后他又宣布:"我正在写小俄罗斯的整个历史,从头到尾。它将由6小卷或4大卷组成。"后来他又说:"我在写中世纪史,不是9卷就是8卷。"就在同一封给波戈金的信中果戈理还顺便承诺要写一部3卷本的世界地理。大家知道,这些著作果戈理一部也没有完成,可是,我们却知道,他曾作为一名大学历史教师,那些保存下来的他的历史文章和涉及小说《塔拉斯·布尔巴》的历史资料(充斥很多错误),让我们不得不怀疑,他是否有能力写出那些他本人觉得几乎已经完成的著作。

果戈理经常缺钱,因为他写东西很少,而除了稿费他没有别的收入。可是,就是在这方面,在处理钱方面,他也有自己的幻想性。在一封信中他这样安慰抱怨自己窘困的经济状况的画家伊万诺夫:

> 钱,就像影子和美女,只有当我们从他们身边跑开时,他们才会跟着我们……谁勤恳做自己的事,谁就不会被钱的问题困扰,哪怕他明天用的钱也没着落。他一定会不费周折地在第一个遇到的朋友那儿借到钱。

由于茹科夫斯基的帮助,果戈理有了经济上的来源,随后他就给舍维廖夫写信说:

> 现在我一想到过去奔波的那些事儿,就觉得可笑。好在,上帝是仁慈的,每一次,只要我一考虑自己的经济保障,**他**就惩罚我,我总是缺钱;当我不想的时候,钱总会自动找上门来。

对事情抱着这样的看法,果戈理确实"不费周折地"接受自己朋友、君主和财产继承人的帮助。很显然,果戈理在其中看到的是一种眷顾自己的神秘力量的显现。①

可是就在同时,果戈理却制定了一个不切实际的计划,设想用自己售书的收入资助贫困大学生。1844年他着手一项类似的捐赠,在彼得格勒委托普列特尼约夫负责,在莫斯科委托舍维廖夫负责。但是这个不切实际的方案无果而终。后来,在为果戈理本人奔波资助金时,有人问普列特尼约夫:"果戈理需要什么资助,他不止一次地资助大学生"。普列特尼约夫回答说:"果戈理的捐助只是一个幻想。他没有任何收入。"果戈理另一个更加不切实际、同样未能实现的计划是他1846年想出的,他打算为穷人再版《钦差大臣》,让谢普金(Щепкин)演出时倡导大家买这本书;他要组建一个真正像样的委员会,由伯爵维耶利戈尔斯基(Виельгорский)主持,诸如此类。

不过,果戈理不只用这类正面的亮丽的幻想慰藉自己,他也有过不少负面的阴郁的幻想。果戈理一生都认为自己是个病人,而且几乎就在死亡边缘。虽然果戈理体质很差,可是他所认为的自己常年病态,很明显仍然是他众多的臆想之一。29岁时他就说过:"我脆弱的身体常被疾病控制着,衰弱到了极点。"在写给母亲和朋友们

---

① 申洛克说:"果戈理之所以引起众多非议,是因为他的看法(对接收礼物和馈赠)很独特,和常人截然不同。"《资料》,第4卷,第314页。——原注。

的信中他常常抱怨自己的健康,"把一切都幻化为极其可怕的巨大幽灵"的想象力又在暗示他——他将不久于人世。1837年他写道:

> 现在我十分珍惜我生命中的每一分钟,因为我知道它不会长久了。

1838年在写给波戈金的信中他感叹道:

> 啊,朋友,如果再给我四、五年的健康身体该多好啊!……难道注定完不成那些……我想要完成很多事呢……

对于自己的病症果戈理做了各种各样的描述。还在青年时期时,阿克萨科夫就对果戈理不停地抱怨自己有病感到很困惑,因为他看起来非常健康。问他究竟得了什么病,他回答说是肠子的问题。但这并没有妨碍果戈理喜欢时不时好好吃一顿。

1840年他的一个朋友从罗马写信说:

> 果戈理多疑得可怕……他什么也不干,只关心自己的肠胃,可是,我们谁也吃不了有一次他吃下去的那么多空心粉。

亚济科夫询问他的病时,果戈理解释说,他得病是缘于自己大脑的特殊构造,正是因此他的胃是脚朝上。

果戈理的写作方式也非常有特点。我们知道普希金的写作速度慢,过程也时断时续,很漫长,他的手稿里到处都是涂抹、修改的痕迹,但是这和果戈理在承认自己的作品完成前的壮举简直不能相提并论。果戈理无论如何都停不下自己的工作;他那颗夸张的心总是觉得,新作品还有很多不足,他渴望一直不断地完善它。甚至有的作品已经发表了,他还会反过头修改,有时几乎是把整部作品全部重写一遍。我们知道,《塔拉斯·布尔巴》有两个版本,《肖像》也是两个版本。《钦差大臣》早在1834年就完成了,但后来全部进行了修改,并在此基础上于1836年搬上舞台。但在1841年再版时,果戈理对其中多幕又进行了修改,而1842年为第三版他再次修改。《死魂灵》第一卷果戈理不间断地埋头写了六年,第二卷几乎用了十年,即便如此他也不承认完成了……

阿克萨科夫曾讲,有一次果戈理在他家里朗读了《死魂灵》第一章的第二次校订稿,当时所有人都对一个艺术家能使自己的作品如此完美感到震惊,而果戈理满足地说:

> 这就是所说的,画家给自己的画添上最后一笔。看起来修改是微不足道的事:那儿删一个词,这儿添一个词,可这就是重写了,出来就完全不一样了。

果戈理就是这样写作的,关注每一个词、每一个细节,追求极致的完美。按阿克萨科夫的说法,果戈理这样一种写作方式对他来说渐渐成了"圣徒的苦行",后来演变成了"无谓的折磨"。果戈理本人也认识到,他是以一种"病态的努力"从事写作,对他来说"每一行字都带给他震撼"。最终这种过度的努力使创作本身成为不可能。最后几年果戈理只是徒劳地整日整日坐在书桌旁。

> 我起床很早,——他自己写道,——从早晨就拿起笔,不让任何人靠近我,打扰我,即便这样我也写不出几行……我在等待,像等待玛纳①,等待天降神露的滋润。一切似乎都深思熟虑,胸有成竹,可笔力却跟不上,什么也写不出来……

果戈理对自己作品的评价像对待所有其他事物一样,同样表现出无度、极端、夸张。有时他要否定其作品的全部意义,对自己极端

---

① 基督教《圣经》故事中的"天降食物"。

苛刻,妄自菲薄。1836年在写给茹科夫斯基的信中,他否定了自己所有的作品。

> 我之前都写了些什么啊?——他自问。——我觉得,我好像翻开了一个小学生老早的作业本,一页上写着懈怠和懒惰,另一页上写着浮躁和匆忙;看到的是顽童胆怯哆嗦的手和初生牛犊的气概;写的不是文字,而是到处涂鸦,为此手是要挨板子的。

1838年他承认说,他

> 很害怕想起所有那些胡乱写的东西。忘记!心里祈求永远的忘记!——他感慨道。如果有那样的虫子,能一下子把《钦差大臣》的所有印本、《小品集》、《夜话》和其他所有胡说八道的东西都吃光,而且,相当长时间里再也没有任何关于我消息,再也没有一个人有只言片语,那我就谢天谢地。

在另一处他又说:"我一事无成!我的才能是多么蹩脚呀!"在出版《与友人书简选》时,他说,他"很想买下以前他出版的所有毫无用处的书",称以前的作品都是"不成熟的、轻率的"东西。

与此同时,果戈理又经常会一下子变得同样过度自信、过分自满。他承认说:"我总是认为,我是共同的善的事业的强有力的参与者,不可以没有我的参与。"就在同一封否定自己过去的信里他又这样说:

> 难道不应该感谢把我带到人间的上苍!多么崇高、伟大!在人世间从未有过、从未发现的情感充满了我的生活!我发誓,我一定会成就一番普通人无法成就的事业。我感觉到胸中有一股雄狮般的力量。

诸如此类，不一而足。1834年初，他在一封信里给自己提出了这样一个问题："神秘的、难以言表的1834年！我会用伟大的作品给你留下印记吗？"他给茹科夫斯基写信说，"我的创作极其伟大"；给丹尼列夫斯基写道，"我的作品是伟大的，我的功绩是拯救灵魂"。在《死魂灵》第一部结尾处他大胆地写下了有关史诗接下来的部分的话，这在当时大大激怒了评论家们。他说，那将是一个时代的到来，

> 将刮起灵感的剧烈风暴，那是另一种源泉，其中充满了神威，笼罩着光环，人们会可笑地战栗着预感到另一种话语的惊雷！

果戈理不像普希金那样能清醒地看待自己的文学创作。普希金称自己的诗是"酒神的女祭司"，他温和地承认：

> 要知道韵脚就和我在一起：
> 前两个不请自来，第三个随手拈来……

对果戈理来说写作永远是在执行"上帝的意志"，是在创立"功勋"，而且是"伟大的功勋"。"一个看不见的人在我面前挥舞着一支有力的笔"，1835年他在一封信中说。"我感到一股非此世的力量引领着我的道路"，1836年他又说。1841年给丹尼列夫斯基的信中他表达得更明确：

> 神奇的作品在我心里创作着，完成着。感激的泪水不时溢满我的双眼。此刻我清清楚楚地看见上帝的神力；类似的授意不会来自人；任何时候人都想不出那样的情节。

不过，果戈理通常都是相信自己在**天意**的特殊庇护下。青年时

期的信里他不止一次说,"上帝对他有**自己**特殊的眷顾"。后来他在信中也多次表示深信不疑:神明不仅指引他写作,而且引导他生活的每一步,甚至挑选房子都助他一臂之力。

相信有上帝的"特别"庇护,这一点使果戈理对现实失去了感觉。这在他的《与友人书简选》问世过程中表现得比任何事时候都更强烈。果戈理首先相信,有一种上帝的神迹在帮助他完成这部著作。

> 极其严重的疾病突然好转了,妨碍工作的所有因素突然远离了,并且这种状况一直持续到写完最后一行字。

给普列特尼约夫寄手稿时,他请求对方放下手头的一切事务专心出版他的书。"需要它,所有人都非常需要它",——他写道。在另一封信里他说:"需要这本书,我需要,别人也需要;总之,整个善的事业需要它。"果戈理相信该书会对读者产生巨大影响。他给普列特尼约夫写信说,只要书一出版,大家就会最终理解他,"我对于所有人,所有人对于我都是亲人"。果戈理对新书很快就会销售一空也充满自信(他的话没有实现),在第一版面世前他已委托普列特尼约夫准备再版的纸张。唉,"所有人都需要"——同样是他无数的幻想之一。

在果戈理的生活中没有对女人的激情,他的生平中没有通常的罗曼史。但这并不是因为缺乏激情——确切地说,应该是激情过剩。在情感上,就像在所有的感受中一样,果戈理只可能走向极端。还是少年时,在给母亲的信中(也许是在暗示真实的事,也许是在讲虚构的故事)他写了自己的爱情,选用了最激烈的词语:

> 难以忍受的思念伴随着无尽的痛苦在我心中翻滚。哦,这是多么残酷的状态!……在阵阵袭来的狂躁和极端可怕的内心撕裂中,我渴求,渴望哪怕只有一瞥让我沉醉,渴求哪怕只是

一个眼神……如果她是一个女人,即便她施展其全部魅力,也不会带来如此强烈、难以言表的震感。她是**神**!

在另一封给自己一位坠入情网的朋友的信里,果戈理写道:

> 我非常能理解和感觉到你的内心感受,尽管,感谢命运,我无缘体验;我之所以说**感谢**,是因为激情会瞬间把我变成灰烬的。为了拯救自己,我以坚强的意志遏制了窥探深渊的愿望。

我们对果戈理的了解使我们认为,"窥探深渊"的诱惑并不仅仅出现在他爱情的道路上。他身上的每一种情感都有变成一团火,瞬间将其燃成灰烬的危险。难道他对祖国的爱、对俄罗斯的爱,不是渐渐地在他身上燃成了致命的火?青年时代这种爱的结果还只是"对国家的义务"、"从事重要的、高尚的、有益于祖国的事业"的理想,这些理想使他"燃起了骄傲的自我意识"之火。可是这股"骄傲的自我意识之火"在《死魂灵》的结尾燃烧成了什么?

> 罗斯,你不也是像勇敢、不可超越的三套车一样飞驰吗?被上帝的奇观惊呆的路人停下脚步:这莫不是天上劈下的一道闪电?这令人胆战心惊的飞驰意味着什么?……大地上的一切从身边飞驰而过,其他民族与国家都侧身、闪开,给它让出了一条大道。

而在《与友人书简选》中,已经作为深思熟虑的真理,果戈理断言,俄罗斯独一无二,她是唯一的、特殊的、被拣选的国家。他高喊道:

> 为什么无论是法国,还是英国,还是德国都不能预言自己的命运?而只有一个俄罗斯预言了?还有,无论她发生什么,她都比其他民族更强烈地感到一切之上的上帝之手,并感到另

一个王国的降临。

与此相似,童年时就在果戈理心中燃起的宗教激情之火,到了他生命的最后几年燃成了死亡之火。在《与友人书简选》的前言中果戈理指出,严重的疾病使他更加信奉上帝。但这样的解释显得多余。在神秘主义的狂热中,果戈理只是沿着他早就踏上的这条路走到底,就像沿着自己生命的所有其他轨迹走到底一样。他不可遏制地投身禁欲主义,一如他不可遏制地描写第聂伯的草原的辽阔或阿尔巴尼亚的安努奇阿达的双眼。他窥探宗教,就像窥探他面前的一个无底深渊;他纵身跳下这个深渊,就像投身到他的心灵永远渴望的无度、无限。"同胞们,太可怕了!"——他大声喊道,自己意识到终于坠入了这个张着大嘴的无底深渊。但是,无论是朋友的劝说,还是最后死亡的逼近,都没能让他停下脚步。于是,果戈理出版了《与友人书简选》,写了"作者的自白",朝拜了圣地,在一个可怕的夜晚焚烧了《死魂灵》第二卷手稿,还是在那个可怕的日子,答应了马特维神父以后不再写作、放弃文学……

如果说果戈理的一生是个大梦,如果他全部的创作都是夸张,那么他最后的日子该是怎样奇异的梦境和怎样巨大的夸张啊!他渴望按照自己当时理解的基督圣训,最大限度地执行它;最大限度地宽容,最彻底地忏悔,最虔诚地斋戒和祈祷。有一次他给斯米尔诺娃写信说,"上帝要求我们完全纯洁,无激情",他自己没有拒绝这要求。在其生命最后几周里照顾他的那些人的讲述,令人印象深刻,无比震动。

阿克萨科夫说:

> 谢肉节那天他开始吃斋持戒,开始吃得越来越少,尽管看起来他并没有失去胃口,并因禁食而痛苦万分。……几天里只吃圣饼。他的斋戒不仅限于食物,还控制睡眠,甚至到了不可思议的地步:夜里长时间的祈祷之后,早上又早早地起来去晨

祷。终于,他虚弱得连站立都勉强。有一次,他一整天没有打算吃任何东西,刚吃了些圣饼,马上就说自己贪吃、罪恶、无耐性,因而忧伤之极。

塔拉辛科夫医生讲道:

> 大斋期的星期一和星期二,晚祷在伯爵家(А. П. 托尔斯泰,当时果戈理住在他家)的顶楼上进行。果戈理不时在台阶上停一下,坐一下,才勉强爬上楼,但是整个晚祷过程他都是站着祈祷,直到结束。白天仍几乎没有进食,夜晚是在圣像前度过的。

那次斋戒后果戈理的体力急剧衰弱,无法恢复。他奄奄一息,即使这样也没有动摇他的决心。都主教菲拉列特让朋友们和神父们劝说他进食和服药,但这些努力都是枉然。果戈理不会听、也听不进别人的建议,因为他一辈子都习惯听命于自己心灵、自己思想的驱使。最终,他病倒了,即使在这种时候,对医生们的所有劝说和千方百计医治他的努力,他只有一句简短而生硬的回答:"别管我"。他沿着自己踏上的那条路走到了底。

众所周知,医生们决定像对待不能自控的人一样对待果戈理,试图对他实施强制性治疗,把他生命的最后时刻变成了痛苦的折磨。但是,果戈理不仅仅是在**这几日**不能控制自己——当他塑造自己幻想的形象,让自己幻想的那些幽灵居住在俄罗斯大地上,当他把自己作家的职业看作一种功绩,把辞章之事看作"圣徒的苦行",当他在书信中、在《与友人书简选》中向自己、向其他人提出毫不让步的要求,提出苛刻、难以实现的理想时,他正是同样不能自控。在果戈理生命的最后时刻,他的生活与幻想、生命与诗之间比任何时候都更清晰地显现出一种奇异的和谐。无论在生活中,还是在创作中,他都不懂得尺度、界限——他的个性、力量和弱点皆在于此。果戈理的全部作品——就是他的幻象世界,这里一切都膨胀到令人难以置信的程度,一切都是夸张变形的;或丑陋得令人毛骨悚然,或美艳得令人头晕目眩。果戈理整个一生——是一条深渊之上的道路:深渊不断诱惑他纵身跳下;是一场斗争:"坚强的意志"和身兼崇高使命的意识,与隐藏在心底、瞬间可把他烧成灰烬的烈火的斗争。终于,当这股盘踞在他身上的隐蔽力量被果戈理赋予了自由,任其发展时,它真的把他化成了灰烬。

1909

附录3 别尔嘉耶夫论果戈理

俄罗斯革命的精神实质

> 我们误入了歧途。怎么办?
> 显然,是魔鬼把我们引到了荒野,
> 我们只能原地徘徊。
> ——普希金①

引 言

俄罗斯发生了可怕的灾难,它坠落到了黑暗的深渊。因而许多人开始觉得,统一的伟大的俄罗斯现在仅仅是一个幽灵,在俄罗斯已经没有任何真正的现实。很难捕捉到我们的现在和我们的过去之间的联系。俄罗斯人的面部表情发生了巨大的变化,在几个月内他们已经变得无法辨认。从表面看,在俄罗斯似乎发生了激进主义所说的前所未有的变革。但是如果具有更为深刻与敏锐的洞察能力,就可以发现在俄罗斯所发生的依然是旧的俄式的革命,其精神早已在我们伟大的作家的创作中得以揭示;可以发现那些早已控制了俄罗斯人的群魔。许多旧的、早已熟悉的东西只是以新的面貌出现。漫长的历史之路将人们引向无数的革命,在这些革命中,民族的特性甚至在那时就已经显示出来了,即当革命给民族元气和民族尊严带来一次次严重的打击的时候。每一个民族都有自己革命的

---

① 引自普希金的诗《群魔》(1830年)。

风格,也有自己保守的风格。英国革命是民族性的,法国革命同样是民族性的,在其中可以辨认出过去的英国和法国。每一个民族进行革命时,都携带着精神的辎重,它是在自己过去的历史中形成的,它会把自己的罪恶和缺陷带进革命之中,但同样也把自己的牺牲精神与热情带进革命之中。而俄罗斯革命就其性质讲是反民族的,它把俄罗斯变成了一具断了气的尸体。但是,就是在它的反民族性中也反映出俄罗斯民族的民族特性和我们不幸的、招致灭亡的革命的风格——也就是俄罗斯风格。我们旧的民族疾病和罪恶导致了革命并决定了它的特性。俄罗斯革命的精神实质——就是俄罗斯的精神实质,尽管这被我们的敌人利用,置我们于死地。革命的不切实际——就是俄罗斯的不切实际,其鬼魂附体般的疯狂着魔——就是典型的俄罗斯的疯狂着魔。在生活表面发生的革命,从来没有改变也没有发现任何本质性的东西,它们只是显露出了那些隐藏在民族肌体内的病灶,只是把同样的元素按新的方式进行了位移,让旧的形式穿上了新衣。革命在相当程度上常常是化装舞会,于是,如果揭掉面具,就会遇见老的、熟悉的面孔。新的灵魂要很晚才能诞生,那是要等到对革命的经验有了深刻领会、革命发生了根本性的转变之后。表面看,俄罗斯革命中一切都是新的——新表情、新手势、新服装、新话语统治着生活;那些曾在最下层的到了最上层,那些曾在最上层的跌到了最下层;那些曾被驱逐的掌了权,那些曾掌权的被驱逐;奴隶成为无限的自由人,精神上的自由人遭受暴力。但请试着透过俄罗斯革命的外表走进其深处,在那里你们就会认出一个旧俄罗斯,就会遇见老的、熟悉的面孔。在俄罗斯革命中随处可以遇见赫列斯塔科夫、彼·韦尔霍文斯基和斯麦尔佳科夫,而且他们还在革命中起了不小的作用,最后爬上了权力的巅峰。陀思妥耶夫斯基的形而上学的辩证法和托尔斯泰的道德反思解释了革命的内在进程。如果走进俄罗斯的深处,那么,在革命斗争和革命辞藻的背后不难发现果戈理笔下的那些哼哼唧语的嘴脸。在自己的生存史中,每一个民族都活在不同的时代和不同的世纪里。但是没有一个民族像俄罗斯民族那样,如此不同年龄的人——20世纪和14世纪的人——会同时聚在一起。正是这一年龄的多样性是我们民族生活的病态的根源,并妨碍了我们民族生活的整体性。

  伟大的作家总是揭示民族生活中具有本质意义的、不会过时的形象。伟大的作家所揭示的俄罗斯——果戈理的俄罗斯,陀思妥耶夫斯基的俄罗斯,也可以在俄罗斯革命中被发现,而且,在革命中你还可以真实地体验到托尔斯泰曾作出的预言式的基本判断。在果戈理和陀思妥耶夫斯基的那些形象中,在托尔斯泰的道德判断中,可以找到革命给我们的祖国带来的那些灾难和不幸的谜底,认识控制了革命的那些精神。果戈理和陀思妥耶夫斯基艺术地、超越他们时代地洞察了俄罗斯和俄罗斯人。他们以不同的方式揭示了俄罗斯,他们的艺术手法也是相反的,但是,无论在谁那里,都有某种对于俄罗斯来说是真正预见性的东西,都触及了某种本质的东西,触及了俄罗斯人天性的某种秘密。作为艺术家的托尔斯泰对于我们的论述目的来说不能令人感兴趣,他的伟大艺术所揭示的俄罗斯在革命中分崩离析了,消亡了。他是俄罗斯贵族和农民的静态生活的艺术家,对于作为艺术家的他来说,永恒的东西存在于简单的原始的自发力量中。托尔斯泰更多的是宇宙学的,而不是人学的。但是在俄罗斯革命中另一个托尔斯泰被发现了,并且他以自己的方式取得了胜利——道德判断的托尔斯泰,作为俄罗斯人的典型的世界观的托尔斯泰主义显示了出来。有许多俄罗斯式的魔鬼,或是它们被俄罗斯作家们发现,或是它们控制了俄罗斯作家——谎言魔鬼、偷梁换柱魔鬼、平等魔鬼、无耻魔鬼、否定魔鬼、勿抗恶魔鬼,还有许许多多其他魔鬼。所有这些——都是早已折磨着俄罗斯的虚无主义魔鬼。对于我来说,位于中心的是陀思妥耶夫斯基的洞见,他预言式地发现了俄罗斯恶魔的精神基础和运动的动力。我将从果戈理开始,他在这方面的意义还远未揭示。

一、俄罗斯革命中的果戈理

果戈理是俄罗斯作家中最为神秘的一位,我们为理解他而做的事还相当少。他甚至比陀思妥耶夫斯基更为神秘。陀思妥耶夫斯基本人为揭开自己精神所有的矛盾和所有的深渊已经做了大量的工作。我们可以看到,魔鬼与上帝在他的灵魂和他的创作中怎样斗争。果戈理隐藏了自己,并把某种没有猜透的秘密一同带进了坟墓。他身上确实具有某种可怕的东西。果戈理是唯一一位身上具有妖魔感的俄罗斯作家,——他艺术地表达了恶的、黑暗的妖魔力量的作用。这也许来自于西方天主教的波兰。《可怕的报复》充满了这种妖魔气息。但这种妖魔气息在《死魂灵》和《钦差大臣》中以一种更为隐蔽的形式弥散着。

在果戈理那里有一种独特有力的对恶的敏感,而且他找不到陀思妥耶夫斯基在佐西马形象中、在与大地母亲的联系中找到的那种安慰。他那里没有所有这些粘连性的章节,任何地方也找不到可以摆脱围绕着他的恶魔的嘴脸的拯救。俄罗斯各种旧有的批评流派完全没有感觉到果戈理艺术的可怕性。况且他们哪里能感觉到果戈理!纯理性主义的教育预防着他们接受和理解这些可怕的现象。我们的批评是为那种太"进步的"思想形象准备的,他们不相信妖魔,他们利用果戈理仅仅是为了自己功利主义的社会目的。而且他们总是利用伟大作家的创作为自己功利主义的社会宣传服务。最先感觉到果戈理的可怕性的是另一流派、另一源头、另一种精神的一位作家——罗赞诺夫。他不喜欢果戈理,所以也是带着一种对恶的敏感写果戈理,但他理解了果戈理是恶之艺术家。因此,首先应当明确——果戈理的创作是艺术地发现作为形而上的和内在因素的恶,而不是与政治上的落后与野蛮联系在一起的社会的、外部的恶。果戈理天生看不到善的形象并艺术地表达善。而他本人也惊恐自己对恶与丑的独特洞察。但正是他精神的残缺导致了他的恶之艺术的全部尖锐性。

只有20世纪初在我们这里出现的那些宗教哲学和艺术思潮才提出了果戈理问题。果戈理通常被认为是俄罗斯文学现实主义流派的奠基人。果戈理创作的奇异性被解释为他是独特的讽刺家和旧俄不合理的农奴制度的揭露者。果戈理不同寻常的艺术手法被忽略了。在果戈理的创作中看不出任何问题来,因为一般来说人们也发现不了问题。对俄国批评来说,一切都是显而易见的、容易解释的,对于他们的基本任务来说,一切都既简单又明了。事实上,可以说,车尔尼雪夫斯基、杜勃罗留波夫及其追随者没有看到伟大的俄罗斯文学的内在意义,也无力评价俄罗斯文学的艺术启示。应该来一次精神转折,应该动摇传统知识分子世界观的整个基础,以便按照新的方式揭示伟大的俄罗斯作家的创作,只有到那时才有可能走近果戈理。将果戈理视为现实主义者和讽刺作家的旧观点需要理性地重新审视。在我们的精神状态和思维日益复杂化的今天,有一点已经显而易见:文学老古董们看待果戈理的观点没有站在果戈理问题的高度。在《死魂灵》这样一部不可思议的虚构幻想的作品中能够看到现实主义,我们觉得真是荒谬绝伦。果戈理奇异和神秘的创作不可能归于对改革前的俄国现实的讽刺、揭露短暂的一时的弊病与罪恶之列。死魂灵与农奴制的日常生活,钦差大臣与改革前的官僚作风没有必然的不可分割的联系。就是现在,在经历了所有的改革和革命之后,俄罗斯仍然充满死魂灵与钦差大臣,果戈理的人物形象并没有像屠格涅夫或冈察洛夫的人物形象那样死亡,成为过去。果戈理的艺术手法完全不是所谓的现实主义的,而是一种独特的、分解和打开有机的现实整体的实验,这些艺术手法揭示了某种对于俄罗斯和俄罗斯人来说非常本质的东西,某些精神的疾病,这些疾病是任何表面的社会改革和革命都无法治愈的。果戈理的俄罗斯不仅仅是我们改革前的日常生活,它还是俄罗斯民族形而上的性格,并且这一性格也表现在俄罗斯的革命中。果戈理所看到的那些非人的野蛮行为，不是旧制度的产物，不是社会和政治原因造成的，相反——是它产生了旧制度中一切恶劣的东西，它在各种政治和社会形式上都打上了烙印。

艺术家的果戈理最先践行了艺术中的一种新的解析思潮①，它的出现与艺术的危机有关。他预告了别雷（Белый）和毕加索（Пикассо）的艺术。在他身上已经具有了对现实的那样一种领悟，这种领悟产生了立体主义。在他的艺术中已经是立体地解析生动的日常生活。果戈理已经看到了后来从毕加索的绘画艺术中所看到的那些怪物。但他进行了欺骗，因为他用笑掩盖了自己魔鬼般的洞见。果戈理之后，从俄罗斯作家中走出一位最具天赋的人——别雷，对于他来说，人的形象彻底暗淡了，陷入了宇宙的旋风之中。别雷像果戈理一样，同样没有看到人身上有机的美，他在许多方面追随着果戈理的艺术手法，但在艺术形式上取得了全新的成果。果戈理已经使人的有机的整体形象遭受了立体的解析。在果戈理那里已经没有了人的形象，而只有动物的嘴脸，只有怪物，类似于匀称的立体派画的怪物。在他的创作中有的是对人的扼杀。所以罗赞诺夫直截了当地指责果戈理杀人。果戈理无力给出正面的人的形象，并为此痛苦万分。他为寻找人的形象受尽折磨，但最终也没有找到。各种丑陋的非人的怪物从四面八方将他包围，他的悲剧就在于此。他信仰人，寻找人身上的美，但在俄罗斯他没有找到。这是无法言说的折磨，这可以使人发疯。在果戈理本人身上就有某种精神的出轨、失常，在他身上隐藏着某种未被揭开的谜。但不能责怪他在俄罗斯没有看到人的形象，而只看到了乞乞科夫、诺兹德廖夫、索巴凯维奇、赫列斯塔科夫、斯可沃兹尼克-德姆哈诺夫斯基及其他怪物。他伟大的、似乎不真实的艺术揭示了俄罗斯民族的负面，它黑暗的精神和它身上一切非人的、扭曲了的上帝的形象。俄罗斯这一没有被充分发展的人性，这些大量的、肤浅的、取代了人的形象的

---

① 即后来的立体主义。

自然精神属性，吓坏了他，也深深伤害了他。果戈理——是地狱作家，果戈理的人物形象——是人的碎片，而不是人，是人的丑态。在俄罗斯，人的形象、真正的个性如此之少，谎言、谎言的形象、人形象的偷换如此之多，丑陋的事物如此之多，这不是他的错。果戈理无可忍受地为此痛苦。他对鄙俗的精神的洞察天赋是不幸的天赋，他成了这一天赋的牺牲品。他揭示了无可忍受的鄙俗的恶，这压垮了他。别雷那里也没有人的形象，但他已经属于另一个时代，在这个时代对人的形象的信仰已经发生了动摇。而在果戈理那里依然具有这一信仰。

热烈期待革命、寄予它伟大希望的俄罗斯人相信，当革命的大雷雨冲刷掉我们所有的污垢之后，果戈理的俄罗斯的恶魔形象将会消失。在赫列斯塔科夫和斯可沃兹尼克－德姆哈诺夫斯基身上，在乞乞科夫、诺兹德廖夫身上，可以看到在专制制度与农奴制度中浸泡的旧俄国形象。革命意识的错觉就在于此，它洞察不了生活的深度。在革命中显示的依然是同一个旧的、永恒的果戈理的俄罗斯，非人的半兽的嘴脸的俄罗斯。在不堪忍受的革命的鄙俗行为中有着永恒的果戈理性。希望革命可以在俄罗斯揭开人的形象，希望专制制度垮台后人性可以提升到自己的高度，这些希望都是徒劳的。我们这里习惯于把太多的事情算到专制制度头上，想以此来解释我们生活中所有的恶和黑暗。但这是俄罗斯人卸去了自己身上的责任，使自己习惯于无责任的状态。现在已经没有专制制度了，而俄罗斯的黑暗和俄罗斯的恶依然存在。黑暗与恶隐藏得要深得多，不是在民族的社会生活的外层，而是在它的精神内核。已经没有了旧专制制度，而专制政权照旧统治着俄国，照旧没有对人、人的尊严和人的权利的尊重。已经没有了旧专制制度、旧官僚作风、旧警察，而贿赂依然是俄罗斯生活的基础，是它基本的宪法。贿赂之风比曾几何时更甚。正在大发革命横财。果戈理戏剧中的场景正在革命的俄罗斯到处起劲地上演。已经没有了专制制度，赫列斯塔科夫依然扮演着重要的官员，所有的人照旧在他面前瑟瑟发抖。已经没有了专制制度,而俄罗斯照旧充满了死魂灵,照旧发生着他们的交易。赫列斯塔科夫的胆略在俄罗斯革命中处处可以感觉到。但现在的赫列斯塔科夫爬到了权力的顶峰,比旧赫列斯塔科夫有更多的资本说"外交大臣、法国大使、英国大使、德国大使和我",或者说:

> 看一看我的前厅也很有意思,我还没有睡醒呢,伯爵们啊,公爵们呀,一大群人,就在那里挤来挤去,像一群熊蜂,嗡嗡作响。

革命的赫列斯塔科夫们可以更像真的似的说:

> 谁来顶这个位置呢?许多将军想担任这个职务,也试过了,但常常是上任了,——很自然,不行……没办法——就来找我。这时街上全是信差、信差、信差,诸位想想看,信差就有三万五千名!

革命的伊万·亚历山德罗维奇(即赫列斯塔科夫——译注)开始掌管各司。当他走过的时候"简直就像地震一样,全都发抖哆嗦,像片片树叶颤抖"。革命的伊万·亚历山德罗维奇急躁地叫喊起来:

> 我不喜欢开玩笑,我把他们全都教训了一下……我是那样了不起的人物!我谁都不睬……我到处要去,到处。

赫列斯塔科夫的这些话我们每天每处都能听到。所有的人都颤抖哆嗦。但因为知道过去的赫列斯塔科夫通常的结局,所以人们从心灵深处期待着将会有宪兵走进来说道:"从彼得堡奉旨前来的官员叫您立刻去见他。"毒害着俄罗斯革命的反革命的恐怖赋予了革命的大无畏精神以赫列斯塔科夫属性。对宪兵的期待这一常态揭露了革命成果的虚构性与谎言性。我们将不会被表面现象所欺蒙。革命的赫列斯塔科夫只是穿上了新衣,改换了新名,但本质依然如故。三万五千个信差可以是"工人代表大会苏维埃"的代表,但这无济于事。根基里依然是果戈理早已看到的旧俄国的谎言和欺骗。失去深度使一切都变得过于容易。在现有权力和统治的力量中,本体的、真正的真实是如此之少,正如在果戈理的赫列斯塔科夫身上。诺兹德廖夫说:

> 这就是边儿!从这个方向看去,无论看到什么,都是我的,甚至从另一方向看去,这整个森林,泛蓝的森林,还有森林后边也都是我的。

在很大程度上诺兹德廖夫攫取了革命果实。个体取代了个性。到处是面具和同貌人,是人的丑态和碎片。存在的谎言性控制着革命。一切都是虚构的,所有的党派是虚构的,所有的政权是虚构的,所有的革命英雄也是虚构的。任何地方也感觉不到坚实的存在。任何地方也看不到明朗的人的面孔。这个虚构性,这一非本体性来自于谎言性。果戈理在俄罗斯的自发力量中发现了它。

乞乞科夫依然奔波在俄罗斯大地上,依然做着死魂灵的买卖。但已经不是坐着带篷的马车慢慢地走,而是坐着特快列车并到处发电报。同一自发力量以新的速度高速运转。革命的乞乞科夫们倒卖着非实在的财富,他们与虚构做交易,而不是与现实做交易,他们使整个俄罗斯的国民经济生活变成一种虚构,革命政权的许多法令按其性质来说完全是果戈理式的,在巨大的小市民的群体中,这些法令遭遇的是果戈理式的态度。在革命的自发力量中显示出巨大的欺骗性和无耻,它们是俄罗斯灵魂的疾病。我们整个的革命就是一种无耻的交易——民族的灵魂与民族的成果的交易。我们整个的农业改革,无论是社会党人的,还是布尔什维克的农业改革,①都是乞乞科夫式的企业。这一改革是在与死魂灵做交易,它以虚构、非现实为基础获取了人民的财富。其中有乞乞科夫的大无畏的精神。在我们夏季农业革命的风云人物那里是某种真正的果戈理式的东西。在革命的初期阶段和革命的临时政府中就有不少玛尼洛夫。②但《死魂灵》具有深刻的象征意义。果戈理的长篇巨著里的所有嘴脸都是在僵死的俄罗斯灵魂的土壤里产生的。这一僵死的灵魂使乞乞科夫的奇遇和寻访成为可能。在俄罗斯的革命中同样可以感觉到这一由来已久的早已僵死的灵魂。正因为如此,在革命中才会发生这无耻的交易,这厚颜无耻的欺骗。这不是革命本身的原因。革命——是一种伟大的显灵,它只是把隐藏于俄罗斯深处的东西暴露了出来。旧制度的形式抑制了许多俄罗斯属性的表现,把它们驱赶到一种强制的边缘。这些腐朽形式的瓦解使得俄罗斯人彻底解开了嚼头,成为赤条条的,毫无羁绊。果戈理所看到的处于静态中的恶的灵魂,冲破束缚,狂欢起来。他们的可怕的嘴脸使不幸的俄罗斯全身发抖。现在对于赫列斯塔科夫和乞乞科夫们来说,比专制制度时期拥有了更大的空间。因此要克服他们,首先应该是民族精神的复活,民族内在的变革。但是革命不是这种变革。俄罗斯真正的精神革命应当是克服果戈理在俄罗斯人身上看到的谎言性,是战胜那种因谎言而产生的虚构和偷换。在谎言中可以轻易地不负责任,可以使它与任何存在没有联系,而且依靠谎言可以掀起最勇敢的革命。这种无耻与俄罗斯未发展的和未揭示的个性相关,与对人的形象的压制相关。非人的、鄙俗的行为也与此相关。果戈理用它压垮了我们,也压垮了自己。果戈理比斯拉夫派更深刻地洞察了俄罗斯。他有一种强烈的对恶的感受,而斯拉夫派失去了这一

---

① 指1918年的农业改革。
② 果戈理的《死魂灵》中塑造的五个地主形象之首,是一个外表文雅、内心空虚、耽于幻想、不切实际、无所作为的形象。

点。在不朽的果戈理所描绘的俄罗斯,悲剧的东西与喜剧的东西交织混合在一起。喜剧性的东西是混合与偷换的结果,悲喜剧的交织与混合也存在于俄罗斯革命中。革命整个儿就是奠定在混合与偷换的基础之上,因此,其中具有许多喜剧性。俄罗斯革命是悲喜剧。这就是果戈理长篇巨著的结局。而且,也许俄罗斯革命中最阴郁与绝望的就是其中的果戈理性。在革命中来自陀思妥耶夫斯基的更多的是光明。俄罗斯必须从果戈理的幽灵的控制下解放出来。

二、俄罗斯革命中的陀思妥耶夫斯基

如果说在俄罗斯革命中没有立即发现果戈理的影子,而且这个问题的提出也可能招致怀疑的话,那么在陀思妥耶夫斯基身上不能不看到对俄罗斯革命的预言。俄罗斯革命充满了陀思妥耶夫斯基所洞察到的,并被他给予了天才的、尖锐的界定的那些元素。陀思妥耶夫斯基具有那样一种天赋:揭示俄罗斯革命思想深层的辩证法,并从中得出最终的结论。他不是停留在社会政治思想和社会结构的表面,而是深入到内部揭示俄罗斯革命的形而上学。陀思妥耶夫斯基发现,俄罗斯的革命性是一种形而上的和宗教的现象,而不是政治的和社会的现象。这样,他成功地宗教地阐释了俄罗斯社会主义的性质。俄罗斯的社会主义关心的是有没有上帝的问题。并且陀思妥耶夫斯基预见了,俄罗斯的社会主义将是怎样一个苦果。他揭露出俄罗斯的虚无主义和俄罗斯的无神论——完全独有的、不同于西方的无神论的天然本性。陀思妥耶夫斯基具有卓越的打开深渊揭示最后的极限的天赋。他从来不会停留在中间地带,从来不会处于过渡状态,总是向往最后的和终极的东西。他创造性的艺术行为也是启示录式的,并且在这一点上他是真正的俄罗斯民族的天才。陀思妥耶夫斯基的艺术手法不同于果戈理。果戈理更是一位纯粹的艺术家。陀思妥耶夫斯基首先是心理学家和形而上学者。

他从人的精神生活的内部,从人内在的思想的辩证法来剖析恶和恶的灵魂。陀思妥耶夫斯基所有的创作都是人学发现,——发现人的深处,不仅是灵魂的深处,还有精神的深处。他发现了那些已经不是心理现象,而是人性的本体的人类思想和人类激情。陀思妥耶夫斯基的人的形象总是区别于果戈理的人的形象。他总是从内部来揭示人。恶不会彻底消灭人的形象。陀思妥耶夫斯基相信,通过内在的悲剧,恶可以变为善。因此,他的创作比几乎不留任何希望的果戈理的创作更少恐怖的东西。

从俄罗斯最伟大的天才陀思妥耶夫斯基身上可以了解俄罗斯思想的特性,它正面的和负面的两极。法国人是教条主义者或是怀疑主义者,在其思想的正极是教条主义,在负极是怀疑主义。德国人是神秘主义者或是批判主义者,神秘主义在正极,批判主义在负极。而俄罗斯人是启示录主义者或是虚无主义者,启示录主义在正极,虚无主义在负极。这三种情况中,俄罗斯的情况是最极端、最困难的一种情况。法国人和德国人可以创造自己的文化,因为可以教条主义地和怀疑主义地创造文化,可以神秘主义地和批判主义地创造文化,但是,却很难启示录主义地和虚无主义地创造文化。文化可以有自己教条主义的和神秘主义的深渊,但它要求承认在生活的中间过程中有某种价值,要求不仅有绝对的意义,而且有相对的意义。在启示录主义的和虚无主义的自我感觉中抛弃一切生活的中间地带,一切历史的台阶,不想知道任何文化价值,它渴望终极、渴望极限。这两种对立现象很容易从一极走向另一极。启示录情绪很容易走向虚无主义而成为虚无主义地对待地上历史生活的最伟大的价值,对待一切文化。而虚无主义可以难以察觉地带上启示录的色彩,要求终极。于是,在俄罗斯人那里,启示录的和虚无主义的东西是如此被混淆,以至于很难区分这一两极对立的元素。常常很难解答这一问题:为什么俄罗斯人否定国家、文化、故土、道德规范、科学和艺术,为什么要求绝对的一无所有,他们这样是出于自己的启示性还是出于自己的虚无性?俄罗斯人可以制造虚无主义的混乱,就像启示录中的混乱;他可以脱光衣服,脱去一切文化外衣,成为赤裸裸的一丝不挂,既因为他是虚无主义者而否定一切,也因为他充满了末世的预感而等待世界的末日。在俄罗斯的异教徒那里,把启示与虚无主义交织混淆在一起。这也同样发生在俄罗斯知识分子那里。俄罗斯对生活真理的寻找,永远带有启示录主义的和虚无主义的特点。这是深刻的民族特征。这为混淆和偷换、为伪宗教提供了土壤。在俄罗斯的无神论中有某种启示录精神的东西,完全不像西方的无神论。在俄罗斯的虚无主义中也有伪宗教的特征,是某种反面的宗教。这诱惑了许多人,使他们误入歧途。陀思妥耶夫斯基深刻地揭示了俄罗斯灵魂中的启示和虚无主义。因此他也预料到了俄罗斯革命将具有什么样的特点。他明白,我们这里的革命完全不意味着西方的革命,因而它将是比西方的革命更可怕更极端的革命。俄罗斯革命——是宗教之类的现象,它解决的是上帝问题,而且应该在比理解法国革命的反宗教性或英国革命的宗教性更深刻的意义上来理解这一点。

对于陀思妥耶夫斯基来说,俄罗斯革命的问题,俄罗斯虚无主义和实质上具有宗教性的社会主义问题,这是关于上帝和不死的问题。

> 社会主义不仅是工人的问题,或所谓的第四阶层的问题,而主要是反宗教的问题,是现代无神论具体体现的问题,是在'没有上帝'的情况下建造巴比伦塔的问题——建造巴比伦塔不是为了从地上到达天堂,而是为了告知地上关于天堂的消息。(《卡拉马佐夫兄弟》)

甚至可以说,俄罗斯社会主义和虚无主义的问题——是解决末日的一切问题的启示录的问题。俄罗斯的革命的社会主义,从来也不是作为社会进程中过渡的状态,作为社会制度暂时的、相对的形式而被思考的。它总是被作为最终的状态,作为地上的上帝的国,作为解决人类的命运而被思考的。这不是经济问题,也不是政治问题,而首先是精神问题、宗教问题。

> 要知道,直到现在,那些俄罗斯男孩儿,我是说其中一些人,还在干些什么?比方说,这个肮脏的小酒馆,他们聚到这里,坐到一个角落……他们会谈论些什么?谈论的不是别的,而是世界性的问题:有没有上帝?有没有灵魂不死?而那些不信上帝的,就会谈起社会主义,谈起无政府主义,谈起按照新方案改造全人类等等。其实这些都是同样一个鬼玩意儿,是同样一些问题,只不过是从另一面来讲的。

这些俄罗斯男孩儿从来不擅长政治,不擅长创造和建立社会生活。在他们的脑袋里一切都是混淆的,并且在抛弃了上帝之后,他们从社会主义和无政府主义中又制造出一个上帝。他们想按照新的方案重新安排整个人类,并且不是把这视为相对的,而是视为绝对的使命。俄罗斯男孩儿是虚无主义的启示录主义者,他们始于在肮脏的小酒馆儿里进行无休止的谈话。很难相信,这些关于要用社会主义和无政府主义替代上帝、要按照新的方案重新安排整个人类的谈话会变成俄罗斯历史中具有决定性的力量,并且摧毁了**强大的俄罗斯**。俄罗斯男孩儿早就宣称如果没有上帝和不死,一切都是允许的。结果是,地上的幸福成了最终目的。俄罗斯虚无主义就是在这样的土壤上成长起来的,而这一虚无主义让许多天真的、有着善良愿望的人觉得是非常纯真可爱的现象。甚至有许多人在虚无主义里看到了道德真理,但这却是因思想的谬误导致的歪曲了的真理。甚至当弗·索洛维约夫这样戏谑地表述俄罗斯男孩儿的 credo① 的时候,他也不明白俄罗斯虚无主义的危险性:"人是从猴子变来的,因而我们将彼此相爱"。陀思妥耶夫斯基更深刻地洞察了俄

---

① 法语:信条。

罗斯虚无主义的秘密,并感觉到了它的危险性。他揭示了俄罗斯虚无主义的辩证法、隐秘的形而上学。

伊凡·卡拉马佐夫是俄罗斯虚无主义和无神论哲学家。他以一个崇高的理由宣布反对上帝和上帝创造的世界:他不能接受无辜受苦的婴孩的眼泪。伊凡极其尖锐而极端地向阿廖沙提出一个问题:"我要求你,直接告诉我,回答我,假如你自己要建造那样一座人类命运的大厦,其目的是使人最终得到幸福,给他们以和平与安宁,如果为此必须,而且不可避免地要面对使那么小的一个小人儿——那个最小的婴孩——小拳头捶着胸地痛苦,在他擦不干的眼泪上建造这座大厦,在这种条件下你是否同意成为那个建筑师?"伊凡在这里提出的是关于历史的代价这一永恒的问题,是关于是否容许以牺牲和痛苦为代价换取国家和文化的创造的问题。这就是俄罗斯的主要问题,是俄罗斯男孩儿给世界历史提出的"该死的问题"。在这一问题中倾注了俄罗斯整个的道德激情——脱离了宗教根源的道德激情。伊凡所宣称的俄罗斯的革命虚无主义的反抗就建立在这一道德问题上。

"说到底,我不接受这个上帝的世界,尽管我知道它存在,还是完全不能容忍它。我不是不接受上帝,我是不接受他创造的世界;不接受上帝的世界,也不能同意接受。"

"干吗要区分善和恶这鬼玩意儿——如果为了它要付出如此大的代价?就是全世界都辨了善恶,也不值这些向上帝祈祷的孩子的眼泪。"

"我完全拒绝最高的和谐。它不值哪怕只是一个受苦孩子的一滴眼泪,让他的小拳头捶着胸,在一个恶臭的狗窝似的小屋里以其无法补偿的眼泪向'上帝'祈祷……我不愿意人们再受苦难。如果孩子们的痛苦是换取真理所必需的痛苦,那么,我预先声明,所有真理也不值这个代价……我不要和谐,出于对人类的爱我不要……和谐要价太高了,我付不起这个入场券。因此我要赶紧把自己的入场券还回去……我不是不接受上帝,而只是恭恭敬敬地把入场券还给**他**。"

伊凡·卡拉马佐夫提出的问题是复杂的,其中交织着几个理由。陀思妥耶夫斯基通过伊凡·卡拉马佐夫之口审判了积极的进步论,审判了建筑在此前一代代人的痛苦和眼泪基础上的未来和谐的乌托邦。所有人类的进步,所有未来完善的制度,在每一个人的,哪怕是最罪恶的人的不幸的命运面前一文不值。这其中包含着基督教的真理。但伊凡提出的问题的尖锐性完全不在这里。他不是作为一个信仰生活的上帝意义的基督徒,而是作为一个否定生活的上帝意义的、从有限的人的观点只看到了无意义和不公正的无神论者和虚无主义者而提出这一问题的。这是反抗上帝创造的世界,这是不接受由上帝的意志决定的人的命运。这是人与上帝的争辩,这是人不愿意接受苦难与牺牲,不愿意把赎罪理解为生命的意义。伊凡·卡拉马佐夫的思想反抗过程是极端的理性主义的表现,是否定人的命运在短暂的、地上经验生活的范围内有不可理解的秘密。但是,在地上生活的范围内理性地理解为什么无辜的孩子受苦,这是不可能的,这一问题的提出本身就是无神论的和反宗教的。信仰上帝,信仰上帝创造的世界,就是信仰一切堕落的生物在地上流浪的命运中遭受的所有痛苦和磨难的深刻的隐秘的意义。拭干婴孩的眼泪,减轻他的痛苦,这是爱的事业。但伊凡的激情不是爱,而是造反。在他那里是一种虚伪的敏感,而不是爱。他之所以造反,是因为不相信不死,是因为对他来说一切都被这一无意义的经验生活、被无数的磨难与痛苦耗尽了。典型的俄罗斯男孩儿,他接受了西方的否定性假设定理,而在无神论中加以检验。

在俄罗斯人虚无主义的道德中缺乏道德个性的锤炼,伊凡·卡拉马佐夫——一个思想家、形而上学者、心理学家,就无数俄罗斯男孩儿、俄罗斯虚无主义和无神论者、社会主义和无政府主义者混沌模糊的感受进行了深刻的哲学论证。伊凡·卡拉马佐夫问题的基础是某种虚假的俄罗斯式的敏感、多愁善感,是虚假的对人的同情——这一同情导致对上帝、对世界生活的上帝意义的恨。俄罗斯人通常是出自虚假的道德主义的虚无主义造反者。俄罗斯人由于婴孩的眼泪而给上帝制造了一个麻烦,把入场券还给了上帝,否定一切历史遗产和价值,他忍受不了痛苦,不想有牺牲。但是,他却不做任何现实的事情以减少眼泪,反而使流泪的人更多;他搞革命,而革命的基础就是无数的眼泪和痛苦。面对生活可怖的面孔缺乏道德的严厉态度,缺乏牺牲精神,不能放弃任性。俄罗斯虚无主义道德家认为,他们比上帝更热爱人、同情人;他们修正了上帝对人和世界的思考。难以置信的觊觎、僭越是这一精神类型的典型特征。从俄罗斯男孩儿因婴孩的眼泪、人民的眼泪而给上帝制造的麻烦中,从他们在小酒馆的高尚的谈话中诞生了俄罗斯革命的思想体系。它的根基是无神论和不相信永生。由于不相信永生,于是产生了虚假的敏感和同情。反抗上帝的必然结果是,无限夸大人民的苦难,夸大建立在苦难基础上的国家和文化的恶。减轻人民苦难的愿望本身是公正的,其中显示着基督教的爱的精神。但这也把许多人引向歧途。人们没有发现俄罗斯的革命道德基础中的混淆和偷换,没有发现俄罗斯虚无主义的革命道德的反基督诱惑。陀思妥耶夫斯基发现了这一点,他揭开了关心人的福祉的虚无主义的精神本原,并预言了这一精神的胜利将导致的后果。陀思妥耶夫斯基明白,关于每一个人的个体命运这一重大问题的解决办法,在光明的宗教意识里与在伪宗教的黑暗的宗教意识里是完全不同的。

陀思妥耶夫斯基发现了俄罗斯人的天性是反基督诱惑的良好土壤。这是一个真正的发现,这一点使陀思妥耶夫斯基成为俄罗斯革命的先知和预言家,他具有天才的内在的洞察力,洞察俄罗斯革命和俄罗斯革命家的精神实质。本质上是启示录主义者和虚无主义者的俄罗斯革命家,受那个想要使人成为幸福的人的反基督的诱惑,他们也必定带领受他们诱惑的人民走向革命——给俄罗斯带来可怕的创伤的革命、把俄罗斯人的生活变成地狱的革命。俄罗斯的革命家们向往的是世界性的变革,在其中将焚烧整个旧世界——连同整个旧世界的恶与黑暗、历史遗产和价值,并将在废墟上建立一个一切人一切民族的美满富足的新生活。如果不是全世界都得到了幸福,俄罗斯革命家也不肯妥协。他们的意识是启示录式的,他们希望的是终结,是历史的结束,于是开始了超历史的进程,平等、自由和幸福的地上王国将在其中实现。任何过渡的、相对的东西,任何发展的阶段,这些意识在他们那里都是行不通的。俄罗斯革命的最高纲领主义也是独特的变了形的启示录主义。它的反面永远是虚无主义。虚无主义地消灭历史遗留下来的世界的一切多样性和相对性,不可避免地扩展到历史的绝对精神基础。俄罗斯虚无主义不接受历史过程的源头本身,因为其中是上帝创造的现实性;他们反抗上帝创造的世界,因为其中是被给定的历史、历史的不同阶段和不可避免的差别。陀思妥耶夫斯基本人也曾受俄罗斯最高纲领主义和俄罗斯宗教民粹主义的诱惑。但是在他身上也存在着正面的宗教力量、预言的力量,这帮助他发现和揭露俄罗斯的诱惑。由俄罗斯的无神论者伊凡·卡拉马佐夫讲述的、因其伟大的力量和深刻性而被比作圣书的《大法官的传说》,揭示了反基督诱惑的内在的辩证法。陀思妥耶夫斯基赋予了反基督以天主教的外衣,这一点不是他的本质性的错误,而应该归于他的弱点和不足。大法官的精神可以以各种各样的外衣和形式出现并产生影响,它具有相当强的演化再生能力。陀思妥耶夫斯基清楚地知道,大法官精神在俄罗斯社会主义中发挥着作用。革命的社会主义不是经济和政治的学说,不是社会改革的制度,它希望成为宗教,它是信仰——与基督教相对立的信仰。

社会主义宗教步大法官的后尘,接受基督以人精神自由的名义拒绝的三个诱惑。社会主义宗教接受石头变面包的诱惑、社会奇迹的诱惑、此世王国的诱惑。社会主义宗教不是自由的上帝之子的宗教,它否定人精神的优先地位,它是必然性的奴隶的宗教、卑微之子的宗教。社会主义宗教说着大法官的话:"所有的人都将成为幸福的人,所有的千百万人。""我们要强迫他们劳作,但是,我们要把他们劳作之余的闲暇生活安排得像孩子的游戏一样,有孩子般的歌声,有众人的合唱,有欢快的舞蹈。呵,我们还允许他们犯罪,因为他们是软弱无力的。""我们将给他们以软弱无力的生物的幸福,因为他们天生就是那样的生物。"社会主义宗教对基督的宗教说:"你以自己拣选的人为骄傲,但你那里只有被拣选的人,而我们安慰所有的人……我们这里,所有的人都将是幸福的……我们将使他们信服,只有那时,即他们拒绝自己的自由时,他们才是自由的。"社会主义宗教像大法官一样指责基督的宗教不够爱人,它以爱人、怜悯人的名义,以地上人的幸福和快乐的名义拒绝了有着上帝形象的人的自由的属性。天上面包的宗教——是贵族的宗教,是被拣选的人的宗教,是"几万伟大而有力的人"的宗教。"其余的千百万像大海里的沙子似的不计其数的软弱的人"的宗教——是地上的面包的宗教。这一宗教在自己的旗子上写着:"先给食物,再问他们道德。"陀思妥耶夫斯基天才地洞彻了社会主义蚂蚁窝的精神基础。他从宗教上意识到,社会主义的集体主义是伪"共同性"、伪教会,它带来的是人的个性的死亡,人身上的上帝形象的死亡,是人的精神自由的终结。陀思妥耶夫斯基说出了反对社会主义宗教的最有力、最火热的话语。正是他感觉到,对于俄罗斯人来说,社会主义是宗教,而不是政治,不是社会改革和社会建设。大法官的辩证法被运用于社会主义宗教,并且也被陀思妥耶夫斯基本人所运用,这一点,从他那里的许多革命者都重复着大法官的思想中就可以看出。彼·韦尔霍文斯基说着同样的话,希加廖夫主义也建立在这个基础上。这些思想也出现在《地下室手记》的主人公那里,当他谈论"那位一副挑衅的嘲笑的表情的绅士"时,这一位绅士是要打倒所有未来社会的幸福,踢翻未来完善的蚂蚁窝。《地下室手记》的主人公把这一社会主义的蚂蚁窝与人精神的自由对立起来。陀思妥耶夫斯基是社会主义宗教的敌人,是宗教谎言和社会主义宗教的危险性的揭露者。他是最先感觉到社会主义精神中的反基督性的人之一。他明白,在社会主义宗教中反基督精神以善和爱人的面貌诱惑着人。他也明白,由于本性中的启示录情绪,俄罗斯人比西方人更容易走向这一诱惑,更容易被反基督的两面性所迷惑。陀思妥耶夫斯基对社会主义的敌视,完全不是意味着他是某种"资本主义"制度的赞成者和维护者。他甚至宣扬一种独特的东正教的社会主义。但是东正教的社会主义的精神与革命的社会主义的精神没有任何共同之处,它们在一切方面都是对立的。作为一位乡土派(一译"根基派"——译注)作家和独特的斯拉夫主义者,陀思妥耶夫斯基在俄罗斯人民中找到了抵制革命的无神论的社会主义的解毒剂。他宣扬宗教民粹主义。我认为,所有这些宗教民粹主义的思想意识也好,斯拉夫-根基主义思想意识也好,都是陀思妥耶夫斯基的弱点所在,而不是他的力量所在,并且它们与他作为艺术家和形而上学者的天才的洞见处于矛盾之中。现在甚至可以坦率地说,陀思妥耶夫斯基错了,在俄罗斯人民中并没有抵制知识分子提出的社会主义宗教的反基督诱惑的解毒剂。俄罗斯革命彻底摧毁了一切宗教民粹主义以及各种民粹主义的幻想。不过,陀思妥耶夫斯基的幻想并没有妨碍他发现俄罗斯宗教社会主义的精神本质,并预言它将带来的后果。在《卡拉马佐夫兄弟》中给出了内在的辩证法,俄罗斯革命的形而上学。在《群魔》中则给出了这一辩证法实现的方式。

陀思妥耶夫斯基揭示了俄罗斯革命者身上的着魔性和恶魔性。① 他告诫说,在革命的自发力量中活动的不是人本身,控制着人的不是人的精神。在革命实现的那些日子里,如果你重读一下《群魔》,你会毛骨悚然,一种可怕的感觉会笼罩你。简直不可思议,怎么会有如此准确的预见和预言。在一个小城,在一个看来很小的范围内,早已排演了俄罗斯革命,早已暴露了那些精神本原,早已给出了那些精神原型。涅恰耶夫事件构成了《群魔》的情节来

---

① 意为:陀思妥耶夫斯基揭示了俄罗斯革命者被某种"鬼"附体,并具有了某种"恶魔"性。

源。我们的左翼圈子那时在《群魔》中看出了一幅讽刺画,认为它几乎是对革命运动和革命活动家的讽刺。于是,《群魔》被列入"进步"意识所批判的 index① 之中。只有在另一个意识层面——宗教意识层面才可以理解《群魔》的全部深刻性和真理性。这一深刻性和真理性摆脱了实证主义的意识。如果把这部小说看作现实主义的,那么其中有许多不真实的、不符合当时的实际情况的东西。但是陀思妥耶夫斯基的全部小说都不是真实的事件,它们全部是描写那个在现实的表面根本看不到的深度,它们全部是预言。人们把预言当成了讽刺。现在,在经验了俄罗斯革命之后,甚至陀思妥耶夫斯基的敌人也应当承认,《群魔》是一部预言书。陀思妥耶夫斯基以其宗教的洞察力预见到,俄罗斯革命只能是那个样子,而不可能是别的样子。他预见了革命中不可避免的恶魔性。在俄罗斯鞭身教的自发力量中起作用的俄罗斯虚无主义不可能不是疯狂的、旋风般打转的恶魔。在《群魔》中就描写了这股疯狂的旋风。小说中,这股旋风发生在一个小城里,而现在它发生在俄罗斯无边的大地上,同时,这股旋风的刮起源于同样的精神,源于同样的本原。现在俄罗斯革命的领导者向世界宣告了俄罗斯的革命弥赛亚主义,他们将来自东方的光明带给处于"资产阶级"黑暗之中的西方各民族。陀思妥耶夫斯基发现了俄罗斯的这一革命的弥赛亚主义,并认为它是某种正片②的底片,是扭曲了的启示录主义,是俄罗斯的那一正面的——宗教的而不是革命的——弥赛亚主义的反面。《群魔》的所有人物都以某种形式宣扬俄罗斯的革命弥赛亚主义,他们全被这一思想所控制。在摇摆不定和分裂的沙托夫那里,斯拉夫主义意识与革命意识混淆在一起。俄罗斯革命中到处都是那样的沙托夫。他们所有的人,包括陀思妥耶夫斯基的沙托夫,都准备疯狂地大声呼喊,俄罗斯革命的人民——是神意的载体。但是,上帝,他们是不

---

① 法语:书目。
② 指冲洗出来的照片。

信仰的。他们中的一些人也想信仰上帝——但是却办不到,大多数人安于信仰"神意的载体"的革命人民。在典型的民粹主义者沙托夫身上混杂着革命的因素和反动的、"黑帮势力"的因素。这也是很典型的。沙托夫可以是极端的左派,也可以是极端的右派,但是无论在哪种情况下,他都是人民的热爱者,是首先信仰人民的民主主义者。这样的沙托夫在俄罗斯革命中到处都是。在他们所有人那里,你搞不清楚,他们极端左的东西和革命性在哪里结束,而他们极端右的东西和反动性又在哪里开始。他们永远是文化的敌人,真理的敌人,永远要消灭人的自由。这是因为他们确信,俄罗斯高于一切文化,没有任何律法是为俄罗斯而写的。① 但是,这些人却又情愿以俄罗斯弥赛亚主义的名义消灭俄罗斯。在陀思妥耶夫斯基那里有一种对沙托夫的偏爱,他在自己身上感觉到了某种沙托夫的诱惑。但是凭借自己艺术的洞察力,他把沙托夫塑造成一个被丢弃了的否定的形象。

彼·韦尔霍文斯基的形象是革命恶魔的中心形象,是俄罗斯革命的一个主要魔鬼。陀思妥耶夫斯基揭露了在现实中被掩盖的、看不见的革命恶魔的深层。彼·韦尔霍文斯基也可能有一个颇为仪表堂堂的外貌,但是陀思妥耶夫斯基撕下了他的外衣,揭示了他的灵魂,于是革命恶魔的形象完全暴露了它的丑陋。他整个被魔鬼控制而处于震颤狂乱之中,同时他也把所有人都拖入疯狂的旋风中。他在所有地方都是中心,操心所有的事,操心所有的人。他,是一个潜入到所有人体内、控制所有人的鬼,但他本人也是被鬼附体的。彼·韦尔霍文斯基首先是一个精神完全空虚的人,在他身上没有任何内容。许多妖魔彻底控制了他,把他变成了顺从的工具。他不再是"类上帝"的形象,在他身上已经失去了人的面孔。由于虚假的思想的控制,彼·韦尔霍文斯基变成了一个道德上的白痴。他被世界革命、改造全世界的思想所控制,陷入了谎言的诱惑中,妖魔主宰

---

① 意为:对于俄罗斯不存在任何律法。

了他的灵魂,使他失去了最基本的区分善恶的能力,失去了精神中心。在彼·韦尔霍文斯基的形象中我们看到的是已经分裂的个性,在这个堕落的个性中已经触摸不到任何本体的东西。他整个人就是一个谎言和欺骗,他又把所有人都带入欺骗之中,陷入了谎言的王国。恶是存在的谎言性,是伪存在,是不存在,是虚无。陀思妥耶夫斯基揭示了整个攫住了人、使人疯狂的虚假的思想怎样导致虚无,导致个性的分裂。当虚假的思想完全控制了人的时候会产生什么样的本体论后果——陀思妥耶夫斯基是考察这后果的大师。究竟是一个什么样的思想完全控制了彼·韦尔霍文斯基,从而使他个性分裂,使他成为一个撒谎者和一个到处散布谎言的人? 这就是那个俄罗斯虚无主义、俄罗斯社会主义、俄罗斯最高纲领主义的基本思想,是那种渴望世界平等的地狱般的激情,是以全世界人类幸福的名义对上帝的反抗,是以反基督的王国代替基督的王国。在俄罗斯革命中有许多魔鬼似的韦尔霍文斯基。他们到处试图把人拖进魔鬼的旋风般的运动中,他们使整个俄罗斯民族充满谎言,并把它拖入虚无之中。但是,并不是总能辨认出这些韦尔霍文斯基,不是所有人都能透过外表洞察深处。革命的赫列斯塔科夫们比韦尔霍文斯基更容易被区分出来,但是,就是赫列斯塔科夫们也不是所有的人都能辨认出来,群众还会抬高他们,给他们戴上桂冠。

  陀思妥耶夫斯基预见到,俄罗斯的革命将是悲惨的、可怕的和黑暗的,其中将不会有民族的复兴。他明白,苦役犯费季卡将在其中起不小的作用,取胜的将是希加廖夫主义。彼·韦尔霍文斯基早就发现了苦役犯费季卡对于俄罗斯革命的价值。而且,完全取胜的俄罗斯革命的思想体系就是希加廖夫主义的思想体系。今天我们读到韦尔霍文斯基的这些话简直觉得太可怕了:"实质上,我们的学说是否定荣誉。用'有权公开无耻'的说法就可以轻易地吸引俄罗斯人跟你走。"还有斯塔夫罗金的话:"有权无耻——是的,这就足以让所有的人都朝我们跑来,那儿一个也不剩!"俄罗斯革命宣扬的就是"有权无耻",而且,还真是所有的人都跟它跑了。还有非常重要的话:"社会主义在我们这里得以流行,主要是由于过分多愁善感。"无耻和多愁善感——就是俄罗斯社会主义的主要因素。被陀思妥耶夫斯基所预见到的这些因素在革命中取得了胜利。彼·韦尔霍文斯基看到了"纯洁的骗子"在革命中将起什么作用。"不过,这些是好人,有时也很有用,但是,要在他们身上花费太多的时间,对他们需要不懈地监督。"彼·韦尔霍文斯基继续思考俄罗斯革命的要素,说道:

> 最主要的力量——是能把所有的人都粘在一起的胶泥,这个胶泥就是,人们羞于表达个人意见,这就是力量。这个人这样做,那个"讨人喜欢的人"也这样做,于是,没有任何一个人的脑袋里还会剩**一丁点儿**个人的思想了。大家都尊敬这种害羞。

这是非常深刻的对革命的俄罗斯的洞察。在俄罗斯革命思想中永远是"羞于表达个人意见",这个羞怯在我们这儿被认为是集体主义意识,一种比个人意识更高尚的意识。在俄罗斯革命中所有个人的思维能力都彻底消失了,思维完全成为一种无个性的、大众化的东西。去读一读革命的报纸,听一听革命的演讲,你就可以证实彼·韦尔霍文斯基的话。有人正辛苦地工作,为的是让"没有任何一个人的脑袋里还剩**一丁点儿**个人的思想"。俄罗斯革命的弥赛亚把自己的思想和主张提供给资产阶级的西方。在俄罗斯一切都应该是集体的、大众的、无个性的。俄罗斯革命的弥赛亚是希加廖夫主义。希加廖夫主义推动并控制着俄罗斯革命。

> 希加廖夫这样期待着,仿佛等待着世界的毁灭,不是等待如预言所说的世界的毁灭,因为预言也许不会成真,而是完全确定一定会是这样,就像是在后天早上,十一点二十五分整。

所有的俄罗斯的最高纲领主义类型的革命者都是这样期待着，像希加廖夫一样，所有人都等待着旧世界在后天早上灭亡。而那个在旧世界的废墟上将出现的新世界就是希加廖夫主义的世界。希加廖夫说："我的出发点是无限自由，结论是无限专制。但我还要补充一点，除了我这个解决社会问题的公式之外，别无他法。"所有革命的希加廖夫是这样说的，也是这样做的。彼·韦尔霍文斯基这样向斯塔夫罗金总结希加廖夫主义的实质：

> 把山铲平——一个不错的思想，没有什么可笑的。不需要教育，科学也够了！即使没有科学，光物质也够用一千年的，但要有顺从……教育的渴望已经是贵族的渴望。哪怕一点点的家庭或爱情什么的，就已经是占有欲之类的愿望了。我们要消灭、整死愿望；我们允许纵酒，允许诽谤，允许告密；我们允许闻所未闻的道德败坏；我们把所有的天才扼杀在摇篮之中。所有的人都是一个分母，完全平等……只有必然的才是必需的——这，就是这里——地球上今后的格言。不过，骚乱一下也是需要的，这个，我们，统治者也要考虑。对于奴隶来说统治者是必需的。完全的顺从，完全的无个性，不过，希加廖夫让人们三十年一次地骚乱一下，所有的人马上就开始互相撕咬起来，疯狂到了极点，不过，这仅仅是为了不让人们感到寂寞。寂寞是贵族的感觉。

在这些通过彼·韦尔霍文斯基之口说出的具有惊人的预见力的话语里，陀思妥耶夫斯基使一切都与大法官的思想接通了。这证明，在《大法官的传说》中，陀思妥耶夫斯基在相当程度上指的是社会主义。陀思妥耶夫斯基揭露了革命中的民主的一切虚幻性。任何民主也不存在，掌权的是专横的少数。但是世界历史上闻所未闻的这一专制将建立在普遍平等的基础上。希加廖夫主义就是对平等——彻底的平等、极端的平等、无个性的平等的疯狂的渴望。极度的社会幻想会导致取消现实及其所有的丰富性,它在幻想家那里转化为恶。社会幻想并非完全是无害的。陀思妥耶夫斯基持这样的观点。俄罗斯革命社会主义的幻想就是希加廖夫主义。这一幻想以平等的名义要消灭上帝和上帝创造的世界。俄罗斯革命的"发展和深化"就是以这样一种专制和绝对平等而告终,而俄罗斯知识分子金色的梦想和夙愿也在这样一种专制和绝对平等中得到实现。这是希加廖夫主义王国的梦想与夙愿。许多人想象的要比它在现实中的这个样子美妙得多。胜利的欢呼让许多天真无邪、心地纯厚、向往社会主义革命的俄罗斯社会主义者发窘:

> 每一个人属于大家,而大家属于每一个人。所有的人都是奴隶,在奴役中人人平等……首要的事情是降低教育、科学和才智的水平。高水平的科学和才智只有高天赋才能达到,不需要高天赋!

陀思妥耶夫斯基比公认的俄罗斯知识分子的导师要敏锐得多,他知道,俄罗斯的革命精神,俄罗斯的社会主义必将在自己胜利的时刻高呼着希加廖夫的这些口号而告终。

陀思妥耶夫斯基不仅预见了希加廖夫主义的胜利,还预见了斯麦尔佳科夫主义的胜利。他知道,在俄罗斯将会出现奴才,并且在我们的祖国生死攸关的时刻,他会说:"我恨整个俄罗斯","我不仅不想成为军队的骠骑兵,相反我想消灭所有的士兵"。而对"当敌人来了,谁来保卫我们?"这一问题,造反的奴才回答说:

> 在12年(指1812年——译注)的时候,法兰西第一帝国的皇帝拿破仑对俄罗斯进行了伟大的侵略,假使那时候这些法国人把我们征服了才好呢:一个聪明的民族本该征服十分愚蠢的人,归并他们。如果那样,将完全是另一种局面。

战争时期的失败主义就是那样一种斯麦尔佳科夫主义。正是斯麦尔佳科夫主义导致现在"聪明的德国民族"要征服"愚蠢的"俄罗斯民族。奴才斯麦尔佳科夫是我们这里第一批国际主义者,而我们整个的国际主义者都具有了斯麦尔佳科夫的习性。斯麦尔佳科夫提出了有权无耻,于是有许多人就跟着他跑了。斯麦尔佳科夫是伊凡·卡拉马佐夫的另一半,是他的反面——陀思陀耶夫斯基在这一点上是多么深刻。伊凡·卡拉马佐夫和斯麦尔佳科夫是俄罗斯虚无主义的两种现象,是同一本质的两个方面。伊凡·卡拉马佐夫是虚无主义的高级的哲学上的现象;斯麦尔佳科夫是虚无主义的低级的奴才的现象。在高级的智力生活中的伊凡·卡拉马佐夫产生了低级生活中的斯麦尔佳科夫。斯麦尔佳科夫将伊凡·卡拉马佐夫的无神论的辩证法付诸实现。斯麦尔佳科夫是伊凡内在的惩罚。在各种人群中,在人民群众中,斯麦尔佳科夫比伊凡多;在作为群众运动的人数众多的革命中,斯麦尔佳科夫比伊凡多。在革命中取胜的是伊凡·卡拉马佐夫的无神论的辩证法,但实现它的是斯麦尔佳科夫,是他把"一切都是允许的"这一思想付诸实践。伊凡在精神中、在思想中完成了犯罪;斯麦尔佳科夫在实践中完成了犯罪,实现了伊凡的思想。伊凡在思想中实施了杀父,斯麦尔佳科夫在肉体上、在事实上实施了杀父。无神论的革命不可避免地实施杀父,它常常是否定父亲,割断儿子与父亲的联系,并且以父亲是恶人、罪人的理由为这一罪行辩护。儿子对父亲的这种极端的态度就是斯麦尔佳科夫主义。斯麦尔佳科夫主义是下流行为的最高表现。斯麦尔佳科夫在现实中完成了伊凡在思想中完成的事情之后,他问伊凡:"你当时不是亲口说,一切都是允许的么,而**现在**为什么你**自己**这样一个劲儿使劲儿哆嗦?"斯麦尔佳科夫向伊凡提的这个问题在俄罗斯革命中也重复着。革命的斯麦尔佳科夫们,在实践中实现了伊凡"一切都是允许的"思想之后,有理由问革命的伊凡们:"**现在**为什么你们**自己**这样一个劲儿使劲儿哆嗦?"陀思妥耶夫斯基预见到,斯麦尔佳科夫将会痛恨教给他无神论和虚无主义的伊凡。当今时代这一仇恨在"人民"与"知识分子"之间愈演愈烈。斯麦尔佳科夫与伊凡之间的整个悲剧是俄罗斯革命的激烈的悲剧的独特的象征。为了人类的最高幸福,是否一切都是允许的?这一问题已经摆在了拉斯科尔尼科夫的面前。佐西马长老说:"实在地,他们比我们有更多的幻想。他们希望建立公正的生活,但是,一旦否定了基督,这一幻想必将以鲜血遍地而告终。因为必然是以血还血,以牙还牙。如果没有基督的约言,那么,甚至地球上只剩下两个人,也必定会相互残杀。"这些话——是预言!

> 人们结合,为的是获取所有生命能给予的东西,但一定是仅仅为了此世的幸福和快乐。人具有神的精神,撒旦的骄傲,是人神……每一个人都会知道,他必定一死,整个儿地死去,没有复活,于是他就自豪地、平静地接受死亡,像上帝那样。他出于骄傲而知道,"生命只是倏忽一现的",他对此没有什么好抱怨的,于是已经是不要任何回报地爱起自己的兄弟。爱只是使生命的一个瞬间得到满足,但是,生命是倏忽一现的——单单这一意识就足以使生命之火猛烈起来,先前由于期待着死后的永恒的爱而生命已经消散,这时比那时却更猛烈。

这是鬼对伊凡说的。这些话显示了一个折磨着陀思妥耶夫斯基的思想:对人的爱可以是"没有上帝"的爱和反基督的爱。这种爱是革命的社会主义的基础。这一"没有上帝"的、建立在反基督的爱的基础上的爱的形象,由维尔西洛夫呈现出来:

> 我觉得,斗争平息了。咒骂、劣迹、喧嚣之后,一切都平静了。像人们希望的那样,人类只剩下了人类自己了:他们放弃了以前伟大的思想,这滋养温暖他们的伟大力量的源泉正远离他们,但这仿佛已经是人类的末日。人们突然明白了,他们真的只剩下他们自己了,因此,一下子感到了一种巨大的孤独

……孤寂的人们马上就会更加紧密、更加相亲相爱地互相依偎;在明白了现在只有他们彼此构成一切之后,他们会相互携起手来!如果不死的伟大思想消失了,会有东西替代它的……在他们逐渐意识到自己的短暂和有限时,他们会不可抑制地热爱起土地、热爱起生命,这已经是一种特别的、不是从前的那种爱了……他们早晨醒来,会马上相互亲吻、相互关爱,因为他们意识到,白天是短暂的,意识到,这就是他们现在拥有的一切。他们会为彼此操劳、工作,每一个人都会为所有的人贡献出自己的所有并以此为幸福。

在这一幻想中揭示的是没有上帝的社会主义的形而上学和心理学。陀思妥耶夫斯基生动地描绘了反基督之爱的现象。没有人像他这样懂得,社会主义的精神基础是否定永生,社会主义的激情是希望在地上建立一个上帝缺席的上帝之国,实现没有基督——爱的源泉——的人与人的爱。就这样,他揭露了人道主义的宗教谎言的最高表现。人道主义的社会主义导致取消作为上帝形象的人,反对人的精神自由,不能容忍自由的体验。陀思妥耶夫斯基以前所未有的尖锐提出了关于人的宗教问题,并把这一问题与社会主义问题,与人在地上的联合与安排问题加以比较。这样,他揭示了在俄罗斯人、俄罗斯民族的灵魂中基督与反基督的相遇和混淆。俄罗斯民族的启示录情绪使得这一相遇和混淆变得尤其尖锐和具有悲剧性。陀思妥耶夫斯基预感到,如果俄罗斯发生革命,那么这将是反基督的辩证法的实现。俄罗斯的社会主义将是与基督教对立的启示录学说。陀思妥耶夫斯基比所有人看得更深远。但他本人也没有摆脱俄罗斯民粹主义的幻想。他的俄罗斯基督教在许多方面给了康·列昂季耶夫称他的基督教为玫瑰色的基督教以口实。这一玫瑰色的基督教和玫瑰色的民粹主义更多地在不能认为是完全成功的佐西马和阿廖沙的形象中表现出来。陀思妥耶夫斯基伟大的正面发现是通过否定的方式、否定的艺术辩证法实现的。他关于俄罗斯所讲的真理,不是甜得腻人的、玫瑰色的爱人民、景仰人民的真理,而是悲剧性的真理,是关于反基督对精神实质上是启示录民族的诱惑的真理。陀思妥耶夫斯基本人也被教会的民族主义所诱惑,这一民族主义妨碍俄罗斯人民走向辽阔的宇宙。陀思妥耶夫斯基的民粹主义在俄罗斯革命中遭到了破产。他正面的预言并没有实现,但他关于俄罗斯的诱惑的预言实现了。

三、俄罗斯革命中的托尔斯泰

在托尔斯泰身上没有任何先知的东西,他什么也没有预感到,什么也没有预见到。作为艺术家,他是面向静止的过去的。在他身上缺乏对人性中的骚动的敏锐感觉,而在陀思妥耶夫斯基那里这一点却异常强烈。但是,在俄罗斯的革命中取胜的不是托尔斯泰的艺术洞见,而是他的道德判断。托尔斯泰作为生活真理的探索者,作为道德家和宗教上的导师,对于俄罗斯和俄罗斯人是十分典型的。狭义上的、赞同托尔斯泰学说的托尔斯泰主义者很少,他们是一个微不足道的现象。但广义上的、非学说意义上的托尔斯泰主义对于俄罗斯人是非常典型的,它决定了俄罗斯的道德评价。托尔斯泰不是俄罗斯左派知识分子的直接的导师,他们与托尔斯泰的宗教学说是格格不入的。但是,托尔斯泰捕捉到并表达了大部分俄罗斯知识分子,也许甚至是一般的俄罗斯人的道德性格的独特性。俄罗斯革命就是独特的托尔斯泰主义的胜利。在革命中深深地打上了俄罗斯的托尔斯泰道德主义和俄罗斯的非道德性的烙印。在俄罗斯的道德主义和俄罗斯的非道德性之间有着紧密联系,是同一道德意识的疾病的两面。在否定个人的道德责任和个人的道德自律中,在责任感和荣誉感不健全的发展中,在选择个人品质时道德价值意识的缺乏中,我首先看到了俄罗斯道德意识的疾病。俄罗斯人在相当程度上感觉不到自己在道德上应该是有责任能力的,他们也很少尊重个性品质。这与个性本身浸没在集体之中,与个性还没有被意识到、没有得到充分的发展有关。道德意识的这种状态产生了一系列不满:对命运、对历史、对政权、对文化遗产的不满,对于该个性来说这些都是理解不了的、不能接受的。俄罗斯人的道德倾向的特点不是健康的责任能力,而是病态的不满。俄罗斯人感觉不到权利与责任之间不可割裂的联系,在他们那里权利意识与责任意识都是混沌一片,俄罗斯人淹没在无责任的集体主义和对所有人的不满中。俄罗斯人最难感觉到自己就是自己命运的主宰者。他们不喜欢那些使个性生活得以提高的品质,不喜欢力量。任何使生活得以提高的力量对于俄罗斯人来说都是道德上比善更值得怀疑的恶。还有,俄罗斯人从道德上怀疑文化的价值,也与这种独特的道德意识相联系。面对所有的高级文化,他们都提出一系列的道德要求,而感觉不到创造文化的责任。俄罗斯道德意识的所有这些特点与疾病是产生托尔斯泰学说的良好土壤。

  托尔斯泰是个人主义者,而且是极端的个人主义者。他完全是反社会的,对于他来说不存在社会性问题。托尔斯泰的道德也具有个人主义性质。但以此便得出结论,认为托尔斯泰的道德是建立在明确坚实的个性意识的基础之上的,那就错了。托尔斯泰的个人主义是坚决与个性为敌的,这就像个人主义常有的情形一样。托尔斯泰看不到人的面孔,也辨认不出人的面孔。他整个儿浸没在自然的集体主义中,对于他来说,那是一种神性的生活。个性生活对于他来说不是真正的神性生活,而是虚假的此世生活;真正的神性生活是没有个性的共同的生活,其中一切质的差别,一切级差都消失了。托尔斯泰的道德意识,要求不再有作为存在本身、质的存在的人,而只有共同的、没有质的区别的神性生活,只有在没有个性的神性生活中的一切人一切事物的平等。托尔斯泰认为,只有将所有的个性和各种存在的质消灭在没有个性与质的共性中,才是实现了生活的**主宰者**之准则(主的律法)。个性、质性已经是罪与恶。因此托尔斯泰想彻底消灭与个性、与质性有关的一切。这是他身上与西方的基督教相对立的东方的佛教的情结。结果,托尔斯泰成为充满道德激情的虚无主义者。他的道德主义是真正的恶魔,消灭了存在的一切丰富性。托尔斯泰的财产平均主义的、虚无主义的激情把他引向取消一切精神现实、一切真实的本体。托尔斯泰的过分的道德要求,使一切都变得模糊不清,以致它怀疑与贬低历史现实、教会现实、国家现实、民族性现实、个性现实和一切超个性价值的现实、一切精神生活的现实。对于托尔斯泰来说,一切都成为道德上应当受谴责的和不能接受的,一切都是以牺牲和痛苦为基础的,他对于这些牺牲与痛苦怀有一种纯粹动物性的恐惧。在整个儿世界历史上我还不知道有哪位天才与整个儿精神生活如此格格不入。他整个儿被浸没在肉体－灵魂的生活中,动物性的生活中。整个儿托尔斯泰的宗教是要求一种共同的温和的动物性的、摆脱了一切苦难的、满足感的宗教。在基督教世界我不知道还有谁像托尔斯泰一样,与赎罪思想本身如此格格不入和对立,如此不理解各各他的秘密。为了所有人的动物般的幸福的生活,他否弃了个性,否弃了整个超个性的价值。事实上,个性与超个性价值是相互联系的。个性之所以存在,是因为在它身上有超个性的、珍贵的内涵,因为它属于有级差的世界,在这个世界中存在着质的区分与差别。个性之天性不能忍受混合与无质的差别的平均。在基督对人的爱中最少这种混合与无质的差别的平均,却有无限深刻的对在上帝之中的所有人的面孔的肯定。托尔斯泰不知道这一点,所以他的道德是低级的、不能与人分享的虚无主义者的道德。尼采的道德远远高于托尔斯泰的道德,比托尔斯泰的道德更具精神性。托尔斯泰道德的高度是伟大的欺骗,这应当被揭露。托尔斯泰妨碍道德上负有责任的个性在俄罗斯的产生和发展,妨碍个人品质的选择,因此他是俄罗斯的恶之天才,是俄罗斯的诱惑者。在他身上实现了俄罗斯的道德主义和俄罗斯的虚无主义的相逢,实现了为诱惑了许多人的俄罗斯虚无主义的宗教道德的辩护。在他身上对于俄罗斯的命运是如此致命的俄罗斯民粹主义也获得了宗教表达和道德辩护。几乎所有俄罗斯知识分子都承认托尔斯泰的道德判断是最高尚的道德判断,人也只能达到这样一个高度了。人们甚至认为这些道德判断太高尚了,因此认为自己不配它们,也无力达到它们的高度。但很少有人怀疑托尔斯泰道德意识的高度。同时,对托尔斯泰这一道德意识的接受,带来的是掠夺与消灭最伟大的历史遗产与价值、最伟大的精神现实;带来的是个性的死亡和上帝的死亡,陷入了没有个性的、中性化了的神性。我们还没有足够严肃、深刻地对待具有诱惑性的托尔斯泰的道德谎言。陀思妥耶夫斯基的预言般的洞见应当是对抗这一谎言的解毒剂。托尔斯泰道德在俄罗斯革命中占了上风,但不是以托尔斯泰本人所想的那样闲情逸致、充满爱意的方式。也许,托尔斯泰本人也会对自己的道德判断的这一化身感到惊惧。但是,他曾经想的,要比现在正在发生的多得多。是他激发了那些控制了革命的精神,而他本人也被这些精神所控制。

托尔斯泰是个极端主义者。他拒绝一切历史继承性。他不想接受任何历史发展的阶梯。在俄罗斯革命中实现了托尔斯泰的这一极端性。革命以极端主义的消灭道德的方式向前推进着,它充满了对所有历史事物的仇恨。在托尔斯泰极端主义精神中,俄罗斯革命想要把每一个人从他们有机地融于其中的世界与历史的整体中抛出去,把他们变为原子,以便使他们在无个性的集体中不停地旋转。托尔斯泰否定历史和历史使命,他割裂了与历史的伟大过去的联系,也不要历史伟大的未来。在这一点上俄罗斯革命忠实于他。革命切断了与过去的历史遗训和未来的历史使命的联系。革命不期望俄罗斯民族依靠历史生活过活。像托尔斯泰一样,在俄罗斯革命中,这一极端主义的对世界历史的否定诞生于欣喜若狂的均产主义的激情。应当是绝对的平均,尽管是无个性的平均!历史上的世界——是有级差的,它整个儿是由不同的台阶构成的,它是复杂而多样的,其中有分别和距离,有质的不同与分化。所有这一切都是俄罗斯革命所憎恨的,也是托尔斯泰所憎恨的。它想把历史上的世界变为单调的、平均的、简化的,去掉一切质和色彩。而托尔斯泰把这作为最高的真理来教导人们。历史世界分解为原子,原子被迫连结在无个性的集体中。

"不割地不赔款",这也是抽象地否定一切正面的历史任务。因为事实上所有历史任务都要求"割地与赔款",要求为具体的历史个性而斗争,要求合并与分解历史整体性,要求历史躯体的繁荣与衰落。

托尔斯泰使俄罗斯知识分子习惯于憎恨一切历史个性和历史级差。他是俄罗斯天性的那一面——对历史力量与历史光荣怀有一种厌恶——的表达者。他使人们习惯于肤浅而简单地对历史进行道德评判,并把个性生活的道德范畴变为历史生活。这样一来,他从道德上动摇了俄罗斯民族生活在历史生活中的可能性和完成自己的历史命运和历史弥赛亚的可能性。他从道德上为俄罗斯民族准备好了历史自杀。他折断了俄罗斯民族作为历史的民族的翅膀,从道德上毒害了一切历史创造热情的源泉。俄罗斯输掉了世界大战,因为在战争中托尔斯泰的战争道德评判占了上风。托尔斯泰的道德评判在暴风雨般的世界斗争中,除了变节行为和动物的自私自利没有被削弱外,它削弱了整个俄罗斯民族。托尔斯泰道德缴了俄罗斯的械,把它送到了敌人手上。托尔斯泰的勿以暴力抗恶、消极被动曾使那些为通过革命而完成的俄罗斯民族的历史自杀唱颂歌的人们如此痴迷与激动不已。托尔斯泰是俄罗斯民族性格中勿以暴力抗恶和消极被动的一面的表达者。托尔斯泰的道德使俄罗斯民族变得虚弱,使它在严酷的历史斗争中失去了勇气,却留下了人不可克服的动物本性和人最基本的本能。这一道德扼杀了俄罗斯民族的力量和荣誉本能,却留下了自私自利、嫉妒和仇恨的本能。这一道德无力改变人性,却可以削弱人性,使它变得暗淡无光,损害了人的创造本性。

从道德唯心主义原理来看,托尔斯泰是极端的无政府主义,一切国家组织的敌人。他拒绝国家,认为它建立在牺牲和痛苦的基础之上,并在其中看到了恶的源头,对于他来说,恶通向暴力。托尔斯泰的无政府主义、托尔斯泰对国家的仇视同样在俄罗斯民族中取得了胜利。托尔斯泰实际上是俄罗斯民族反国家的、无政府主义的本能的表达者。他给予这一本能以宗教道德的赞许。他是俄罗斯国家崩溃的肇事者之一。托尔斯泰还是一切文化的敌人。文化对于他来说,是建立在不公平与暴力的基础之上,其中有我们生活的一切恶的源头。本来,人按自然本性来说是善的,并按照生活的**主宰者**的规律愉快而顺从地生活。文化的产生、国家的产生,是堕落,是从自然的上帝的秩序中的坠落,是恶的开端,是暴力。托尔斯泰与原罪感,与人性本恶完全格格不入。因此,他不需要在宗教中赎罪,也不懂得它。他感觉不到人性中的恶,因为他感觉不到人性的自由和人性的独特,感觉不到个性。他陷入了无个性的、非人的本性之中,并在其中寻找上帝的公平的源头。在这一点上,他实际上成了俄罗斯革命哲学的源头。俄罗斯革命敌视文化,它想使人民的生活回到原始状态,在这一状态中可以看到天真的公道和快乐。俄罗斯革命想要消灭我们的整个文化阶层,把它淹没在原始的人民的黑暗之中。因此托尔斯泰是俄罗斯文化毁灭的肇事者之一。他从道德上动摇了文化创造的可能性,毒害了创造的源头。他用道德上的犹豫毒害了俄罗斯人,使他们在历史和文化活动中软弱无力、失去能力。托尔斯泰是生活之井的真正的投毒者。托尔斯泰的道德上的犹豫怀疑是真正的毒药、毒品,毒害着一切创造的动力,挖着生活的墙角。这一道德犹豫怀疑与基督教的原罪感和基督教的忏悔需求没有任何共同之处。对于托尔斯泰来说,不存在什么罪,也不存在什么使人性获得新生的忏悔。对于他来说只存在软弱无力的、令人不快的犹豫怀疑,但是,犹豫怀疑是反对上帝创造的世界的造反的反面。托尔斯泰把普通民众理想化了,在他们身上看到了正义的源泉,把体力劳动偶像化,在其中寻找对无意义生活的拯救。但他却鄙视一切精神劳动和创造。托尔斯泰批评的所有锋芒都是针对文化建设。托尔斯泰的这些道德评判同样在俄罗斯革命中取胜,革命抬高体力劳动的代表,贬低精神劳动的代表。托尔斯泰的民粹主义,他的否定劳动分工,奠定了革命的道德判断的基础——如果仅就革命的道德判断来讲的话。事实上,托尔斯泰对于俄罗斯革命具有的意义,不比卢梭对于法国革命具有的意义小。公正、暴力、流血吓坏了托尔斯泰,他想象的是以另外一种方式实现自己的思想。但要知道,就是卢梭也被罗伯斯庇尔的所作所为和革命的恐怖手段吓坏了。但卢梭同样要为法国革命负责,就像托尔斯泰要为俄罗斯革命负责一样。我甚至认为,托尔斯泰的学说比卢梭的学说更具毁灭性。因为托尔斯泰从道德上使得实现**强大的**俄罗斯成为不可能。他为摧毁俄罗斯做了太多的事情。但在这一自杀性的事业中,他是一个俄罗斯人,在他的身上显示着可怕的不幸的俄罗斯特征。托尔斯泰是俄罗斯的诱惑之一。

广义上的托尔斯泰主义是俄罗斯内部的危险,它具有高尚的善的面孔。这一诱惑人的虚假的善、伪善,这一令人不快的神圣、伪神圣,只能是从内部瓦解了俄罗斯的力量。托尔斯泰的学说诱惑并号召人们走向极端的完善,走向彻底实施善的法则。但托尔斯泰的这一完善,因为是如此的具有毁灭性,如此地虚无主义,如此地敌视所有的价值,如此地与任何一种创造不相容,因此这一完善是没有神恩的完善。托尔斯泰所向往的神圣,是一种可怕的没有神恩的、离弃上帝的神圣,因而是一种虚假的、恶的神圣。神赐的神圣不可能实施这样的毁灭,不可能是虚无主义的。在真正的圣徒那里是生命的祝福,是仁慈。这祝福、这仁慈,首先在基督那里。在托尔斯泰的精神中没有任何来自基督精神的东西。托尔斯泰要求刻不容缓地、完全地在受不良的**自然属性**的规律支配的地上生活中实现绝对的东西、绝对的善,而不能容忍相对的东西,消灭一切相对的东西。他是如此想把整个人类存在从世界整体中抛出去,使其陷入虚无,陷入消极的绝对的无中。而那个绝对的生活却只是低级的动物的生活,是在体力劳动和最简单的需要的满足中度过的生活。俄罗斯革命想要使整个俄罗斯和所有的俄罗斯人都陷入这样一种消极的绝对、无意义和虚无主义中。向往没有神恩的完善,将导致虚无主义。

取消相对的权利——即整个生活的多样性、历史所有的阶梯,最终是使绝对生活失去源泉,失去绝对精神。宗教天才使徒保罗早前就明白把基督教变为犹太人的启示录宗教的危险性,承认并把相对的等级权利神圣化,把基督教引入了世界历史的潮流。托尔斯泰首先是反对圣徒保罗的事业。托尔斯泰主义的谎言与虚构性连同其不可分割的辩证法在俄罗斯革命中得到发展。在革命中人民因自己的诱惑、自己的错误、自己虚假的评判而吃尽苦头。这给出了许多教训,但为这教训付出了太昂贵的代价。必须摆脱作为道德导师的托尔斯泰。克服托尔斯泰主义就是俄罗斯精神上的康复,是俄罗斯从死走向生、走向创造的可能性,在世界上实现弥赛亚的可能性。

四、结论

俄罗斯人倾向于外在地而不是内在地感受一切。这很容易造成精神上的奴隶状态。在所有情况下,这都是精神发育不充分的标志。数量众多的俄罗斯知识分子从来没有内在地理解国家、教会、祖国和高级的精神生活。所有这些价值对于他们来说是外在遥远的,在他们身上引起敌对的感情,是某种异己的和强制的东西。俄罗斯知识分子从来不把历史和历史命运作为内在于自己的东西来体验,作为自己特殊的事件来体验,这就导致了把历史作为对自己实施的暴力的东西加以反对。而在广大民众中,外在的体验还伴随着宗教崇拜和宗教顺从感。这样,一个外在的巨大的俄罗斯的存在就成为可能。但是这个外在的体验没有转变成对珍贵和有价值的东西的内在体验。结果,一切都成了外在的,不过,这时在自己身上引起的已经不是虔敬的顺从的态度,而是虚无主义的和反抗的态度。革命是从虔敬的外在景仰走向病态的、灾难性的、针对外在东西的虚无主义的造反。在革命中没有达到内在精神的成熟和解放。许多人在列·托尔斯泰的内在道德和内在宗教中看到了精神的成熟。但这是可怕的谬见。事实上，托尔斯泰的内在意识，是虚无主义地否定一切先前被人们作为外在东西景仰的历史遗产和价值。但这只是回到了原初的奴隶状态。这种造反是奴隶的造反，在他身上没有自由和上帝之子的精神。俄罗斯的虚无主义也是没有能力内在地、自由地体验上帝创造的世界的一切财富和价值，无力感觉到自己是上帝的儿子和世界历史、祖国历史的全部遗产的拥有者。俄罗斯的启示录情绪常常是对奇迹的过分热烈的渴望，渴望这个奇迹应当终止这个异化的生活与一切财富的联系，战胜病态的外在的断裂。正因为如此，对于俄罗斯人来说，内在创造性的发展是如此困难，在他们那里历史继承感是如此虚弱。俄罗斯精神具有某种内在的疾病。这一疾病具有严重的负面后果，但其中也显露了某种正面的、性情更为内在的西方人达不到的东西。伟大的俄罗斯作家发现了那些深渊和极限，它们对于在内在精神原则上更为有节制的、循规蹈矩的西方人是遮蔽的。俄罗斯人的心灵对神秘主义思潮更为敏感，这样，他们与那些精神——那些对于带着枷锁的西方人的心灵来说是遮蔽的精神——相遇了。俄罗斯心灵很容易陷入诱惑之中，容易陷入混淆和偷换之中。对反基督的预感主要是俄罗斯人预感到的——这不是偶然的。对反基督和反基督的可怕性的敏感既存在于俄罗斯下层人民中，也存在于俄罗斯作家、精神生活的最上层中。反基督精神从来没有像不诱惑西方人那样不诱惑俄罗斯人。在天主教中永远有强烈的对恶、魔鬼的敏感，但几乎没有对反基督的敏感。天主教的心灵是一个抵御反基督思想和诱惑的堡垒。东正教没有把心灵变成那种堡垒，它让心灵处于更为开放的状态。但是俄罗斯心灵不是积极地而是消极地感受着启示。没有与反基督精神斗争的积极的武器，这些武器还没有准备好。俄罗斯与反基督的斗争总是选择离开它的方式，是忍受恐惧。相当多的没有离开诱惑的人却陷入了这种诱惑之中，陷入了混淆与偷换之中。俄罗斯人处于虚假的道德和虚假的公正、完善、神圣的生活之理想的控制之下，在与诱惑的斗争中，这些道德和理想削弱了俄罗斯人。陀思妥耶夫斯基揭露了这一虚假的道德和虚假的神圣,并预言了它们的后果;而托尔斯泰却宣扬它们。

俄罗斯革命的道德是一种完全独特的现象。它是在俄罗斯左派知识分子几十年的历史中形成的,并在广泛的俄罗斯社会阶层中具有威望和吸引力。中间层的俄罗斯知识人习惯于把革命者作为道德偶像来崇拜,崇拜他们的革命道德,而且他们随时准备承认自己不配这一革命的道德高度。在俄罗斯形成了一种特殊的对革命的神圣性的崇拜。这一崇拜有自己的圣人、自己的神圣的传说、自己的教条。长期以来,对神圣传说的各种怀疑,对那些教条的各种批评,对那些圣人的不敬态度,不仅被从革命阶层的意见中逐出,也被从激进的和自由阶层的意见中清除。陀思妥耶夫斯基就成了这种驱逐的牺牲品,因为他第一个揭露了革命神圣性中的谎言和偷换。他明白,革命的道德具有自己的反面——革命的不道德;革命的神圣性与基督教的神圣性的相似性,就像反基督与基督的相似一样,是具有欺骗性的相似。1905年的革命以其道德的蜕化而告终,这给革命道德的威望带来了某种打击,革命的神圣性的光环暗淡了。但是一些人所期望的对它的有效补救并没有发生。俄罗斯道德意识的疾病是一种长期的、严重的疾病。只有在俄罗斯民族的整个机体濒临死亡的可怕危机之后,才有可能治愈。我们就生活在这一几乎死亡的危机的时代。现在甚至对于那些看不清事物的人来说,许多事情也比1905年以后清楚得多了。现在"路标派"①在俄罗斯知识分子圈子里不会再像当时他们出现时那样被如此敌视地对待了。现在,甚至那些咒骂他们的人也开始承认《路标》的真理了。革命的疯狂之后,俄罗斯革命知识分子的神圣性也已经不再是那样绝对地无可争议了。应当在揭露这一内在的伪神圣性中、在摆

---

① 1909年《路标》文集出版,收录别尔嘉耶夫等人的七篇文章。该文集被认为是20世纪初俄国自由知识分子思想的集中体现。文集的出版引起俄国各界的激烈反应。文集的作者被称为"路标派"。

脱它的诱惑中寻求俄罗斯精神的康复。革命的神圣性不是真正的神圣性,这是虚假的神圣性,是具有欺骗性的神圣性的外衣,是偷换。旧政权对革命者施加的外在的迫害,他们不得不忍受的外在的苦难,都非常有助于形成具有欺骗性的神圣的外衣。但是,在革命的神圣性中从来没有发生人性真正的改变、精神的再生和对内在的恶与罪的战胜;其中也从来没有提出过改变人性的任务。人性依然是衰落的,依然处于奴役、罪孽和愚蠢的激情之中,并且想纯粹用外在的物质手段达到新的、更高的生活。但是虚假思想的狂热者之所以能忍受外在贫苦、饥饿和苦难,能成为苦行者,不是因为他自己的精神力量战胜了自己罪孽的、奴隶的本性,而是因为他被一种思想、一个目的所控制,从而驱赶走了他整个丰富多样的存在,使他成为真正的赤贫。这是丑陋的苦行主义和丑陋的赤贫,是虚无主义的苦行主义和虚无主义的赤贫。传统的革命的神圣性——是上帝缺失的神圣性。这是奢望达到上帝缺失的人的神圣,只以人的名义的神圣。在这条道路上,人的形象被摧毁了,人的形象坠落了,因为人的形象是按上帝的样子造的。革命的道德,革命的神圣性,是与基督教深刻对立的。这一道德和神圣性企图偷换和取代基督教,取代对人是上帝之子的信仰、对人通过基督-耶稣而获得的神性的信仰。革命的道德与基督教是敌对的,托尔斯泰的道德同样是与基督教敌对的——同样的谎言和偷换毒害、削弱了它们。革命的神圣性的虚假的外表对于俄罗斯人民来说是一种诱惑和对精神力量的考验,俄罗斯人民没有经受住这一考验,真诚地相信革命精神的人没有看清客观现实,没有辨别出这些精神。虚假的、谎言的、两面性的形象迷惑、诱惑了他们。反基督的诱惑、反基督的道德、反基督的神圣迷惑并诱导了俄罗斯人。对于精神上被革命的最高纲领主义所迷惑的俄罗斯人来说,那种体验是独有的,它与犹太人对启示录学说——被使徒保罗和基督教会所克服和战胜的启示录学说的体验是同类的。对犹太人的启示录学说的战胜使得基督教成为世界历史的力量。俄罗斯的启示录学说自身隐含了巨大的危险性和诱惑,它会把俄罗斯民族的全部力量引向一条虚假的道路,它会妨碍俄罗斯民族完成其在世界历史中的使命,它会把俄罗斯民族变成非历史的民族。革命的启示录主义使俄罗斯人脱离了现实,陷入幽灵的王国。摆脱虚假的、病态的启示录主义并不意味着消灭一切启示录的意识。在俄罗斯的启示录情绪中也隐含着正面的可能性。在俄罗斯革命中,伟大的俄罗斯作家所揭示的俄罗斯的罪孽和俄罗斯的诱惑正在被克服。但是,巨大的罪孽和巨大的诱惑只可能存在于具有巨大的可能性的民族那里。底片是对正片的讽刺。俄罗斯民族深深地坠落了,但是在它身上掩藏着巨大的可能性,它可以揭示遥远的远方。民族的思想,上帝关于这个民族的思考,即使在这个民族坠落、改变了自己的目标、使自己的民族和国家的尊严受到损害之后,依然存在。还有少数被保存下来的正面的创造性的民族思想,借此民族可以复兴。但是通往复兴的路要经由忏悔,经由对自己的罪孽的认识,经由民族意识的净化,剔除魔鬼的精神。首先必须开始辨别各种精神。其中有许多恶与丑,但也有许多善和美的旧俄罗斯正在死亡。在死亡的痛苦中诞生的新俄罗斯还是一个谜。它将不是革命活动家和思想家所想象的样子,其精神面貌将不是完整的、统一的,基督与反基督的本原将会是更为激烈的分裂与对立。革命的反基督精神将诞生自己黑暗的王国。但是俄罗斯的基督精神也必定会显示自己的力量,这一精神的力量还会在少数人身上发生作用,即便多数人抛弃了它。

1918

图书在版编目（CIP）数据

果戈理与鬼/（俄罗斯）梅列日科夫斯基著；耿海英译. —北京：华夏出版社，2013.8

（西方传统：经典与解释）

ISBN 978-7-5080-7533-4

Ⅰ.①果… Ⅱ.①梅… ②耿… Ⅲ.①果戈理，N.V.(1809～1852)－文学创作研究 ②果戈理，N.V.(1809～1852)－宗教哲学－哲学思想－研究 Ⅳ.①I512.064 ②B512.59

中国版本图书馆CIP数据核字(2013)第141441号

果戈理与鬼

作　　者	（俄）梅列日科夫斯基
责任编辑	王霄翎
责任印制	刘　洋
出版发行	华夏出版社
经　　销	新华书店
印　　刷	北京建筑工业印刷厂南厂
装　　订	三河市李旗庄少明印装厂
版　　次	2013年8月北京第1版　2013年10月北京第1次印刷
开　　本	880×1230　1/32
印　　张	7.75
字　　数	202千字
定　　价	35.00元

华夏出版社　地址：北京市东直门外香河园北里4号　邮编：100028
网址：www.hxph.com.cn　电话：(010)64663331(转)
若发现本版图书有印装质量问题，请与我社营销中心联系调换。

西方传统：经典与解释

古今丛编

恐惧与战栗
[丹麦]基尔克果 著

墙上的书写——尼采与基督教（修订增补本）
[德]洛维特／沃格林 等著

古希腊文学常谈
[英]多佛 等著

穆佐书简
[奥]里尔克 著

撒路斯特与政治史学
刘小枫 编

民主的本性——托克维尔的政治哲学
[法]马南 著

希罗多德的王霸之辨
吴小锋 编／译

梅尔维尔的政治哲学——《切雷诺》及其解读
李小均 编／译

第二代智术师——罗马帝国早期的文化现象
安德森 著

英雄诗系笺释
[古希腊]荷马 著

统治的热望
——修昔底德笔下的阿尔喀比亚德和帝国政治
[美]福特 著

席勒美学的哲学背景
[美]维塞尔 著

雅典谐剧与逻各斯
——《云》中的修辞、谐剧性及语言暴力
[美]奥里根 著

莱园哲人伊壁鸠鲁
罗晓颖 选编

果戈里与鬼
[俄]梅列日科夫斯基 著

托尔斯泰与陀思妥耶夫斯基（第一卷）
[俄]梅列日科夫斯基 著

托尔斯泰与陀思妥耶夫斯基（第二卷）
[俄]梅列日科夫斯基 著

自传性反思
[德]沃格林 著

西方传统：经典与解释
Classici et Commentarii
HERMES
刘小枫◎主编

黑格尔与普世秩序
[美]希克斯 等著

新的方式与制度
——马基雅维利的《论李维》研究
[美]曼斯菲尔德 著

论埃及神学与哲学——伊希斯与俄赛里斯
[古希腊]普鲁塔克 著

凯撒的剑与笔
李世祥 编／译

纪念苏格拉底——哈曼文选
刘新利 选编

科耶夫的新拉丁帝国
[法]科耶夫 等著

夜颂中的革命和宗教——诺瓦利斯选集卷一
[德]诺瓦利斯 著

大革命与诗话小说——诺瓦利斯选集卷二
[德]诺瓦利斯 著

《利维坦》附录
[英]霍布斯 著

巨人与侏儒
[美]布鲁姆 著

或此或彼（上、下）
[丹麦]基尔克果 著

海德格尔与有限性思想（重订版）
刘小枫 选编

海德格尔式的现代神学
刘小枫 选编

走向古典诗学之路
——相遇与反思：与伯纳德特聚谈
[美]伯格 编

论宗教大法官的传说
[俄]罗赞诺夫 著

上帝国的信息
[德]拉加茨 著

双重束缚
[美]基拉尔 著

俄耳甫斯教祷歌
吴雅凌 编译

俄耳甫斯教辑语
吴雅凌 编译

黑格尔的观念论
[美]皮平 著

古今之争中的核心问题
[德]迈尔 著

浪漫派风格——施莱格尔批评文集
[德]施莱格尔 著

神圣的罪业
[美]伯纳德特 著

论永恒的智慧
[德]苏索 著

宗教经验种种
[美]詹姆斯 著

尼采反卢梭
[美]凯斯·安塞尔-皮尔逊 著

施米特对自由主义的批判
[美]约翰·麦考米克 著

舍勒思想评述
[美]弗林斯 著

诗与哲学之争
[美]罗森 著

基督教理论与现代
[德]特洛尔奇 著

亚历山大的克雷蒙
[意]塞尔瓦托·利拉 著

伊壁鸠鲁主义的政治哲学
[意]詹姆斯·尼古拉斯 著

神圣与世俗
[罗]伊利亚德 著

中世纪的心灵之旅——波纳文图拉神学著作选
[意]圣·波纳文图拉 著

弓弦与竖琴——从柏拉图解读《奥德赛》
[美]伯纳德特 著

论古人的智慧
[英]培根 著

希伯莱圣经历代注疏

希腊化世界中的犹太人
[英]威尔逊 著

第一亚当和第二亚当
[德]朋霍费尔 著

卢梭注疏集

政治制度论
[法]卢梭 著

哲学的自传——卢梭的《孤独漫步者的遐思》
[法]卢梭 著

文学与道德杂篇
[法]卢梭 著

设计论证——卢梭的《社会契约论》
[美]吉尔丁 著

卢梭的自然状态
[美]普拉特纳 等著

卢梭的榜样人生——作为政治哲学的《忏悔录》
[美]凯利 著

柏拉图注疏集

理想国
[古希腊]柏拉图 著

谁来教育老师——《普罗塔戈拉》发微
刘小枫 编

立法者的神学——柏拉图《法义》卷十绎读
林志猛 编

柏拉图对话中的神
[德]薇依 著

厄庇诺米斯
[古希腊]柏拉图 著

柏拉图的《厄庇诺米斯》
程志敏 选编

论柏拉图对话
[德]施莱尔马赫 著

柏拉图《美诺》疏证
[美]克莱因 著

神话诗人柏拉图
张文涛 选编

人应该如何生活
[美]布鲁姆 著

阿尔喀比亚德
[古希腊]柏拉图 著

叙拉古的雅典异乡人
——柏拉图《书简七》探曲
彭磊 选编

阿威罗伊论《王制》
[阿拉伯]阿威罗伊 著

《王制》要义
刘小枫 选编

柏拉图的《会饮》
[古希腊]柏拉图 等著

苏格拉底的申辩
[古希腊]柏拉图 著

苏格拉底与政治共同体
[美]尼科尔斯 著

政制与美德——柏拉图《法义》疏解
[美]潘戈 著

《法义》导读
[法]卡斯代尔·布舒奇 著

论真理的本质
[德]海德格尔 著

哲人的无知
[德]费勃 著

米诺斯
[古希腊]柏拉图 著

亚里士多德注疏集

《政治学》疏证
[意]托马斯·阿奎那 著

尼各马可伦理学义疏
——亚里士多德与苏格拉底的对话
[美]伯格 著

哲学之诗——亚里士多德《诗学》解诂
[美]戴维斯 著

对亚里士多德的现象学解释
[德]海德格尔 著

城邦与自然——亚里士多德与现代性
刘小枫 编

论诗术中篇义疏
[阿拉伯]阿威罗伊 著

哲学的政治——亚里士多德《政治学》疏证
[美]戴维斯 著

莱辛注疏集

汉堡剧评
[德]莱辛 著

关于悲剧的通信
[德]莱辛 著

《智者纳坦》研究版
[德]莱辛 等著

启蒙运动的内在问题——莱辛思想再释
[美]维塞尔 著

莱辛剧作七种
[德]莱辛 著

历史与启示——莱辛神学文选
[德]莱辛 著

论人类的教育——莱辛政治哲学文选
[德]莱辛 著

色诺芬注疏集

居鲁士的教育
[古希腊]色诺芬 著

驯服欲望——施特劳斯笔下的色诺芬撰述
[法]科耶夫 等著

论僭政——色诺芬《希耶罗》义疏
[美]施特劳斯 著

色诺芬的《会饮》
[古希腊]色诺芬

施特劳斯集

霍布斯的宗教批判
[美]列奥·施特劳斯 著

斯宾诺莎的宗教批判
[美]列奥·施特劳斯 著

门德尔松与莱辛
[美]列奥·施特劳斯 著

哲学与律法——论迈蒙尼德及其先驱
[美]列奥·施特劳斯 著

迫害与写作艺术
[美]列奥·施特劳斯 著

柏拉图式政治哲学研究
[美]列奥·施特劳斯 著

阅读施特劳斯
[美]斯密什 著

《会饮》讲疏
[美]列奥·施特劳斯 著

柏拉图《法义》的论辩与情节
[美]列奥·施特劳斯 著

什么是政治哲学
[美]列奥·施特劳斯 著

古典政治理性主义的重生
[美]列奥·施特劳斯 著

施特劳斯与流亡政治学
[美]谢帕德 著

犹太哲人与启蒙
—— 施特劳斯演讲与论文集：卷一
[美]列奥·施特劳斯 著

苏格拉底问题与现代性
—— 施特劳斯演讲与论文集：卷二
[美]列奥·施特劳斯 著

回归古典政治哲学——施特劳斯通信集
[美]列奥·施特劳斯 著

隐匿的对话——施米特与施特劳斯
[德]迈尔 著

苏格拉底与阿里斯托芬
[美]列奥·施特劳斯 著

尼采注疏集

尼采眼中的苏格拉底
[美]丹豪瑟 著

尼采的使命——《善恶的彼岸》绎读
[美]朗佩特 著

尼采与现时代——解读培根、笛卡尔与尼采
[美]朗佩特 著

动物与超人之间的绳索
[德]A.彼珀 著

维吉尔注疏集

《埃涅阿斯纪》章义
王承教 选编

维吉尔的帝国
阿德勒 著

品达注疏集

幽暗的诱惑——品达、晦涩与古典传统
[美]汉密尔顿 著

新约历代经解

属灵的寓意
[古罗马]俄里根 著

赫西俄德集

神谱笺释
吴雅凌 撰

赫西俄德：神话之艺
[法]居代·德·拉孔波 等著

赫拉克勒斯之盾笺释
罗逍然 译笺

莎士比亚绎读

莎士比亚笔下的爱与友谊
[美]布鲁姆 著

莎士比亚戏剧与政治哲学
彭磊 选编

莎士比亚的政治盛典
[美]阿鲁里斯/苏利文 编

丹麦王子与马基雅维利
罗峰 选编

古希腊诗歌丛编

阿尔戈英雄纪
[古希腊]阿波罗尼俄斯 著

阿里斯托芬集

《阿卡奈人》笺释
[古希腊]阿里斯托芬 著

但丁集

但丁的圣约书
[美]霍金斯 著

美国宪政与古典传统

美国1787年宪法讲疏
[美]阿纳斯塔普罗 著

修昔底德集

修昔底德笔下的演说
[美]斯塔特 著

古希腊政治理论
格雷纳 著

塔西佗集

塔西佗的政治史学
曾维术 编

古典学丛编

古典语文学常谈
克拉夫特 著

古希腊肃剧注疏集

希腊肃剧与政治哲学
阿伦斯多夫 著

中国传统：经典与解释
Classici et Commentarii

刘小枫　陈少明◎主编

中国传统：经典与解释

从公羊学论《春秋》的性质
阮芝生 撰

药地炮庄·总论
[明]方以智 著

松阳讲义
[清]陆陇其 著

起凤书院答问
[清]姚永朴 撰

青原志略
[明]方以智 原编

冬炼三时传旧火——港台学人论方以智
邢益海 编

药地炮庄
[明]方以智 著

周礼疑义辨证
陈衍 撰

经学通论
[清]皮锡瑞 著

韩愈志
钱基博 著

论语辑释
陈大齐 著

《庄子·天下篇》注疏四种
张丰乾 编

荀子的辩说
陈文洁 著

古学经子—— 十一朝学术史述林
王锦民 著

经学以自治——王闿运春秋学思想研究
刘少虎 著

《铎书》校注
孙尚扬　肖清和 等校注

大学素质教育读本

古典诗文绎读　西学卷·古代编（上、下）
古典诗文绎读　西学卷·现代编（上、下）

经典与解释辑刊（刘小枫　陈少明 主编）

1　柏拉图的哲学戏剧
2　经典与解释的张力
3　康德与启蒙
4　荷尔德林的新神话
5　古典传统与自由教育
6　卢梭的苏格拉底主义
7　赫尔墨斯的计谋
8　苏格拉底问题
9　美德可教吗
10　马基雅维利的喜剧
11　回想托克维尔
12　阅读的德性
13　色诺芬的品味
14　政治哲学中的摩西
15　诗学解诂
16　柏拉图的真伪
17　修昔底德的春秋笔法
18　血气与政治
19　索福克勒斯与雅典启蒙
20　犹太教中的柏拉图门徒
21　莎士比亚笔下的王者
22　政治哲学中的莎士比亚
23　政治生活的限度与满足
24　雅典民主的谐剧
25　维柯与古今之争
26　霍布斯的修辞
27　埃斯库罗斯的神义论
28　施莱尔马赫的柏拉图
29　奥林匹亚的荣耀
30　笛卡尔的精灵

31 柏拉图与天人政治
32 海德格尔的政治时刻
33 荷马笔下的伦理
34 格劳秀斯与国际正义
35 西塞罗的苏格拉底
36 基尔克果的哲学与政治
37 《理想国》的内与外
38 诗艺与政治
39 律法与政治哲学
40 古今之间的但丁

雅努斯：古典拉丁语文读本
古典拉丁语文学述要
危微精一：政治法学原理九讲
琴瑟友之：钢琴与古典乐色十讲

刘小枫集

诗化哲学［重订本］
拯救与逍遥［修订本］
走向十字架上的真
这一代人的怕和爱［增订本］
现代性与现代中国：现代性社会理论绪论
沉重的肉身
圣灵降临的叙事［增订本］
罪与欠
西学断章
现代人及其敌人
儒教与民族国家
拣尽寒枝
施特劳斯的路标
重启古典诗学
共和与经纶
设计共和
卢梭与我们
好智之罪：普罗米修斯神话通释
民主与爱欲：柏拉图《会饮》绎读
民主与教化：柏拉图《普罗塔戈拉》绎读
巫阳招魂：《诗术》绎读

编修［博雅读本］

凯若斯：古希腊语文读本［全二册］
古希腊语文学述要